국어과 선생님이 뽑은
한국문학읽기
한국고전읽기
세계문학읽기

세계단편 소설 12선

북·앤·북

국어과 선생님이 뽑은 세계단편 소설 모음

세계단편 소설 12선

초판 1쇄 | 2013년 10월 25일 발행
초판 5쇄 | 2018년 3월 15일 발행

저자 | 모파상 외 11인
엮은이 | dskimp2000@naver.com
교정 | 이정민
디자인 | 인지숙
일러스트 | 이혜인 · 김한걸
펴낸이 | 이경자
펴낸곳 | 북앤북

주소 | 경기도 고양시 일산동구 산두로 128. 909동 202호
전화 | 031-902-9948
팩시밀리 | 031-903-4315
등록 | 제 313-2008-000016호

ISBN 978-89-89994-93-0 44810
      978-89-89994-91-6 (세트)

국립중앙도서관 출판시도서목록(CIP)

세계단편소설 12선 : 국어과 선생님이 뽑은 세계단편 소설
모음 / 저자: 모파상 외 11인 ; 엮은이:dskimp2000@naver.
com. -- 서울 : 북앤북, 2013
    p. ;   cm. -- ((국어과 선생님이 뽑은) 문학읽기 ;
35)

ISBN 978-89-89994-93-0 44840 : ₩9500
ISBN 978-89-89994-91-6(세트)

단편 소설[短篇小說]
세계 문학[世界文學]

808.3KDC   CIP2013020212

잘못된 책은 구입하신 서점에서 바꾸어 드립니다.

이 책에 수록된 작품의 표기는 '한글 맞춤법'의
규정을 원칙으로 하되 작가 특유의 문체나 방언,
외래어 등은 원본에 따른다.

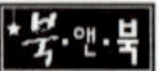

세계단편 소설 12선

차 례

모파상 〈목걸이〉

기 드 모파상(Guy De Maupassant, 1850~1893) 프랑스 소설가.

프랑스 노르망디의 미로메닐에서 출생한 모파상은 12세 때 아버지와 떨어져 어머니 밑에서 문학적 감화를 받으면서 자랐다. 어머니의 친구인 G. 플로베르에게 문학을 지도받았을 뿐만 아니라 플로베르의 소개로 E. 졸라를 알게 되었고, 또 파리 교외에 있는 졸라의 저택에 자주 모여 문학을 논하던 당시의 젊은 문학가들과 사귀었다.

1880년에는 모파상을 포함한 여섯 명의 젊은 작가들이 쓴, 프로이센-프랑스 전쟁에서 취재한 단편집 《메당 야화》를 졸라가 주관하여 간행했는데, 모파상은 여기에 단편 《비곗덩어리》를 실었다. 이 작품은 날카로운 인간 관찰과 짜임새 등에서 어느 작품보다도 뛰어나 사람들의 주목을 받았다.

그 후 《테리에 집》《피피양》 등의 단편집을 내어 문단에서의 지위를 굳혔다. 1883년에는 장편 소설 《여자의 일생》을 발표했다. 불과 10년간의 문단 생활에서 단편 소설 약 300편, 기행문 3권, 시집 1권, 희곡 몇 편 외에 《벨 아미》《피에르와 장》《죽음처럼 강하다》《우리들의 마음》 등의 장편 소설을 썼다.

그는 러시아 태생의 여류 화가 마리 바시키르체프 등 연인이 여러 명 있으며, 장편 《벨 아미》의 성공으로 요트를 사서 '벨 아미'라고 명명한 후 이탈리아 등지를 여행한다. 그즈음 안질과 불면에 시달리면서 갑작스런 발작을 일으키곤 했다. 1892년, 42세 되던 해 페이퍼 나이프로 자살을 기도했다가 미수에 그치자 파리로 돌아와 1년 후 파리 교외의 정신 병원에서 43세의 나이로 일생을 마쳤다.

목걸이

모파상

목걸이

　빚을 갚기 위해 궂은일을 해야만 하는 르와젤 부인의 환경은 젊고 아름다웠던 그녀를 거칠고 투박한 여인의 모습만 남게 하였다. 한 번의 부주의로 인해 젊음을 송두리째 빼앗긴 여인의 삶의 과정을 그리고 있다.

　이 작품은 허영심과 끝없는 욕망 때문에 고통의 삶을 살아가게 된 여인의 이야기를 통해 인간의 어리석음과 거짓됨을 폭로하고 있다. 특히 서두의 허영심과 자기 과시욕이 강한 르와젤 부인의 성격묘사는 나중에 그녀가 겪을 수밖에 없는 고난에 찬 삶을 강조하며 목걸이가 가짜라는 사실은 허황되고 거짓된 삶을 상징한다. 허영심에 가득 찬 르와젤 부인의 삶을 통해 우연과 운명이 한 인간의 삶을 얼마나 허무하게 만드는가를 잘 보여주는 작품이다.

　　르와젤 부인은 아름답고 매력적인 용모를 가졌지만 운명의 실수로 가난한 집에 태어났다고 생각하는 처녀였다. 어느 가난한 문부성의 하급 관리와 결혼을 한 그녀는 남보다 뛰어난 미모와 매력을 지니고 있었음에도 불구하고 귀족들과 같은 호화스러운 생활을 하지 못하는 자신의 처지에 항상 비관해 왔다. 어느 날 남편이 초대장 하나를 들고 왔다. 르와젤 부인은 파티에 입을 드레스를 사려고 남편의 비상금까지 쓰고, 친구에게 다이아몬드 목걸이를 빌려 파티에 참석한다. 파티를 마치고 집에 돌아왔을 때 그녀가 한 목걸이가 보이지 않자 남편과 아내는 거리로 나가 목걸이를 찾았으나 어디에서도 찾을 수가 없다. 부부는 많은 돈을 빌려 똑같은 목걸이를 사서 친구에게 돌려준 후, 다락방으로 이사를 하고 비참하고 궁핍한 생활을 한 십년 후에야 비로소 빚을 갚게 된다.

　　십년이란 세월이 흐른 어느 날 르와젤 부인은 우연히 산책길에서 목걸이를 빌려 줬던 친구를 만나 목걸이 때문에 고생한 이야기를 하였는데, 그것은 오백 프랑밖에 되지 않는 가짜였음을 알게 된다.

핵심정리

갈래: 단편 소설

구성: 교훈적

시점: 3인칭 전지적 작가 시점

배경: 프랑스 파리 시내의 다락방

주제: 허영심과 욕망 때문에 고통의 삶을 살아가는
　　　한 여인의 고달픈 삶

# 목걸이

　운명의 장난이라고나 할까. 그녀는 매우 아름답고 매력이 넘쳤지만 가난한 관리의 집에 태어난 평범한 처녀들 중의 하나였다.

　그녀에겐 지참금도 없었고 부유하고 지위 있는 남자의 청혼을 받아 결혼하게 될 길도 전혀 없었으며, 따라서 아무런 희망도 가질 수가 없었다.

　그녀는 하는 수 없이 문부성에 근무하는 보잘것없는 한 관리와 결혼을 하였으며, 계절에 따라 옷도 해 입지 못하고 소박하게 살았다. 그 때문에 그녀는 세상에서 버림을 받은 듯 불행했다.

　하기야 여자들에게는 계급이나 혈통보다도 미모와 매력과 애교가 그들의 출신 가문을 대신하기도 한다. 고상한 기품과 우아한 취미, 민첩한 자질 등이 그들의 계급을 이루며 평민의 딸들로 하여금 귀족의 딸들과 어깨를 겨루게 하기도 하는 것이다.

　그녀는 자신이야말로 이 세상의 모든 쾌락과 사치를 누리기 위해 태어난 것이라고 생각했기 때문에 마음속으로 늘 불만을 가지고 있었다.

　누추한 집, 장식도 없는 휑한 벽, 낡아 빠진 의자, 빛이 바랜 커튼을 봐도 마음이 아팠다. 자신의 신분과 비슷한 다른 여자들 같으면 알지도 못할 이런 것 때문에 가슴이 쓰리고 마음이 상했다.

그녀의 검소한 살림을 맡아 하는 하녀인 브르타뉴 태생의 소녀를 봐도 열중했던 꿈이 다시 되살아나는 것이었다.

그녀는 동양식 벽걸이가 걸려 있고 높은 청동 촛대에 불이 켜진 조용한 응접실, 그리고 난방기의 후끈한 온기에 졸음이 와서 큰 안락의자에 잠들어 있을 짧은 바지 차림의 뚱뚱한 두 명의 하인을 상상해 보는 것이었다.

그런가 하면 비단으로 벽을 장식한 살롱, 값진 골동품들이 놓인 우아한 가구들, 모든 여성들의 선망의 대상이 되는 사교계의 인기 있는 남성들과 친한 친구들이 모여 오후 다섯 시의 담화를 즐기도록 꾸민 향기롭고 아담한 밀실을 마음속으로 그려보는 것이었다.

저녁 식사 때 사흘째 빨지 않은 식탁보를 덮은 둥근 식탁에 앉아 맞은 편의 남편이 수프 그릇 뚜껑을 열며 "아, 훌륭한 수프야! 나에겐 이게 최고야."라고 기쁜 목소리로 외칠 때면, 호화롭게 차린 만찬과 번쩍이는 은그릇들, 신선들이 노니는 숲속에 기이한 새들과 고대의 인간들을 수놓은 벽걸이, 으리으리한 그릇에 담겨 나오는 진귀한 음식들, 잉어의 붉은 살이나 들꿩의 날개를 먹으며 은근한 미소를 띠고 정담을 속삭이는 남녀들의 모습이 그녀의 눈 앞에 떠올랐다.

그녀에게는 값비싼 옷도 보석도 전혀 없었다. 그런데 그녀가 좋아하는 것은 이런 것들뿐이었다. 자신은 그것들을 위해 태어났다고 생각했으며 그만큼 그녀는 쾌락과 선망을 동경했고 남성들을 매혹시켜 구애를 받고 싶어했다.

그녀에게는 수도원 동창인 돈 많은 친구가 있었다. 이제는 그

친구를 찾아보려고도 하지 않았는
데 그 친구를 만나는 것은 매우 가
슴 아픈 일이었기 때문이었다. 그
친구를 만나고 온 후에는 며칠을
두고 슬픔과 뉘우침과 절망과 비
관으로 눈물을 흘리는 것이었다.

　그러던 어느 날 저녁, 남편이 큰 봉투를 하
나 들고 희색이 만면하여 돌아왔다.
　"자, 당신에게 주려고 가져온 거야."
　그녀는 급히 겉봉을 뜯었다. 그 안에는 초대장
이 한 장 들어 있었다.
　'문교부 장관 조르즈 랑포노 부처는 1월 18일 월요일 저녁 장관
관저에서 파티를 개최하오니 르와젤 부처께서는 참석하시기 바랍
니다.'
　그런데 남편이 기대했던 것처럼 그녀는 기뻐하기는커녕 오히려
기분을 상한 듯 초대장을 식탁 위에 내던지며 중얼거렸다.
　"그러니 날 보고 어쩌란 말예요?"
　"아니, 여보! 나는 당신이 퍽 기뻐할 줄 알았는데…… . 당신이
요즘에는 외출한 적도 없으니 참 좋은 기회잖아! 이 초대장을 얻
는 데 여간 힘들었던 게 아니라오. 서로 얻으려고 다투었는데 하
급 직원들에게는 몇 장 주지도 않았지. 그날 파티에 가면 고관들
을 모두 볼 수 있을 거야."
　그녀는 새침한 눈초리로 남편을 쳐다보고 있더니 참을 수 없다

는 듯이 소리쳤다.

"그래, 당신은 나더러 무엇을 몸에 걸치고 가라는 거예요?"

남편은 미처 거기까지는 생각하지 못했었다. 그는 풀이 죽어 중얼거렸다.

"아니 왜, 극장에 갈 때 입는 옷이 있지 않소. 내가 보기에는 좋아 보이던데……."

그는 놀라고 어이가 없어 더 이상 말을 잇지 못했다. 아내가 울고 있었던 것이다. 두 줄기 굵은 눈물방울이 눈가에서 입 끝으로 천천히 흘러내리고 있었다.

그는 더듬더듬 물었다.

"왜 그러지? 응? 왜 그래?"

그녀는 간신히 슬픔을 가라앉힌 뒤 눈물에 젖은 볼을 씻으며 조용한 목소리로 대답했다.

"아무것도 아니에요. 난 그저 입고 갈 옷이 없으니 파티에는 갈 수 없다는 것뿐이에요. 이 초대장은 나보다 옷이 많은 부인이 있는 당신 친구 분들에게 주세요."

남편은 마음이 언짢아져서 이렇게 되물었다.

"여보, 마틸드. 적당한 옷 한 벌 사는데 얼마나 들까? 가끔 입을 수도 있고 아주 비싸지 않은 것으로 말이야."

그녀는 잠시 생각에 잠겼다. 값을 계산해 보기도 하면서 얼마 정도나 요구해야 이 검소한 관리가 놀라 비명을 지르지 않고, 또 어느 정도 말해야 거절을 하지 않을까 생각해 보기도 했다. 망설이다가 마침내 이렇게 대답했다.

"확실히는 모르겠어요. 하지만 사백 프랑이면 되지 않을까 생
각해요."

그러자 남편의 얼굴이 약간 창백해졌다. 왜냐하면 그는 엽총을
사기 위해 꼭 사백 프랑을 예금해 두었던 것이 있었는데, 다가오
는 여름에는 일요일마다 종달새 사냥을 갈 수 있으리라고 기대했
던 것이다.

그러나 그는 기꺼이 말했다.

"그러면 사백 프랑을 줄 테니 좋은 옷을 사도록 해봐요."

파티 날이 점점 다가올수록 르와젤 부인의 표정은 불안하고 걱
정스러운 듯했다. 옷은 준비가 되어 있었다. 어느 날 저녁에 남편
이 물었다.

"왜 그러오? 요새 며칠 동안 당신 안색이 흐리니?"

그녀가 대답했다.

"보석도, 패물도, 몸에 붙일 것이라고는 아무것도 없으니 내가
딱해서 그래요. 꼴이 얼마나 궁상맞아 보이겠어요? 차라리 파티
에 가지 않는 게 낫겠어요."

그러자 남편이 달랬다.

"생화를 달고 가면 될 것 아니오. 요즘은 그것이 아주 멋있어 보
이던데. 십 프랑만 주면 예쁜 장미꽃 두세 송이는 살 수 있을 거
야."

그녀는 그 말에 수긍하지 않았다.

"싫어요. 돈 많은 여자들 틈에서 가난해 보이는 것처럼 치욕스
러운 일이 또 어디 있겠어요?"

그러다 갑자기 남편이 외쳤다.

"당신도 참 바보야! 아, 당신 친구 포레스티에 부인을 찾아가서 보석을 좀 빌려 달라고 하구려. 그만한 것쯤 부탁할 수 있는 처지가 아니오?"

그러자 그녀는 기뻐서 소리쳤다.

"아! 참, 그래요. 미처 그 생각을 못 했군요."

다음날 그녀는 친구를 찾아가서 딱한 사정을 이야기했다.

포레스티에 부인은 거울이 달린 장식장 앞으로 가더니 큰 상자 하나를 열어 보이며 르와젤 부인에게 말했다.

"자, 골라 봐."

그녀는 먼저 몇 개의 반지를 보았다. 다음에는 진주 목걸이를, 다음에는 베니스산 십자가, 정교한 솜씨로 만든 금과 보석의 패물들을 보았다. 그녀는 거울 앞에서 보석들을 몸에 걸어 보면서 벗어 놓지도 돌려주지도 못하고 망설일 뿐 마음을 정하지 못하고 있었다. 그녀는 친구에게 물었다.

"다른 것 없어?"

"응, 또 있으니까 골라 봐. 어느 것이 네 마음에 들지 알 수가 있어야지."

검은 공단 상자 속에 눈부신 다이아몬드 목걸이가 들어 있는 것이 언뜻 그녀의 눈에 띄었다. 그녀의 가슴은 걷잡을 수 없이 뛰기 시작했다. 그것을 쥐는 그녀의 손은 떨리고 있었다. 그녀는 그것을 목에 걸고 자기의 모습에 스스로 황홀해하고 있었다.

그리고 난처한 듯 망설이면서 부탁하였다.

"이것 좀 빌려 줄 수 있겠니? 다른 건 필요 없어."

"응, 좋아. 그렇게 해."

그녀는 친구의 목을 얼싸안으며 격렬하게 볼에 입을 맞추고는 목걸이를 들고 총총히 집으로 돌아왔다.

파티 날이 되었다. 그날 르와젤 부인은 파티에서 대단했다. 그녀는 누구보다도 아름다웠고 우아하고 맵시 있었으며 기쁨에 도취되어 시종일관 웃고 있었다. 모든 남성들이 그녀를 우러러보았고 이름을 물었으며 소개 받기를 원했다. 모든 관리들이 그녀와 춤을 추고 싶어했으며 장관도 그녀를 유심히 바라보았다.

그녀는 흥분에 도취해 춤을 추었다. 자신의 아름다움에 의기양양해져 자신의 성공의 영광과 모든 사람의 존경과 찬미와 깨어닌 욕망 등, 여자의 마음을 완전무결한 승리감으로 채워 주는 행복의 절정에서 다른 것은 생각해 볼 겨를조차 없었다.

그녀는 새벽 네 시쯤 되어서야 무도회에서 나왔다. 남편은 자정부터 다른 세 명의 친구들과 함께 작은 응접실에서 잠이 들어 있었다. 이들의 부인네들이 마음껏 쾌락을 맛보고 있는 동안에……

남편은 돌아갈 때 추울까 봐 아내가 평소에 입던 소박한 옷을 아내의 어깨에 걸쳐 주었는데 화려한 야회복과는 너무나 대조적인 초라한 옷이었다. 이것을 알고 있는 그녀는 값진 모피로 몸을 감싼 다른 여자들의 눈에 뜨이지 않으려고 얼른 몸을 피했다.

르와젤은 그녀를 붙들었다.

"잠깐만 기다려요. 밖에 나가면 감기 들 거야. 내가 나가서 마차를 불러올게."

그러나 그녀는 남편의 말을 듣지 않고 급히 층계를 뛰어 내려갔다. 그들이 밖으로 나왔을 때 이미 마차는 한 대도 보이지 않았다. 그들은 멀리 지나가는 마차를 소리쳐 불렀으나 그곳까지 오는 마차는 없었다.

그들은 낙담하여 추위에 몸을 떨며 세느강 쪽으로 걸어갔다. 마침내 그들은 밤에나 다니는 낡은 마차 한 대를 발견했다. 파리에서는 차마 그 초라한 꼴을 보이기가 부끄럽다는 듯이 낮에는 볼 수 없는 그런 마차였다.

마차는 마르티르 거리에 있는 그들의 집 문 앞에 다다랐다. 그들은 쓸쓸하게 층계를 올라갔다. 그녀에게는 모든 것이 끝난 것이었다. 남편은 열 시까지 직장에 출근해야 한다는 것만을 생각하고 있었다.

그녀는 화려한 자신의 모습을 다시 한 번 보려고 거울 앞으로 가서 어깨 위에 걸쳤던 웃옷을 벗었다. 그러다 갑자기 그녀가 비명을 질렀다. 목에 걸었던 목걸이가 사라졌던 것이다.

옷을 벗고 있던 남편이 놀라며 물었다.

"왜 그래?"

그녀는 남편을 향해 돌아서며 얼빠진 듯 이렇게 말했다.

"저……, 저……. 목걸이가 없어졌어요!"

남편은 소스라쳐 놀라며 벌떡 일어섰다.

"아니, 뭐라고? 그럴 리가 있나!"

그들은 옷 갈피 속, 외투자락, 호주머니 속을 샅샅이 뒤져 보았다. 그러나 목걸이는 보이지 않았다.

남편이 물었다.

"무도회에서 나올 때까지 있었던 것은 확실하오?"

"그럼요! 장관 댁 현관에서도 만져보았어요."

"길에 떨어뜨렸다면 소리가 났을 텐데. 틀림없이 마차 안에 떨어뜨렸을 거야."

"네, 그런 것 같아요. 마차 번호를 기억하세요?"

"모르겠어. 당신도 번호를 보지 않았소?"

"네."

그들은 낙담하며 서로 마주보았다. 결국 르와젤은 옷을 다시 입었다.

"혹시 눈에 띌지도 모르니 우리가 왔던 길을 다시 가 봐야겠어."

그는 밖으로 나갔다. 그녀는 야회복을 입은 채, 눕지도 못하고 불을 피울 생각조차 못한 채 망연히 의자에 주저앉아 있었다.

남편은 아침 일곱 시경에야 돌아왔다. 그는 아무것도 찾지 못했다.

그는 다시 경시청으로, 현상을 걸기 위해 신문사로, 마차 회사로 뛰어다녔다. 희망을 걸 만한 곳은 모조리 찾아가 보았다.

아내는 이 무서운 재난 앞에 거의 실신 상태에 빠진 채 온종일 남편을 기다리고 있었다.

르와젤은 저녁 무렵에야 볼이 푹 꺼지고 파리해진 얼굴을 하고 돌아왔다. 그는 아무것도 알아내지 못했다.

"여보, 당신 친구에게 편지를 써야겠소. 목걸이 고리가 망가져서 수선시켰다고. 그러면 그것을 돌려주는데 시간의 여유가 생길 것 아니오?"

그녀는 남편이 부르는 대로 편지를 받아썼다.

일주일이 지나자 그들은 모든 희망을 잃었다.

며칠 만에 5년이나 늙어버린 것 같은 르와젤은 결국 단안을 내렸다.

"똑같은 보석을 사서 돌려주는 수밖에 도리가 없겠어."

그들은 목걸이가 들어 있던 상자를 들고 상자 안쪽에 적혀 있는 상점을 찾아갔다. 보석상은 장부를 들춰 보았다.

"이 목걸이는 저희가 판 것이 아닙니다. 상자만 제공해 드린 것 같군요."

그래서 그들은 똑같은 목걸이를 찾기 위해 기억을 더듬어 가며 이 상점, 저 상점으로 돌아다녔다. 두 사람 다 슬픔과 근심으로 병자처럼 보였다.

그들은 팔레 르와얄의 어느 상점에서 찾고 있던 것과 꼭 같아 보이는 다이아몬드 목걸이를 찾아냈다. 값은 사만 프랑이었으나 삼만 육천 프랑까지 해주겠다는 것이었다.

그들은 보석상에게 사흘간은 다른 사람에게 팔지 말아 달라고 사정했다. 그리고 다행히 이달 말일까지 잃었던 것을 되찾게 된다면 상점에서 팔았던 것은 삼만 사천 프랑으로 되사준다는 조건으로 계약을 했다.

르와젤은 아버지에게서 물려받은 일만 팔천 프랑의 유산을 제외한 나머지는 빚을 내기로 했다.

그는 사흘 동안 이 사람에게서 천 프랑 저 사람에게서 오백 프랑, 이곳에서 오 루이 저곳에서 삼 루이, 닥치는 대로 빚을 얻었다. 그는 증서를 쓰고 전 재산을 저당 잡히고 고리대금은 물론 어떤 종류의 대금업자와도 거래를 했다. 그는 돈을 얻기 위해 인생의 모든 것을 걸었으며, 이행할 수 있을지 자신도 없으면서 서약서에 함부로 도장을 찍었다.

그는 장차 닥쳐올 불행에 대한 걱정과 머지않아 엄습해 올 비참한 어두운 그림자, 앞으로 겪게 될 물질적인 결핍과 정신적인 고통에 대한 상상으로 몸을 떨며, 새 목걸이를 사기 위해 보석상의 카운터 위에 삼만 육천 프랑을 내놓았다.

르와젤 부인이 목걸이를 가지고 포레스티에 부인을 찾아갔을 때 부인은 불쾌한 표정으로 말했다.

"좀 빨리 갖다 주지 않고, 내가 쓸 일이 생기면 어쩌려고."

그러면서도 그 여자는 상자 뚜껑을 열어 보지도 않았다. 그녀는 친구가 상자를 열어 볼까봐 조마조마했다. 목걸이가 바뀐 것을 알게 된다면 친구는 어떻게 생각할까? 뭐라고 말할까? 자신을 도둑으로 생각하지는 않을까?

르와젤 부인은 가난한 사람들의 생활이 얼마나 비참한 것인지 알았다. 그래서 그녀는 곧 비장한 결심을 했다. 저 무서운 빚을 갚아야만 했다. 그녀는 어떻게 해서든지 이 빚을 갚을 심산이었다.

그들은 하녀도 내보내고 집도 팔아 지붕 밑 다락방을 새로 얻었다.

그녀는 집안일이 얼마나 힘든 일이며 부엌일이 얼마나 귀찮은 것인지를 알게 되었다. 그녀의 손과 장밋빛 손톱은 기름 낀 접시나 냄비 바닥을 닦느라 거칠어졌다. 그녀는 세탁도 했다. 더러운 옷이나 내의, 걸레를 빨아서 줄에 널었다. 매일 아침 그녀는 쓰레기를 들고 거리까지 내려갔다. 그리고 물을 길어 나르기 위해 층계를 오르내리며 숨을 몰아쉬었다. 그녀는 빈민굴의 부인네 차림으로 바구니를 팔에 끼고 채소 가게나 식료품 가게나 푸줏간을 드나들며 값을 깎으려다 욕을 먹어가면서 비참하게 한푼 한푼을 절약했다.

그들은 매달 어음을 지불하고도 또다른 어음들은 계속 연기해야 했다.

남편도 눈코 뜰 새 없이 일했다. 밤에는 상인들의 서류작성을 대신해 주고 돈을 벌었다.

이런 생활이 십 년 동안이나 계속되었으며 십 년 후에야 가까스로 모든 빚을 다 갚았다. 고리대금의 이자와 쌓이고 쌓인 이자의 이자까지도 모두 다 갚은 것이다.

르와젤 부인은 이제 다 늙어버렸다. 그녀는 드세고 완강하고 거칠며 가난한 억척 주부가 되었다. 머리는 아무렇게나 빗어 넘기고 치마는 비뚤어진 채 걸쳐입고 손은 부르텄다. 물을 첨벙거리며 마룻바닥을 닦고 거친 음성으로 떠들었다.

그러나 남편이 출근하고 나면 이따금 그녀는 창가에 앉아 지난날의 그 파티, 자신이 그처럼 아름답고 환대를 받던 그 무도회를

회상해 보는 것이었다.

그 목걸이를 잃지 않았더라면 어떻게 되었을까? 누가 알 것인가? 인생이란 참 이상스럽고 무상한 거야! 사소한 일이 파멸을 가져오기도 하고 구원을 베풀기도 하는구나!

어느 일요일, 그녀는 일주일의 노고를 풀기 위해 샹젤리제를 한 바퀴 돌아보려고 나갔다가 문득 어린애를 데리고 산보하는 한 부인을 발견했다. 변함없이 젊고 아름다우며 매력 있는 포레스티에 부인이었다. 르와젤 부인은 가슴이 두근거렸다. 가서 말을 할까? 그렇지! 빚을 다 갚은 마당에 그녀에게 모두 이야기하자. 못할 이유가 무엇인가?

그녀는 포레스티에 부인에게 가까이 다가갔다.

"참 오랜만이야, 잔느!"

포레스티에 부인은 그녀를 알아보지 못하고, 초라한 여자가 이토록 자신을 정답게 부르는 것에 깜짝 놀라 중얼거렸다.

"그런데……, 저는 잘 모르겠군요. 사람을 잘못 본게 아닌가요?"

"나, 마틸드 르와젤이야."

친구는 소리를 질렀다.

"아니, 가엾어라. 마틸드……. 어떻게 이렇게 변했어?"

"응, 참 고생 많이 했지. 우리가 마지막으로 만났던 후로……. 그 극심한 고생살이가 다 너의 목걸이 때문이었어!"

"내 목걸이 때문이었다고? 아니, 왜?"

"내가 문교부 장관 댁 무도회에 가려고 너에게 빌렸던 그 다이아몬드 목걸이 생각나니?"

"응, 그런데?"

"내가 그때 그것을 잃어버렸던 거야."

"뭐라고? 왜, 나한테 돌려줬잖아?"

"내가 돌려준 것은 똑같이 보이지만 새로 산 다른 거였어. 목걸이 값을 갚느라고 꼬박 십 년이 걸렸지. 여유가 없던 우리에게 그게 어떤 시련이었으리라는 것은 너도 짐작할 거야……. 그러나 이제는 다 해결되었어. 내 마음이 후련해."

포레스티에 부인은 발걸음을 멈추었다.

"그럼 내것 대신에 다른 다이아몬드 목걸이를 사 왔단 말이야?"

"그래. 아직까지 그걸 몰랐었구나. 하긴 모양이 아주 똑같았으니까."

그녀는 순박하고 자랑스러운 기쁨의 미소를 지었다.

포레스티에 부인은 매우 안타까워하며 친구의 두 손을 붙잡았다.

"아! 가엾은 마틸드. 내 목걸이는 가짜였는데! 기껏해야 오백 프랑밖에 나가지 않는……."

톨스토이 〈사람은 무엇으로 사는가〉

톨스토이(Lev Nikolaevich Tolstoy 1828~1910) 러시아 시인, 소설가

톨스토이는1828년 남러시아 야스나야 풀랴나에서 명문 백작가의 넷째 아들로 태어났으나 어려서 부모를 잃고 친척집에서 자랐다. 16세 때 카잔대학에 입학하였지만 1847년 대학교육에 회의를 느껴 학교를 중퇴한다. 그후 새로운 농업 경영과 농노 계몽을 위해 고향으로 돌아와 영지 내 농민생활의 개선을 위해 노력하였으나 실패로 끝났다. 3년간 방탕한 생활을 하다 군인인 형을 따라 카프카스로 가서 군에 입대를 한다. 《유년시절》 《습격》 《삼림벌채》 《세바스토폴 이야기》 등은 군 복무 중에 씌어졌는데 사실주의 수법의 여러 작품들이 문단의 주목을 받는다. 1855년 군에서 제대할 무렵에는 청년작가로서의 지위를 확고히 굳힌다. 1861년 2월의 농노해방령 포고에 강한 불신을 품고 농지조정원이 되어 농민들의 권익을 옹호하며 자연에 바탕을 둔 농민교육에 힘을 쏟는다. 1862년 결혼한 후 작품 집필에 전념하여 《코사크》 《전쟁과 평화》 《안나 카레니나》 등 대작을 발표하여 작가로서의 명성을 누린다. 이때부터 삶에 대한 회의에 시달리며 정신적 위기를 겪는다. 원시 기독교 사상에 몰두하여 사유재산 제도와 러시아 정교를 비판하며, 술 담배를 끊고 손수 밭일을 하면서 빈민 구제 활동을 한다. 1899년 발표한 《부활》에 러시아 정교를 모독하는 표현이 들어 있다는 이유로 종무원에서 파문을 당한다. 사유재산과 저작권 포기 문제로 시작된 아내와의 불화로 고민하던 중 주치의 마코비츠키와 함께 가출한다. 1910년 11월 20일 랴잔 야스타포보 역장의 관사에서 폐렴으로 생을 마감한다.

주요 작품으로는 《유년시대》 《소년시대》 《청년시대》 《세바스토폴 이야기》 《카자흐 사람들》 《전쟁과 평화》 《안나 카레니나》 《참회록》 《이반 일리치의 죽음》 《어둠의 힘》 《크로이체르 소나타》 《신의 나라는 당신 안에 있다》 《예술이란 무엇인가》 《부활》 등이 있다.

사람은 무엇으로 사는가

톨스토이

사람은 무엇으로 사는가

톨스토이의 〈사람은 무엇으로 사는가〉는 러시아 지방에서 전해오던 민담 등을 소재로 하여 민중을 사랑하는 마음을 표현해 낸 기독교적인 작품이다.

가난한 구두수선공과 천사를 연결하여 '사람의 마음속에는 무엇이 있는가', '사람에게 허락되지 않는 것은 무엇인가', '사람은 무엇으로 사는가' 등 세 가지의 질문을 던짐으로써 인간은 자신만을 위해서 사는 것이 아니라 타인과 더불어 사랑을 공유하면서 살아야 한다는 하느님의 진리를 일깨워주는 작품이다. 작품 속에 들어 있는 톨스토이의 도덕적이고 종교적 인간관을 느끼게 하며 민담을 통해서 작가의 철학을 드러내고 있는 한편의 훌륭한 이야기이다.

천사 미하일이 어떤 여인의 영혼을 거두어 오라는 하나님의 명령에 불응했다가 알몸으로 지상으로 쫓겨난다. 하나님께서는 미하일이 세 가지 깨달음을 얻어야만 다시 하늘에 부름을 받을 것이라고 말한다. 추운 겨울에 벌거벗은 채로 길가에 버려진 미하일은 아무도 자신을 구해주지 않을 것이라고 생각하고 절망한다. 그러나 그 길을 지나던 세몬이 자신의 옷을 벗어서 입혀주고 구두를 신겨준다. 세몬의 집에 도착하자, 내일 아침 먹을거리가 없는데도 자신을 보살펴주는 세몬의 아내 마트료나의 얼굴에서 '사람의 마음속에는 무엇이 있는지 알게 될 것이다'를 깨닫는다. 세몬의 구두 만드는 일을 도우며 그의 가족들과 함께 살던 미하일은, 키가 크고 몸집이 큰 신사 손님에게서 손님은 1년 동안 끄떡없는 장화를 주문받았다. 미하일은 신사가 주문한 장화는 만들지 않고 죽은 사람이 신는 슬리퍼를 만들었다. 집으로 돌아가던 신사가 갑자기 죽자 정작 그 남자에게 필요했던 것은 관 속에서 신을 슬리퍼였던 것이다. 미하일은 사람에게는 자기에게 무엇이 필요한 것인지를 아는 지혜가 없다는 것을 깨닫게 되었다. '사람에게 허락되지 않은 것은 무엇인가' 라는 하나님의 두 번째 말씀의 뜻을 알게 된다. 세몬의 집에 한 부인이 쌍둥이를 데리고 신발을 맞추러 온다. 그 쌍둥이의 어머니는 아이들을 낳자마자 죽었는데 자신의 어린 아들을 잃은 이웃집의 착한 여자의 보살핌으로 건강하게 잘 자라고 있었다. 쌍둥이는 어머니를 잃었지만 다른 사람의 사랑에 의해 잘 자란다. 어머니가 죽으면 쌍둥이는 어떻게 살까하는 걱정 때문에 미하일은 하나님의 명령을 거역했었다. 하지만 쌍둥이가 잘 사는 것은 미하일이나 아이 어머니 때문이 아니라 착한 이웃집 여자의 사랑 때문이었다. '사람은 무엇으로 사는가' 라는 하나님의 세 번째 물음에 해답을 얻은 순간 미하일의 등에 날개가 돋더니 다시 천사가 되어 하늘로 올라간다.

핵심정리

갈래: 단편 소설

구성: 교훈적

시점: 전지적 작가 시점

배경: 추운겨울 러시아 농가와 교회근처

주제: 자신보다 못한 사람을 동정하는 인간 내면의 사랑의 힘

 사람은 무엇으로 사는가

1

한 구두장이가 아내와 자식을 데리고 어느 농가에 세들어 살고 있었다. 집도 땅도 없이 구두를 만들고 고치는 것으로 생계를 꾸려가고 있었다. 빵값은 비싸고 품삯은 헐하여 버는 것은 모조리 먹는 데 들어갔다. 구두장이는 아내와 번갈아 입는 모피 외투를 한 벌 가지고 있었는데 그것마저도 다 낡아 누더기가 되었다. 그래서 이미 2년 전부터 새 모피 외투를 만들 양가죽을 사야겠다고 벼르고 있었다.

가을이 되자 구두장이는 약간의 여유가 생겼다. 3루블의 지폐가 아내의 지갑 속에 들어 있었고, 또 마을 농부들에게 받아야 할 외상값이 5루블 이십 코페이카나 되었다.

그래서 구두장이는 아침 일찍부터 양가죽을 사기 위해 마을에 갈 채비를 했다. 그는 아침 식사를 마치자 아내의 면내의를 껴입고 그 위에 낡은 모피 외투를 걸친 다음 3루블의 지폐를 호주머니에 넣고 나뭇가지를 하나 꺾어 지팡이 삼아 집을 나섰다. 외상값 5루블을 받아 3루블을 보태서 양가죽을 살 생각이었다.

구두장이는 마을에 당도하여 한 농부의 집을 찾아갔는데 주인이 없었다. 그의 아내는 일주일 안으로 주인 편에 돈을 보내겠다고 하며 돈을 갚지 않았다. 또 다른 농부에게로 갔으나 그는 돈이 한 푼도 없다고 딱 잘라 말하고 장화를 고친 값으로 이십 코페이카만 주었다. 어쩔 수 없이 구두장이는 양가죽을 외상으로 사려고 했으나 가죽장수는 외상을 주려고 하지 않았다.

"돈을 가지고 와요. 그러면 마음에 드는 걸로 줄 테니까. 외상값 받아내는 게 얼마나 힘이 드는지 원."

이렇게 구두장이는 겨우 구두 수선비 이십 코페이카를 받고, 어느 농부에게서 낡은 털장화를 수선하는 일만 맡아 돌아오게 되었다.

구두장이는 속이 상해서 이십 코페이카를 털어 보드카를 마셔 버린 다음 양가죽도 사지 못한 채 집을 향해 걷고 있었다. 아침에는 좀 추운 것 같았는데 한잔 마시자 몸이 후끈거렸다. 그는 한 손으로는 지팡이로 울퉁불퉁 언 땅을 두드리고 한 손으로는 털장화를 휘두르면서 중얼거렸다.

"젠장, 모피 외투 같은 거 입지 않아도 견딜 만하군. 작은 병으로 하나 마셨는데 온몸의 피가 달음박질치는구먼. 모피 외투 따윈 필요 없을 정도야. 아암, 아무렇지도 않아. 모피 외투 따윈 없어도 살 수 있어. 그런 건 한평생 필요 없어. 헌데 마누라가 가만있지 않을 거야. 그게 마음에 걸려.

나는 죽어라 일하는데 그자들은 날 우습게 본단 말이야. 가만있자, 이번에도 돈을 내놓지 않으면 모자를 잡아 벗기고 말테다.

암, 그렇게 하구말구.

　정말 이게 뭔 짓들이야? 이십 코페이카로 대체 뭘 하라구? 술이나 마실 밖에 없잖은가 말이야. 당신들이 어렵다고 하지만 그래, 난 어렵지 않은 줄 알아? 당신들은 집도 있고 소도 있고 말도 있지만 나는 알몸뚱이야. 당신들은 당신들이 만든 빵을 먹지만 나는 사서 먹어야 한다고. 아무리 몸부림을 쳐보아야 일주일에 빵값만도 3루블은 치러야 돼. 집에 돌아가면 빵도 없을 테니 또 1루블 반은 써야 해. 그러니까 당신들도 내 돈을 갚으란 말이야.”

　이윽고 구두장이는 길모퉁이의 교회 근처까지 왔다. 교회 뒤에 무엇인가 허연 것이 보였다. 구두장이는 찬찬히 보았지만 이미 날이 어두워 무엇인지 알아볼 수가 없었다. ‘저기에 저런 돌 같은 건 없었는데, 혹시 짐승인가? 그런데 짐승 같지도 않아. 머리는 사람 같은데 사람치곤 너무 희군. 그리고 사람이 저런 데 있을 리가 없지.’

　좀더 다가갔다. 물체가 똑똑히 보였다. 그런데 이게 웬일인가! 사람은 사람인데 살았는지 죽었는지 알몸으로 교회 벽에 기대어 앉은 채 꼼짝도 하지 않았다. 구두장이는 무서운 생각이 들었다.

　‘누가 사람을 죽이고 옷을 벗겨 여기 내버린 모양인데. 너무 가까이 다가갔다가는 나중에 무슨 변을 당할지 몰라.’

　그래서 구두장이는 그냥 지나쳐 갔다. 교회 모퉁이를 돌았다. 사나이의 모습은 보이지 않게 되었다. 구두장이는 모퉁이 너머로 고개를 내밀고 살펴보았다. 사나이는 벽에서 떨어져 움직이기 시작했다. 어쩐지 이쪽을 보고 있는 것 같았다. 구두장이는 더럭 겁이 나서 이렇게 생각했다.

'가까이 가 볼까, 그냥 갈까? 혹시 갔다가 무슨 봉변이라도 당하면 큰일이지. 저놈이 누군지 어떻게 알아. 좋은 일을 하고서 이런 데 왔을 리는 없겠고 가까이 가기가 무섭게 덤벼들어 날 목 졸라 죽일지도 몰라. 그렇게 되면 꼼짝 없이 당할 수밖에. 설령 목 졸라 죽이지 않더라도 험한 꼴을 당할 건 뻔해. 저 벌거숭이를 어쩐다? 내가 입고 있는 것을 홀랑 벗어 줄 수도 없고. 에이, 그냥 지나쳐 가자, 제기랄!'

그렇게 생각하면서 구두장이는 걸음을 재촉했다. 교회 건물을 거의 다 지나자 양심이 고개를 쳐들었다. 구두장이는 한길 복판에서 발을 멈추고 혼잣말을 했다.

"도대체 너는 뭘 하는 거냐. 세몬?"

"사람이 재난을 만나 죽어가고 있는데 너는 겁을 집어먹고 슬쩍 도망치려 하고 있다. 네가 뭐 큰 부자라도 되느냐? 가진 물건을 빼앗길까봐 겁이 나나? 세몬, 그건 옳지 않은 일이다!"

결국 세몬은 사나이에게로 되돌아갔다.

2

세몬은 그에게로 다가가 자세히 살펴보았다. 아직 젊은 사나이여서 힘도 있을 듯하고 몸에 얻어맞은 흔적도 없었다. 다만 추위로 몸이 꽁꽁 얼어 말을 듣지 않는 모양이었다. 벽에 기대 앉은 채 세몬 쪽을 보려고도 하지 않았다. 쇠약해질 대로 쇠약해져 눈을 뜰 수도 없는 것 같았다.

세몬이 다가가자 사나이는 그제야 정신이 든 듯 고개를 돌리고 눈을 떠 세몬을 바라보았다. 사나이의 눈빛이 세몬의 가슴을 파고들었다. 그래서 털장화를 땅바닥에 내동댕이치고 허리띠를 끌러 그 위에 놓고는 외투를 벗었다.

"이러고 있으면 큰일 나오! 자아, 이걸 입어요! 자!"

세몬은 사나이를 부축하여 일으켰다. 사나이는 일어섰다. 자세히 보니 깨끗한 몸에 손도 발도 거칠지 않았고 기품 있고 잘생긴 얼굴이었다. 세몬은 그의 어깨에 외투를 걸치고 입혀주려 했으나 팔이 소매 속으로 잘 들어가지 않았다. 세몬은 두 팔을 끼워 주고 옷자락을 잡아당겨 앞을 여민 후 허리띠를 매주었다. 헌 모자도 벗어 벌거숭이 사나이에게 씌워주려고 했으나 숱 없는 머리가 썰렁했다.

'나는 민머리지만 이 사람은 긴 고수머리가 덥수룩이 자라 있잖아.'

이렇게 생각하곤 도로 모자를 썼다.

'그보다도 이 젊은이에게 신을 신겨 줘야겠군.'

구두장이는 사나이를 앉히고 털장화를 신겼다.

"이제 됐네. 자, 이번엔 좀 움직여서 언 몸을 녹여야지. 자네 걸을 수 있겠나?"

사나이는 멀거니 서서 감격한 듯한 표정으로 세몬의 얼굴을 바라보고 있었으나 말은 하지 않았다.

"왜 대답을 하지 않나? 이런 데서 겨울을 날 셈인가? 집으로 돌아가야지. 자, 여기 지팡이가 있으니까 몸이 말을 듣지 않거든 이걸 짚게. 자, 자, 걸어요, 걸어!"

그러자 사나이는 걷기 시작했다. 뒤처지지도 않고 잘 걸었다.

두 사람이 나란히 걷게 되자 세몬이 물었다.

"자네, 대체 어디서 왔나?"

"저는 이 고장 사람이 아닙니다."

"이 고장 사람이면 내가 알지. 그래, 왜 이런 데까지 왔나? 교회 근처까지 말이야."

"그건 말씀드릴 수 없습니다."

"틀림없이 어떤 나쁜 놈들이 이런 짓을 했겠지?"

"아무도 저를 혼내지 않았습니다. 저는 신의 벌을 받았지요."

"그야 만사가 신의 뜻인 것은 맞는 말이네. 그렇더라도 어디 좀 들어가 쉬어야 할 텐데. 자네 어디로 갈 건가?"

"저는 갈 곳이 없습니다. 어디든 마찬가지입니다."

세몬은 조금 놀랐다. 불한당 같지도 않고 말씨도 공손한데 자신의 신상에 대해서는 이야기를 하려고 하지 않았다. 그야 물론 세상에는 말 못할 일이 많기도 하지.

그는 사나이에게 말했다.

"어때, 우리 집에 가는 게? 몸을 녹일 수는 있으니까."

세몬은 집을 향해 걸었다. 낯선 사나이도 머뭇거리지 않고 나란히 따라 걸었다. 찬바람이 세몬의 옷 속으로 파고들었다. 술이 차차 깨면서 추위를 느꼈다. 세몬은 코를 훌쩍거리며 몸에 걸친 아내의 내의 앞섶을 여미고 걸으면서 생각했다. 아니 이건 도대체 어떻게 된 일이야. 모피 외투를 마련하러 갔다가 입고 있던 외투 마저 벗어 주고 벌거숭이 사나이까지 거느리게 됐으니……. 이거 마트료나가 야단일 텐데!

마트료나를 생각하자 세몬의 마음이 우울해졌다. 그러나 옆의 낯선 사나이를 쳐다보고 교회 뒤에서 이 사나이가 자기를 쳐다보았던 눈빛을 떠올리자 마음이 따뜻해졌다.

3

세몬의 아내는 일찌감치 일을 마쳤다. 장작을 쪼개고 물을 긷고 아이들과 같이 저녁 식사도 마친 다음 생각에 잠겼다. 빵 굽는 일을 오늘 할까, 내일로 미룰까. 아직 빵은 큰 것이 한 조각 남아 있었다.

'세몬이 점심을 먹고 온다면 저녁은 그리 많이 먹지 않겠지. 그럼 내일 빵은 이것으로 충분한데.'

마트료나는 빵 조각을 만지작거리며 생각했다.

'오늘은 빵을 굽지 말아야겠다. 밀가루도 얼마 남지 않았으니 이걸로 금요일까지 버텨야지.'

마트료나는 빵을 치우고 테이블 옆에 앉아 남편의 옷을 깁기 시작했다. 바느질을 하면서 마트료나는 남편이 어떤 양가죽을 사올지 궁금했다.

'모피 장수에게 속아 넘어가지는 않았을까. 워낙 사람이 좋기만 하니 알 수 없어. 남은 조금도 속이지 못하지만 어린 아이한테도 속아 넘어가는 사람이니 말이야. 8루블이면 적은 돈도 아니고, 그 정도면 좋은 모피 외투를 만들 수 있겠지. 지난겨울에도 모피 외투가 없어서 얼마나 고생을 했어! 물 길러 강에 갈 수가 있나, 들을 갈 수 있나. 지금도 그렇지, 옷이란 옷은 모조리 입고 나가 버리니까 난 걸칠 것도 없잖아. 그리 일찍 떠나진 않았어도 이제 올 때가 됐는데……. 아니, 이 양반이 또 술타령을 하고 있는 것 아니야?'

마트료나가 이런 저런 생각을 하고 있는데 현관 계단이 삐거덕 거리면서 누가 들어오는 소리가 났다. 마트료나가 옷감에 바늘을 꽂고 문 쪽으로 나갔다. 그런데 두 사나이가 들어오는 것이 아닌 가. 세몬 옆에는 낯선 사나이가 맨발에 털장화를 신고 모자도 없이 서 있었다.

마트료나는 남편이 술을 마셨다는 것을 대번에 알았다. 그러면 그렇지. 남편은 외투도 입지 않고 내의 바람인데다 손에는 아무것도 들지 않고 말없이 서 있었다. 마트료나는 화가 치밀어 올랐다.

'그 돈으로 몽땅 마셔 버린 게 틀림없어. 알지도 못하는 건달하고 퍼마시고 한술 더 떠 집까지 끌고 왔군.'

마트료나는 두 사람을 앞세우고 뒤를 따라 들어가다 생판 모르는 젊고 빼빼 마른 사나이가 입고 있는 외투가 바로 자기네 것임을 알았다. 외투 밑에는 내의도 입지 않았는지 맨살이 드러나 보였다. 집안으로 들어온 젊은 사나이는 그냥 그 자리에 선 채 움직이지도 않고 눈도 쳐들지 않았다. 그래서 마트료나는 필경 무슨 잘못을 저질러서 겁을 먹고 있구나 생각했다.

마트료나는 얼굴을 찌푸리고 페치카 쪽으로 가 서서 두 사람의 거동을 살폈다. 세몬은 모자를 벗고 태연하게 의자에 앉았다.

"여보, 마트료나. 식사 준비를 해야지."

마트료나는 입속으로 중얼거릴 뿐 페치카 옆에 선 채 꼼짝도 하지 않고 두 사람을 번갈아 쳐다보며 고개를 갸웃거렸다. 세몬은 아내가 화난 것을 보고 하는 수 없다는 듯이 낯선 사나이의 손을 잡아 앉혔다.

"자, 앉게. 저녁을 먹어야지. 여보, 아무것도 준비하지 않았소?"

마트료나가 화가 나서 대답했다.

"왜 안 해요? 하긴 했지만 당신을 위해서가 아니에요. 보아하니 당신은 염치마저 홀랑 마셔 버린 모양이규요. 모피 외투를 마련하러 간다더니 입고 간 외투마저 이런 건달에게 벗어주고 집까지 데려와요? 당신네들 주정뱅이에게 줄 저녁은 없어요."

"마트료나, 사정도 모르면서 함부로 말하면 안 돼요. 먼저 어떻게 된 일인지 물어 보아야지."

"그런 건 알 필요도 없어요. 그래, 돈은 어디 있어요? 말해 봐요!"

세몬은 호주머니를 뒤적거리며 돈을 꺼냈다.

"여기 돈 있잖아. 트리포노프는 외상값을 주지 않더군, 내일은 꼭 주겠다고 약속하긴 했지만."

마트료나는 더욱더 화가 치밀었다. 모피도 사지 않고 단 하나밖에 없는 외투를 낯선 벌거숭이 사나이에게 입혀 집으로 끌고 와서 큰소리만 치다니.

　마트료나는 테이블 위의 돈을 집어 지갑 속에 챙겨
넣으며 말했다.
　"저녁은 없어요. 벌거숭이와 술주정뱅이야 어
떻게 되든 말든……."
　"여보, 마트료나. 말 좀 삼가해요. 내 말 좀 들으라
니까……."
　"당신 같은 주정뱅이에게 내가 무슨 말을 들어야 한다는 거예
요. 처음부터 당신 같은 술꾼하고 결혼하는 게 아니었는데……,
어머니가 주신 피륙도 당신이 술값으로 없앴죠. 흥, 모피 사러 간
다더니 그것마저 다 마시고 오고."
　세몬은 아내에게 자기가 마신 술값은 이십 코페이카뿐이라는
것과 이 사나이를 데리고 온 사연도 설명하려고 했지만, 마트료나
는 좀처럼 들으려 하지 않았다. 어디서 그렇게 많은 말이 쏟아져
나오는지 한 번에 두 마디씩 내뱉으니 세몬이 끼어들 틈이 없었
다. 십 년도 더 지난 옛날 일까지 들추어내면서 마트료나는 마구
욕설을 퍼붓고 세몬에게로 달려가 그의 옷소매를 부여잡고 흔들
었다.
　"내 옷 내놔요. 하나밖에 없는 옷을 뺏어 입고 염치도 좋지. 빨
리 이리 벗어 놔요. 못난 인간 같으니! 차라리 죽어버리기나 하지!"
　세몬이 아내의 면내의를 벗으려 하는데 아내가 한쪽 소매를 와
락 잡아당기는 바람에 솔기가 부드득 뜯어져 나갔다. 마트료나는
그것을 빼앗아 입고 문가로 달려가 그대로 밖으로 나가 버리려다
가 발을 멈췄다. 화가 치밀기는 하지만 이 사나이가 누구인지는
알아야겠다고 생각했던 것이다.

4

마트료나가 돌아서서 말했다.

"온전한 사람이라면 저렇게 벌거숭이 꼴을 하고 있을 리가 없어요. 내의도 입고 있지 않잖아요. 당신도 나쁜 짓을 하지 않았다면 어디서 저 사람을 끌고 왔는지 왜 말을 못하는 거예요?"

"내가 말하겠다고 했잖소? 집으로 돌아오는 길에 이 사람이 교회담 밑에 알몸으로 거의 얼어붙은 채 기대앉아 있었단 말이오. 글쎄, 여름도 다 갔는데 벌거숭이가 되어 떨고 있었소. 마침 하늘이 도와서 내가 그리로 지나갔기에 망정이지 그렇지 않았으면 이 사람은 얼어 죽고 말았을 거요. 살다 보면 언제 무슨 일을 당할지 누가 알겠소? 그래 외투를 입혀 데리고 왔지. 마트료나, 당신도 좀 마음을 가라 앉히고 이 사람 처지를 한번 생각해 보구려."

마트료나는 다시 욕설을 퍼부으려고 하다가 문득 낯선 사나이를 쳐다보는 순간 말이 막혔다. 사나이는 죽은 듯이 의자 끝에 걸터앉은 채 꼼짝도 하지 않았다. 두 손을 무릎 위에 올려놓고 목을 가슴팍까지 떨어뜨리고서 눈을 감고 마치 목을 졸리기라도 하는 듯 얼굴을 일그러뜨리고 있었다. 마트료나가 입을 다물고 있자 세몬은 이렇게 말했다.

"마트료나, 당신 마음속엔 하느님이 없소?"

이 말을 듣고 마트료나는 다시 한 번 낯선 사나이를 쳐다보았다. 그러자 이상하게도 분노가 가라앉기 시작했다. 그녀는 문 앞에서 발길을 돌려 난로 한쪽 구석으로 가서 저녁 준비를 하기 시작했다. 잔을 탁자 위에 놓고 크바아스(러시아 인의 음료로 귀리와 엿기름으로 만든 맥주의 일종)를 따른 다음 남은 빵을 잘라 내놓았다. 그리고 나이프와 스푼을 놓으면서 말했다.

"식사하세요."

세몬은 낯선 사나이를 식탁으로 데리고 갔다.

"앉게, 젊은이."

세몬은 빵을 잘게 자르고 같이 먹기 시작했다. 마트료나는 테이블 한쪽 끝에 앉아서 턱을 괸 채 낯선 젊은이를 바라보았다. 그녀는 이 젊은이가 가엾은 생각이 들어 돌보아주고 싶은 마음까지 생겼다.

그러자 낯선 사나이는 표정이 밝아지더니 찌푸렸던 눈썹을 펴고 마트료나 쪽으로 눈길을 돌려 싱긋 웃었다.

식사가 끝나자 마트료나는 테이블을 치우고 사나이에게 물었다.

"도대체 당신 어디 사는 사람이죠?"

"저는 이 고장 사람이 아닙니다."

"그런데 왜 거기에 있었죠?"

"그건 말할 수 없습니다."

"강도라도 만났나요?"

"아닙니다. 저는 하느님의 벌을 받았습니다."

"그래서 벌거숭이가 되어 자고 있었단 말예요?"

"네. 알몸뚱이로 자다가 얼어 죽을 뻔했던 겁니다. 그것을 주인께서 보시고 가엾게 생각하여 입고 있던 외투를 벗어 제게 입히고 집으로 같이 가자고 했던 거죠. 또 여기 오니까 아주머니가 저를 불쌍히 여기셔서 먹고 마시게 해주셨습니다. 두 분께 신의 은총이

내리실 겁니다!"

마트료나는 일어서서 금방 기워 놓았던 세몬의 낡은 내의를 가져다가 낯선 사나이에게 건네주었다. 그리고 속바지도 찾아내서 주었다.

"자, 이걸 입고 마음에 드는 자리에 누워서 자도록 해요. 침대 위든 페치카 옆이든."

낯선 사나이는 외투를 벗고 내의를 입은 다음 침대 위에 몸을 뉘었다.

마트료나는 등불을 들고 외투를 집어 들고 남편 곁으로 가서 누웠다. 외투 자락을 덮고 누웠으나 낯선 사나이의 일이 머릿속에서 떠나지 않아 쉽게 잠을 이룰 수 없었다.

그 사나이가 조금 남았던 빵을 다 먹어버려 내일 먹을 빵이 없다는 것과 내의와 속바지를 주어 버린 것을 생각하니 아까운 생각이 들기도 했지만 젊은이의 싱긋 웃던 모습을 떠올리니 마음이 밝아지는 것 같았다.

오래도록 마트료나는 잠을 이루지 못했다. 세몬도 역시 잠들지 못하고 연신 외투자락을 잡아당기곤 했다.

"남은 빵을 다 먹어버렸는데 반죽을 해두지도 않았으니 내일은 어떻게 한담. 이웃 마라냐네 가서 좀 꾸어 달랠까요?"

"그렇게 하지……. 산 입에 거미줄이야 치려고."

마트료나는 한참 동안 가만히 누워 생각에 잠겼다.

"그런데 나쁜 사람은 아닌 것 같은데 왜 자기에 대한 이야기를 하지 않을까요?"

"아마 말 못할 사정이 있겠지."

"세몬!"

"응?"

"우리 같은 사람도 남을 도와주는데 왜 남들은 아무도 우리를 도와주지 않는지 몰라요."

세몬은 뭐라고 대답해야 좋을지 몰랐다.

"글쎄, 아무러면 어때."

라고 말하고는 돌아누워 그대로 잠들고 말았다.

 5

이튿날 아침, 세몬은 일찍 잠이 깨었다. 이이들이 일어나기 전에 마트로나는 이웃집에 빵을 꾸러 갔다. 어제의 그 낯선 사나이는 낡은 내의와 바지를 입은 채 의자에 앉아 천정을 바라보고 있었다. 얼굴은 어제보다 훨씬 밝아 보였다.

"어때, 젊은이. 뱃속에선 빵을 원하고 알몸뚱이는 옷을 원하니 벌이를 해야 하지 않겠나? 자네 무슨 일을 할 줄 아나?"

"저는 아무것도 할 줄 모릅니다."

세몬은 깜짝 놀랐지만 이렇게 말했다.

"할 마음만 있으면 되는 거야. 사람은 뭐든지 배워서 익히면 돼."

"예, 모두 일하는데 저도 해야지요."

"자네 이름은 뭐지?"

"미하일입니다."

"이봐 미하일, 자네는 자신에 대한 이야기를 하고

싫지 않은 모양인데 그건 아무래도 좋아. 굳이 듣고 싶은 것도 아
니니까. 하지만 밥벌이는 해야 해. 내가 시키는 일을 해 준다면 우
리 집에서 살아도 좋아."

"고맙습니다. 열심히 배우고 익히겠습니다. 뭐든지 가르쳐 주
십시오."

세몬은 실을 집어 손가락에 감고 꼬기 시작했다.

"그다지 어려운 건 아냐. 자, 보라고……."

미하일은 그것을 자세히 들여다보더니 금방 따라했다. 세몬이
이번에는 꼰실 찌는 법을 가르쳤는데 미하일은 그 일도 여간 잘하
지 않았다. 세몬이 꿰매는 일을 해보이자 이것도 미하일은 금방
배웠다.

미하일은 세몬이 어떤 일을 가르치면 마치 여태껏 그 일을 해온
것처럼 능숙하게 따라했다. 허리를 펼 틈도 없이 부지런히 일만
하고 식사는 조금밖에 하지 않았다. 한가할 때는 잠자코 하늘만
쳐다보고 밖으로 나가지도 않았다. 농담을 하거나 웃는 일도 없었
다.

미하일이 웃는 모습을 보인 것은 처음 그가 왔던 날 마트료나가
저녁 식사를 차려 주었을 때뿐이었다.

6

하루하루가 지나가고 일주일, 또 일주일이 지나 1년이라는 세
월이 흘렀다. 미하일은 여전히 세몬이 집에 살면서 일했는데 세몬
의 보조공으로 미하일만큼 모양 좋고 튼튼한 구두를 짓는 사람은

없다고 소문이 자자하였다. 이웃 마을에서까지 주문이 밀려들어 세몬의 수입은 점점 늘어갔다.

그러던 어느 겨울날이었다. 세몬이 미하일과 마주 앉아서 일을 하고 있는데 방울을 잔뜩 단 삼두마차 소리가 요란하게 들려왔다. 창문으로 내다보니 그 마차가 바로 세몬의 가게 앞에 서는 것이었다. 젊은 사람이 마부석에서 뛰어내려 마차 문을 열어주자 안에서 모피 외투를 입은 신사가 나왔다. 그는 세몬의 가게로 들어오기 위해 입구 층계를 올라왔다.

마트료나는 뛰어나가 문을 활짝 열었다. 신사는 몸을 굽히고 안으로 들어와 허리를 쭉 폈는데, 머리는 거의 천정에 닿을 정도로 키가 컸고, 몸집은 방을 꽉 채울 것처럼 건장했다.

세몬은 일어나 인사하면서 신사의 큰 몸집을 보고 벌린 입이 다물어지지 않았다. 이런 사람은 이제껏 본 일이 없었다. 세몬도 살집이 없는 편이고 미하일도 야윈 편이며 마트료나는 마른 나뭇가지처럼 말랐는데 이 신사는 다른 나라에서 왔는지 얼굴은 불그스름하니 윤이 나고 목은 황소처럼 굵어서 마치 몸뚱이 전체가 무쇠로 된 것 같았다.

신사는 숨을 크게 한번 내쉬더니 외투를 벗고 의자에 앉아 말했다.

"이 구두 가게 주인이 누군가?"

세몬이 나서며 말했다.

"제가 주인입니다, 손님."

그러자 신사는 자기가 데리고 온 젊은 하인에게 큰 소리로 말했다.

“그걸 이리 가져와!”

하인이 달려가더니 무슨 꾸러미를 하나 가지고 왔다. 신사는 꾸러미를 받아 테이블 위에 놓더니 말했다.

“풀어라.”

하인이 보퉁이를 풀어놓자 신사는 거기서 나온 가죽을 가리키며 세몬에게 물었다.

“이봐, 주인. 이 가죽이 무슨 가죽인지 알겠나?”

“네, 압니다. 손님.”

“이봐, 이게 무슨 가죽인지 정말 안단 말인가?”

세몬은 가죽을 만져보고 나서 대답했다.

“네, 썩 좋은 가죽이군요.”

“썩 좋은 가죽이라고? 멍청하기는. 자네가 이런 가죽을 구경이나 했겠어? 이건 독일산이야. 이십 루블이나 주고 산 거라고.”

세몬은 겁먹은 표정으로 대답했다.

“저 같은 사람이 어찌 구경이나 했겠습니까.”

“그야 당연하지. 어디 이 가죽으로 내 발에 꼭 맞는 구두를 만들 수 있겠나?”

“예, 만들 수 있지요. 손님.”

신사는 느닷없이 소리 질렀다.

“만들 수 있다고? 하지만 어느 분의 구두를 만드는지, 어떤 가죽으로 만드는지를 명심해야 해. 나는 1년을 신어도 찢어지지 않고 모양이 변치 않는 구두를 원해. 그렇게 만들 수 있으면 일을 맡고 가죽을 재단하게. 하지만 안 될 것 같으면 손도 대지 말아. 미리 말해 두지만 만약 구두가 1년도 안 돼 찢어지거나 모양이 변하거나 하면 자네를 감옥에 처넣어 버릴 거야. 만일 1년이 넘도록 모양이 변하지도 않고 찢어지지도 않으면 삯으로 십 루블을 주겠다."

세몬은 겁이 더럭 나서 대답을 못하고 미하일을 돌아다보았다.

그리고는 팔꿈치로 미하일을 쿡 찌르면서 작은 목소리로 물었다.

"이봐, 어떻게 하지?"

미하일은 일을 맡으라는 듯이 고개를 약간 끄덕였다.

세몬은 미하일의 고갯짓을 보고 1년 동안 모양이 일그러지지도 찢어지지도 않을 구두 제작을 맡게 되었다.

신사는 하인에게 왼쪽 구두를 벗기게 하고 다리를 쭉 폈다.

"치수를 재게!"

세몬은 오십 센티미터 길이의 종이를 잘라 붙여 자리에 펴고, 무릎을 꿇고서 신사의 양말을 더럽힐 새라 앞치마에 손을 잘 닦은 다음 치수를 재기 시작했다. 바닥을 재고 발등 높이를 재고 종아리를 잴 차례가 되었는데 종이 양 끝이 마주 닿지 않았다. 신사의 종아리가 통나무만큼이나 굵었던 것이다.

"정신 차려서 해. 종아리가 꽉 끼게 하면 안 돼."

세몬은 다시 종이를 덧붙였다. 신사는 의젓하게 앉아 양말 속의 발가락을 꼼지락거리면서 주위를 둘러보고 있다가 미하일을 보더니,

"저건 누구야?"

하고 물었다.

"저희 직공인데 솜씨가 아주 좋습니다. 그가 구두를 만들 겁니다."

“똑똑히 알아 둬. 1년간은 끄떡 없도록 만들어야 한다.”

신사는 이렇게 미하일에게 말했다. 세몬도 미하일을 돌아다보았다. 그런데 미하일은 신사의 얼굴은 보지 않고 그 뒤의 구석을 응시하고 있었다. 마치 그곳에 누가 있어 누구인지 알아보려고 하는 듯한 표정이었다. 물끄러미 응시하고 있던 미하일은 갑자기 싱긋 웃더니 얼굴이 밝아졌다.

“넌 뭘 싱글거리고 있는 거야? 멍청한 놈. 정신 차려서 기한 내에 만들어 낼 생각이나 하지 않고.”

그러자 미하일이 말했다.

“네, 그렇게 하겠습니다.”

“좋아, 좋아.”

신사는 구두를 신고 모피 외투를 걸치고는 문쪽으로 걸음을 옮겼다. 그런데 허리 굽히는 것을 잊었기 때문에 이마를 문에 세게 부딪히고 말았다.

신사는 욕설을 퍼붓고 이마를 문지르며 마차를 타고 가버렸다.

신사가 나가자 세몬이 말했다.

“정말 대단한 분이야. 큰 망치로 맞아도 끄떡 없을 것 같은데. 좀 전에 방이 흔들리도록 이마를 부딪쳤는데도 별로 아프지도 않은가 봐.”

그러자 마트료나도 말했다.

"저렇게 부유한 생활을 하는데 체격인들 왜 좋지 않겠수? 저런 튼튼한 사람에게는 저승사자도 감히 접근하지 못하겠수."

7

세몬은 미하일에게 말했다.

"일을 맡긴 했지만 이거 까딱 잘못하는 날엔 감옥살이야. 가죽도 비싼데다, 손님 성깔도 대단하니 절대 실수하면 안 되는데……. 자, 자네는 눈도 밝고 솜씨도 나보다 나으니 이 치수 본으로 재단을 하게. 나는 겉가죽을 꿰맬 테니까."

미하일은 세몬이 시키는 대로 신사의 가죽을 탁자 위에 펼쳐 놓고 가위를 들어 재단하기 시작했다.

그런데 마트료나는 미하일의 옆에서 그가 재단하는 것을 보고 깜짝 놀랐다. 마트료나도 이제 구두 만드는 일에는 익숙한 터인데 가만히 보니 미하일은 구두 모양과는 전혀 다르게 재단을 하고 있는 것이 아닌가?

마트료나는 주의를 줄까 하다가 말았다. 아마도 내가 그 손님의 구두를 어떻게 만들라는 것인지 잘 듣지 못했는지도 몰라. 미하일이 더 잘 알고 있을 테니 참견하지 말아야지.

미하일은 가죽 재단을 마치고 실을 바늘에 꿰어 꿰매기 시작했는데, 그것은 구두를 꿰매는 두 겹 실이 아니라 슬리퍼를 꿰매는 한 겹 실이 아닌가?

그것을 보고 마트료나는 또 크게 놀랐지만 역시 참견하지 않았다. 미하일은 열심히 꿰매고 있었다. 점심때가 되어 세몬이 자리에서 일어나 보니, 미하일은 신사의 가죽으로 슬리퍼를 만들어 놓았다. 세몬은 너무 놀라 앗, 하고 크게 소리를 질렀다.

'이게 뭐야? 미하일은 1년 동안이나 한 번도 실수한 적이 없는데 하필이면 지금 이런 잘못을 저지르다니. 손님은 굽이 있는 구두를 주문했는데 미하일은 평평한 슬리퍼를 만들어 버렸으니……, 손님에겐 뭐라고 변명을 한단 말인가? 이런 가죽은 구하려야 구할 수도 없을 텐데…….'

세몬은 미하일에게 말했다.

"아니, 여보게. 이 무슨 짓인가? 나를 죽일 작정인가? 손님은 구두를 주문했는데 자넨 도대체 뭘 만든 건가?"

세몬이 기가 막혀 미하일을 야단 치고 있는데 바깥문의 쇠고리를 덜컹거리며 누군가가 타고 온 말을 비끄러매고 있었다. 나가 보니 뜻밖에 그 신사의 하인이 온 것이었다.

"안녕하십니까?"

"어서 와요. 무슨 볼일이라도?"

"구두 때문에 마님의 심부름을 왔지요."

"구두 때문에요?"

"구두인지 뭔지, 하여간 이제 필요 없게 되었어요. 나리는 돌아가셨으니까요."

"아니, 뭐라고요?"

"여기서 저택으로 돌아가시다가 마차 안에서 돌아가셨어요. 마차가 저택에 도착하여, 내리는 걸 도와드리려고 보니까 나리가 짐짝처럼 뒹굴고 있지 않겠습니까. 이미 돌아가신 거예요. 간신히 마차에서 끌어내렸지요. 그래서 마님께서 저를 보내면서 '아까 나리가 주문하신 구두는 이제 필요 없게 되었으니 그 가죽으로 죽은 사람에게 신기는 슬리퍼를 만들어 오라.'고 말씀하셨습니다. 그래서 이렇게 왔지요."

미하일은 테이블 위에서 마름질하고 남은 가죽을 둘둘 말아 묶고 다 된 슬리퍼를 꺼내어 탁탁 소리 내어 털고는 앞치마로 곱게 닦아 하인에게 건네주었다. 그는 슬리퍼를 받고는 인사하고 돌아갔다.

8

다시 1년이 지나고 2년이 지나, 미하일이 세몬의 집에 온 지 6년이 되었다. 여전히 처음처럼 아무 데도 가지 않고 한마디도 쓸데없는 말은 하지 않았다. 그동안 싱긋 웃은 적은 단 두 번뿐, 한 번은 처음 마트료나가 저녁 식사 준비를 했을 때이고, 또 한 번은 구두를 맞추러 온 부자 신사를 보았을 때였다.

세몬은 자기 제자가 대견해서 견딜 수가 없었다. 이제는 어디서 왔는지 더 이상 묻지도 않았고 다만 미하일이 나가면 어쩌나 하는 걱정만을 하게 되었다.

하루는 온 식구가 모여 앉아 있었는데, 마트료나는 난로에 냄비를 올려놓고 있었고 아이들은 의자 사이를 뛰어다니며 창밖을 내다보고 있었다. 세몬은 창가에서 구두를 꿰매고 있었고 미하일은 다른 창가에서 굽을 박고 있었다.

그때 세몬의 아들이 의자를 타고 미하일 곁으로 다가오더니 그의 어깨를 흔들면서 창밖을 가리키며 말했다.

"미하일 아저씨, 저것 좀 봐요. 어떤 아주머니가 여자애 둘을 데리고 우리 집 쪽으로 와요. 여자애 하나는 절름발이네?"

아이의 말이 떨어지자마자 미하일은 하던 일을 멈추고 창밖으로 고개를 돌려 물끄러미 바라보았다.

세몬은 미하일을 보고 무척 놀랐다. 이제까지 미하일이 밖을 내다본다든지 하는 일은 한 번도 없었는데 지금은 창에 얼굴을 붙이고 무언가를 응시하고 있었기 때문이다.

그래서 세몬도 일을 멈추고 창밖을 내다보니 무척 깨끗한 옷차림을 한 부인이 자기 집 쪽으로 걸어오고 있었다. 부인은 모피 외투를 입고 긴 목도리를 목에 두른 두 여자아이의 손을 잡고 있었다. 여자아이들은 얼굴이 서로 닮아 누가 누군지 모를 정도였다. 그런데 한 아이는 다리를 가볍게 절며 걷고 있었다.

부인은 바깥 층계를 올라와 입구로 들어와서 문을 열더니 먼저 두 여자아이를 안으로 들여보내고 자기도 방 안으로 들어섰다.

"안녕하세요!"

"어서 오십시오. 무슨 볼일이신지?"

부인은 테이블 옆에 앉았다.

두 여자아이는 부인의 무릎에 안기듯이 기대어 떨어지려고 하지 않았다.

"저어, 이 아이들이 봄에 신을 구두를 맞출까 해서요."

"아, 그렇습니까? 우리는 그런 작은 구두를 만들어 본 적은 없지만, 뭐 할 수 있습니다. 가장자리 장식이 달린 거로 할까요, 안에 천을 대서 접는 것으로 할까요? 여기 있는 미하일은 솜씨가 여간 좋지 않습니다."

세몬이 미하일을 돌아다보니 그는 우두커니 앉아 두 여자아이에게서 눈길을 떼지 않고 있었다.

세몬은 그런 그의 모습이 몹시 놀라웠다. 하긴 두 아이가 모두 귀엽고 예뻤다. 눈동자가 까맣고 뺨이 통통하고 발그레하며 입고 있는 모피 외투와 목에 두른 목도리도 고급스러웠다. 그렇더라도 무슨 이유로 미하일이 저렇게 눈길을 쏟고 있는지 납득이 가지 않았다. 마치 두 여자아이를 알고 있기라도 한 듯했다.

세몬은 의아하게 여기면서도 여인에게로 돌아 앉아 값을 흥정했다. 가격을 정하고 치수를 재려 하자 부인은 절름발이 아이를 안아 올려 무릎에 앉혔다.

"어렵겠지만 이 아이로 두 아이의 치수를 재 주세요. 불편한 발쪽은 한 짝만 하고 이쪽 발에 맞춰서 세 짝을 지어 주세요. 두 아이의 발 치수가 아주 똑같아요. 쌍둥이거든요."

세몬은 치수를 재면서 절름발이 아이를 가리키며 물었다.

"이 아이는 어쩌다가 이렇게 됐습니까? 이렇게 귀여운 아이가……, 날 때부터 그랬나요?"

부인이 대답했다.

"아니에요, 이 애 어머니가 실수로……."

그때 마트료나가 끼어들었다. 어디에 사는 누구의 아이인지 알고 싶었던 것이다.

"그럼, 부인께선 이 아이들의 친엄마가 아니신가요?"

"나는 친엄마도 아니고 친척도 아니지만 그냥 맡아서 기르고 있어요."

"친엄마도 아니신데 정말 귀하게 키우시는군요."

"어떻게 귀하지 않겠어요? 이 두 아이 모두 내 젖으로 키웠어요. 내 아이도 있었지만 하느님께서 데려가셨지요. 그 애도 이 아이들만큼 불쌍한 마음은 들지 않았는데……."

"그러면 대관절 누구의 아이들인가요?"

9

부인은 그 사연을 들려주었다.

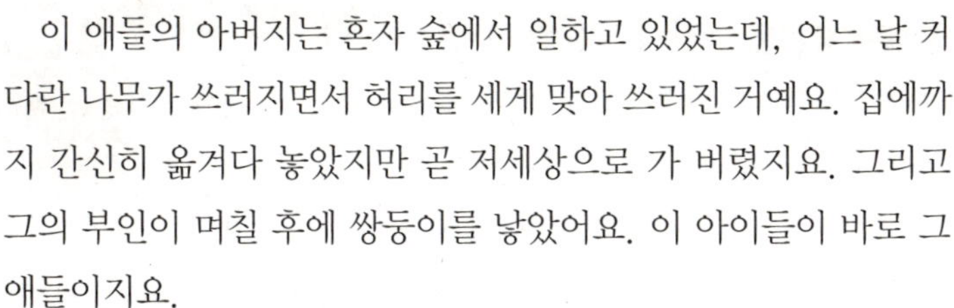

"벌써 6년 전의 일이지요. 이 아이들은 태어난 지 일주일도 못 되어 천애고아가 되어 버린 거예요. 아버지는 아이들이 태어나기 사흘 전에 죽고, 어머니는 아기를 낳고 하루도 못 살고 세상을 떠났지요. 이 아이들의 부모와는 이웃 간이었어요.

이 애들의 아버지는 혼자 숲에서 일하고 있었는데, 어느 날 커다란 나무가 쓰러지면서 허리를 세게 맞아 쓰러진 거예요. 집에까지 간신히 옮겨다 놓았지만 곧 저세상으로 가 버렸지요. 그리고 그의 부인이 며칠 후에 쌍둥이를 낳았어요. 이 아이들이 바로 그 애들이지요.

가난한데다 일가친척도 없고 돌보아줄 만한 사람 하나 없이 그야말로 외톨이여서 홀로 해산을 하고 홀로 죽어간 거죠. 내가 그 이튿날 아침에 궁금해서 그 집에 들어가 보았더니 가엾게도 벌써 숨이 끊어져 있었어요. 게다가 숨이 넘어가는 순간 이 아이에게 쓰러지면서 한쪽 다리가 눌렸던 거예요.

마을 사람들이 모여 시체를 목욕시키고 수의를 입히고 관을 짜고 해서 장례식을 마쳤지요. 다들 좋은 사람들이거든요. 그런데 갓난아이 둘만 남았으니 정말로 큰일이지 뭡니까. 거기 모인 여자 중에 젖먹이를 가진 사람은 나뿐이었어요. 낳은 지 겨우 8주밖에 안 되는 첫 아들에게 젖을 주고 있었죠. 그래서 내가 임시로 두 아이를 맡기로 했지요. 마을 사람들이 모여 이 아기들에 대해 여러 가지로 의논을 한 끝에 저에게 부탁을 하더군요. '마리아 아줌마가 이 아기들을 당분간 맡아 주지 않겠어요? 그동안 우리가 곧 다른 방법을 찾을 테니까요.'

저는 처음에 다리가 온전한 아이에게만 젖을 빨렸습니다. 절름발이 애에게는 젖을 물릴 생각도 안 했죠. 도저히 살지 못하리라고 생각했기 때문이었어요. 그러다가 어느 날 갑자기 어떻게나 측은한 생각이 드는지 그 후로는 꼭 같이 젖을 물려주기 시작했지요. 그래서 내 아이와 두 여자아이, 즉 세 아이에게 동시에 젖을 먹였던 겁니다.

그나마 제가 젊어 기운도 있고 먹성도 좋았으니 망정이죠. 두 아이에게 젖을 물리고 있으면 다음 애가 기다리고 있어서, 한 아이가 젖꼭지를 놓는 대로 기다리던 애에게 젖을 주곤 했지요.

그런데 하느님의 뜻인지 이 두 아이는 잘 자라났는데 내가 낳은 애는 두 살 되던 해에 그만 죽고 말았죠. 살림살이는 차차로 나아지고 급료도 넉넉해서 유복한 살림을 꾸려가기는 하지만 아기가 생기지 않는군요.

정말 이 두 아이가 없었더라면 쓸쓸해서 어떻게 살아가겠어요! 제가 이 아이들을 귀여워하는 것은 당연하지요. 이 두 아이들은 제게 있어서 촛불과도 같답니다."

부인이 한 손으로 절름발이 아이를 끌어당기며 한 손으로 뺨에 흐르는 눈물을 닦았다.

마트료나도 길게 한숨지으며 말하였다.

"부모 없이는 살아갈 수 있지만 하느님 없이는 살아가지 못한다고 하더니 정말로 그런가 봐요!"

세 사람이 이런 이야기를 주고받고 있는데 갑자기 미하일이 앉아 있는 구석에서 섬광이 비쳐와 온 방안이 환하게 밝아졌다. 모두가 놀라 그쪽을 돌아다보니 미하일은 두 손을 무릎 위에 얹고 위를 바라보며 싱긋 웃고 있었다.

10

부인이 두 여자아이를 데리고 돌아가자 미하일은 의자에서 일어나 일감을 테이블 위에 올려놓고 앞치마를 벗어 내려놓으며 주인 내외에게 허리를 굽혀 인사했다.

"안녕히 계십시오, 주인아저씨. 아주머님. 하느님께서 저를 용서해 주셨습니다. 당신들도 부디 저를 용서해 주십시오."

주인 내외가 바라보니 미하일에게서 후광이 비치고 있었다. 세몬도 일어나 미하일에게 머리 숙여 인사를 하였다.

"미하일, 나도 자네가 보통 인간이 아니고 이제 자네를 붙잡을 수도 없으며 물어보아서도 안 된다는 것을 아네. 허나 꼭 한 가지 알고 싶은 것이 있네. 자네를 데리고 집으로 돌아왔을 때 자네는 몹시 침울한 얼굴을 하고 있다가 아내가 저녁상을 차리자 싱긋 웃으며 밝은 표정을 지었지. 그리고 부자 손님이 구두를 주문했을 때도 자네는 웃으면서 표정이 밝아졌었네. 지금 또 부인이 아이들을 데리고 왔을 때 세 번째로 빙그레 웃었네. 그리고 몸에서는 후광이 환하게 비쳤지. 미하일, 어떻게 자네 몸에서 그런 빛이 나는지, 그리고 왜 세 번을 빙그레 웃었는지 그 까닭을 좀 말해 주게나.”

미하일이 대답했다.

“제 몸에서 빛이 나는 것은 다름이 아니라, 하느님의 벌을 받고 있는 중이었는데 이제 용서를 받았기 때문입니다. 또 제가 세 번 빙긋 웃은 것은 하느님의 세 가지 말씀의 진리를 알아냈기 때문입니다. 한 가지 말씀은 아주머니가 저를 가엾다고 생각하셨을 때 알았고, 또 한 가지 말씀은 부자 손님이 구두를 주문했을 때 알게 되었습니다. 그리고 방금 두 여자아이를 보았을 때 마지막 세 번째 말씀을 알게 되어 또 다시 웃은 것입니다.”

이 말을 듣고 세몬이 다시 물었다.

“그러면 왜 하느님께서 자네에게 벌을 내리셨는지 그리고 자네가 깨달은 하느님의 세 가지 말씀이란 대체 무엇인지 말해줄 수 있겠나?”

그러자 미하일은 대답했다.

“제가 벌을 받은 것은 하느님의 말씀을 거역했기 때문입니다.

저는 천사였지요. 어느 날 하느님은 한 여자에게서 영혼을 거두어 오라고 명령하셨습니다.

제가 인간 세계에 내려와 보니 그 여인은 몹시 쇠약한 몸으로 누워 있었습니다. 쌍둥이 딸을 낳았던 것입니다. 갓난아기들은 어머니 곁에서 꼬무락거리고 있었으나 어머니는 젖을 줄 기운도 없었습니다. 여인은 제 모습을 발견하자 하느님이 부르러 보내신 줄 짐작하고 매우 슬프게 흐느끼며 애원했습니다.

'아아, 천사님! 제 남편은 숲에서 나무에 깔려 죽어 불과 며칠 전에 장례식을 치렀습니다. 제게는 형제자매도 친척도 이 갓난애들을 거두어 줄 사람도 없습니다. 제발 제 영혼을 가져가지 마시고 이 아이들을 제 손으로 키우게 해주세요! 아이들은 부모 없이는 살지 못합니다!'

저는 그녀가 하는 말을 듣고 한 아이를 안아 어머니의 젖을 물려주고 다른 한 아이를 어머니의 팔에 안겨 준 다음 하늘나라로 돌아갔습니다. 그리고 하느님께 말씀드렸지요.

'저는 여인의 영혼을 거둬 올 수가 없었습니다. 남편은 나무에 깔려 죽고 여인은 방금 쌍둥이를 낳아 제발 자기 영혼을 거두어 가지 말아 달라고 애원했습니다. 제발 자기 손으로 아이들을 키우게 해달라고, 어린 아이는 부모 없이는 살지 못한다는 것이었습니다. 그래서 저는 여인의 영혼을 거둬 오지 못했습니다.'

그러자 하느님께서는 이렇게 말씀하셨습니다.

'다시 내려가 여인의 영혼을 거두어라. 그러면 세 가지 말의 뜻을 알게 되리라. 즉 인간의 마음속에는 무엇이 있는가, 인간에게 허락되지 않은 것은 무엇인가, 사람은 무엇으로 사는가를. 네가

그것을 깨닫게 되면 하늘나라로 돌아올 수 있으리라.'

그래서 저는 다시 지상으로 내려와 여인의 영혼을 거두고 말았습니다.

두 아기는 어머니의 품에서 떨어져 있었으나 시신이 침대 위에서 쓰러지는 바람에 한 아이를 덮쳐 한쪽 다리를 못 쓰게 된 것입니다.

저는 그 마을을 떠나 하늘로 날아올라가 여인의 영혼을 하느님께 바치려고 하자 갑자기 거센 바람이 휘몰아치면서 제 두 날개를 부러뜨렸습니다. 그래서 그 여자의 영혼만 하느님께로 가고 저는 지상에 떨어져 쓰러져 있었던 것입니다."

11

그제야 세몬과 마트료나는 자신들을 먹이고 입혔던 사람이 누구인지, 자기들과 같이 살면서 일해 온 사람이 누구인지를 알고 두려움과 기쁨으로 눈물을 흘렸다.

천사가 말을 이었다.

"저는 홀로 알몸인 채 들판에 버려졌습니다. 저는 인간의 부자유라는 것도, 추위도 배고픔도 모르고 있었는데 그런 제가 갑자기 인간이 되어 버린 것입니다. 배고픔도 극한에 달했고 몸도 얼어붙어 어찌해야 좋을지 몰랐습니다.

문득 들 한가운데 하느님을 모시는 교회가 눈에 띄어 몸을 의탁하려고 그곳으로 갔으나 문이 잠겨 있어 안으로 들어갈 수가 없었습니다. 저는 바람을 피하려고 교회 뒤로 돌아가 땅바닥에 앉았습니다. 날이 저물면서 배고픔은 더욱 심해지고 몸은 얼대로 얼어, 저는 완전히 탈진해 버렸습니다.

그때 문득 어떤 사람이 털장화를 들고 걸어오면서 혼잣말을 하는 소리가 귀에 들려 왔습니다. 저는 인간이 되고 나서 처음으로 언젠가는 죽을 인간의 얼굴을 보았습니다. 저는 그 얼굴이 무서워 급히 돌아앉았습니다. 그런데 그 남자의 말을 가만히 들어보니, 이 추운 겨울에 몸을 감쌀 옷을 어떻게 마련해야 할 것인지, 어떻게 처자식을 먹여 살려야 할 것인지를 걱정하는 것이었습니다. 그래서 저는 생각했습니다.

'나는 추위와 배고픔으로 거의 죽어가고 있다. 마침 저기 사람이 오고 있지만 그는 어떻게 모피 외투를 마련하나, 어떻게 살아가나, 그것만을 걱정하고 있다. 그러니 이 사람은 나를 도와줄 수 없을 것이다.'

그는 저를 발견하자 얼굴을 찌푸리고 더욱 무서운 몰골로 터덜터덜 제 곁을 지나갔습니다. 그나마 한 줄기 희망도 사라져 버린 느낌이었는데 갑자기 사나이가 되돌아오는 발소리가 들렸습니다. 다시 그 얼굴을 쳐다보았을 때는 방금 지나간 그 사람이 아니구나 하고 생각했을 정도였습니다.

방금 전의 그 얼굴에는 죽음의 기운이 서려 있었는데 이제는 생기가 돌고 하느님의 모습이 어리어 있었습니다. 그 남자는 제 곁에 다가와서 그의 옷을 입혀 주고 저를 자기 집으로 데려갔습니다.

집에 들어가니 한 여자가 말을 늘어놓기 시작했는데 그녀는 아까의 남자보다 더 무서웠습니다. 그 입에서는 죽음의 입김이 뿜어져 나와 저는 그 독기 때문에 숨을 쉴 수도 없었습니다. 여자는 저를 추운 집 밖으로 몰아내려고 했습니다. 만약 그대로 저를 내쫓았더라면 그녀는 죽고 말았을 것입니다. 저는 그것을 알 수 있었지요.

그때 남편이 갑자기 하느님 얘기를 꺼내자 여자는 곧 태도가 누그러졌습니다. 여자가 저녁 식사를 권하면서 저를 흘끔 쳐다보았을 때 그녀의 얼굴에는 죽음의 그림자가 이미 자취도 없이 사라지고 생기가 넘쳐 있었습니다. 저는 그녀의 얼굴에서도 하느님의 모습을 보았습니다.

그때 저는 '인간의 마음속에 무엇이 있는지 그것을 알게 되리라.'고 하신 하느님의 첫 번째 말씀을 생각해 냈습니다. 나는 인간의 마음속에 있는 것은 사랑이라는 것을 깨달았습니다. 하느님께서 약속하신 일을 이렇게 내게 보여 주시는구나 생각하니 너무 기뻐서 그만 싱긋 웃고 말았습니다.

그러나 아직도 그 전부를 알 수는 없었습니다. 인간에게 허락되지 않은 것은 무엇인가, 사람은 무엇으로 사는가라는 것이었습니다.

당신들과 같이 살면서 1년이 지났습니다. 그러던 어느 날 한 부자가 찾아와서 1년 동안 닳지도, 찢어지지도, 일그러지지도 않을 장화를 만들어 달라고 했습니다. 제가 문득 그를 쳐다보았더니 뜻밖에도 그의 등 뒤에 나의 동료였던 죽음의 천사가 서 있는 것을 보았습니다. 저 이외에는 아무도 그 천사를 보지 못했지만 말이죠. 그리고 채 날이 저물기도 전에 그의 영혼이 그에게서 떠나버릴 것을 알았습니다. 저는 생각했습니다. '이 사나이는 1년 신어도 끄떡없는 구두를 만들라고 하지만 자기가 오늘 저녁 안으로 죽을 것은 모른다.'

그래서 '인간에게 허락되지 않은 것은 무엇인가?' 라는 하느님의 두 번째 말씀을 생각해 냈습니다. 인간의 마음속에 무엇이 있는가는 이미 알아냈습니다. 그리고 이번에는 인간에게 허락되지 않은 것이 무엇인지도 알아낸 것입니다. 그것은 자신에게 진정으로 무엇이 필요한가를 아는 지혜입니다. 그래서 저는 두 번째로 싱긋 웃었습니다. 친구였던 천사를 만난 것도 기뻤고 하느님께서 두 번째의 말씀을 깨닫게 해 주신 것도 기뻤기 때문입니다.

그렇지만 아직도 전부는 깨닫지 못했습니다. 저는 그때까지도 사람은 무엇으로 사는지를 깨닫지 못했던 것입니다. 그래서 저는 언제까지라도 여기 머물면서 하느님께서 마지막 말씀을 계시해 주시기를 기다렸습니다.

6년째 되는 오늘, 쌍둥이 여자아이를 키우는 부인이 아이들을 데리고 찾아온 것을 보고 저는 그 아이들이 부모 없이도 무사히 잘 자라고 있다는 것을 알았습니다. 저는 생각했습니다.

'여인이 아이들을 봐서 살려 달라고 부탁했을 때 나는 그 말을 듣고 아이들은 부모 없이 살아갈 수 없을 거라고 생각했는데 다른 사람의 품안에서 이렇게 잘 자라고 있지 않은가.'

그리고 저는 그 부인이 다른 사람의 아이를 가엾게 여겨 눈물을 흘릴 때 거기서 살아 계신 하느님의 모습을 발견했고, 비로소 사람은 무엇으로 사는가를 깨달았습니다. 하느님께서 마지막 깨달음을 주시어 저를 용서하셨다는 것을 알았기에 세 번째로 싱긋 웃었던 것입니다."

12

말을 마치자 천사의 몸은 빛으로 둘러싸여 눈을 똑바로 뜨고 쳐다볼 수조차 없게 되었다. 그때 천사가 웅장한 목소리로 이야기하기 시작했다. 그것은 그가 스스로 말하는 것이 아니라 하늘에서 울려오는 목소리 같았다.

"나는 깨달았다. 모든 사람은 자신만을 살피는 마음으로 사는 것이 아니라 사랑으로써 살아가는 것이다.

어머니는 자기 아이들의 생명을 위해서 무엇이 필요한가를 아는 지혜가 허락되지 않았었다. 또 부자는 자기에게 무엇이 필요한지 알지 못했다. 저녁때까지 무엇이 필요한지, 산 자가 신는 구두인지, 죽은 자에게 신기는 슬리퍼인지, 그것을 아는 것은 누구에게도 허락되지 않았다.

내가 인간이 되어 무사히 살아갈 수 있었던 것은, 내가 여러 가지의 일을 걱정했기 때문이 아니라 지나가던 사람과 그 아내에게 사랑이 있어 나를 불쌍하게 여기고 나를 사랑해 주었기 때문이다. 고아들이 잘 자라고 있는 것은 많은 사람이 두 아이의 생계를 걱정해 주었기 때문이 아니라, 타인인 한 여인에게 아이들을 사랑하는 마음이 있었기 때문이다.

모든 인간이 살아가고 있는 것도 각자가 자신의 일을 걱정하고 있기 때문이 아니라 그들 마음속에 사랑이 있기 때문이다.

나는 전부터 하느님께서 인간에게 생명을 내려주시고 모두가 잘 살아가도록 바라신다는 것을 알았지만 이번에는 한 가지 일을 더 깨달았다.

그것은 다름이 아니라, 하느님께서는 인간이 흩어져 사는 것을 원하지 않으신다는 것이다. 그렇기 때문에 인간 각자에게 무엇이 필요한지를 다 알려주지 않으신다는 것이다. 인간이 서로 모여 살기를 원하시기 때문에 우리들에게 자신과 모든 사람을 위해서 무엇이 필요한가를 일깨워 주시는 것이다.

이제야말로 나는 깨달았다. 자신의 일만을 걱정함으로써 살아갈 수 있다고 생각하는 것은 인간들의 생각일 뿐, 진실로 인간은 사랑의 힘으로만 살아가는 것이다. 사랑 안에 사는 사람은 하느님 안에 살고 있고 하느님은 그 사람 안에 계시다. 왜냐하면 하느님은 사랑이시기 때문이다."

그렇게 말하고 천사는 하느님께 찬송을 드렸다. 그러자 그 목소리로 인하여 집이 울리는 것 같았다. 그리고는 천정이 두 쪽으로 갈라지면서 땅에서 하늘까지 불기둥이 뻗쳤다. 세몬 내외도 아이들도 모두 땅바닥에 엎드렸다. 마하일의 등에서 날개가 활짝 펼쳐지더니 하늘로 날아올라갔다.

세몬이 문득 정신을 차렸을 때에는 집은 예전대로였고 집안에는 세몬의 가족 외엔 아무도 보이지 않았다.

O. 헨리 <마지막 잎새>

오 헨리(O. Henry 1862~1910) 미국 소설가.

본명은 윌리엄 시드니 포터(William Sydney Porter). 오 헨리라는 필명은 1886년부터 쓰기 시작했다고 한다. 그는 1862년 노스캐롤라이나 주 그린즈버러에서 포터부부의 셋째 아들로 태어났다. 어머니 메리는 서른 살의 젊은 나이에 헨리가 세 살일 때 폐병으로 세상을 떠났다.

어머니의 사후, 아버지가 가정을 돌보지 않아 집안 형편이 극도로 나빠지자 온 가족이 숙부의 집에서 더부살이를 하였으며 숙모 에바 라이너가 자신의 집에 차린 사숙에서 전형적인 초등교육을 받았고 숙부 클라크가 경영하는 약국에서 일하면서 전기나 소설, 수필 등을 탐독하여 훗날 작가로서의 자질을 키웠다.

1887년 25세에 17세의 소녀 에이솔 에스티즈 로치와 결혼했다, 1891년 오스틴 은행에 근무하는 한편, 그 무렵부터 문필생활을 하면서 주간신문 《롤링스톤》을 발간하였으나 적자만 내다가 1895년에 폐간되었다. 1896년 전에 근무하였던 은행에서 공금횡령 혐의로 고발당하자 그는 온두라스로 도주한다. 당시의 은행 장부가 매우 엉성하여 감사 때 장부의 숫자가 맞지 않자 출납계원이었던 헨리에게 덮어 씌웠다는 얘기도 있고, 공금을 신문 발행의 적자를 메우는 데 썼다는 말도 있다. 방랑하던 중에 아내가 위독하다는 소식을 듣고, 1898년 귀국해 자수를 하여 5년형을 선고받았다. 교도소 복역중 그곳 체험을 소재로 단편소설을 쓰기 시작했다. 오 헨리라는 필명으로 1899년 《마그레아즈》지에 첫작품을 게재하였다. 이로 인해 모범수로 형기가 단축되어 1901년 출옥한 뒤 곧 뉴욕으로 가서 작가생활을 시작, 1903년 《뉴욕월드》지에 단편을 기고하면서 인기를 모았다. 중앙아메리카에서의 견문을 바탕으로 한 《양배추와 임금님》, 뉴욕 서민생활의 애환을 그린 《4백만》등 다수의 작품집을 발표한다. 줄거리 전개의 교묘함과 의외의 결말로 끝나는 특유의 작품세계를 보여준다. 1910년 6월 5일, 과로와 간경화, 당뇨병 등으로 뉴욕 종합병원에서 사망했다.

마지막 잎새

O. 헨리

마지막 잎새

　마지막 잎새는 오 헨리가 1905년에 발표한 단편으로 병을 앓고 있는 존시와 그녀의 친구 수, 그리고 베어먼 할아버지의 따뜻한 인간애를 보여 준다. 병에 걸려 죽음만 기다리는 젊은 여자를 위해 비바람이 몰아치는 밤에 담쟁이 잎을 벽에 그리고 그날 밤의 과로로 병이 들어 죽는 무명 화가를 통해 삶의 가치를 회복하는 모습과, 가난한 예술가의 애환을 보여주는 오 헨리의 대표적인 작품으로 죽음을 두려워하지 않고 사랑을 실천한 한 예술가의 숭고한 예술혼이 빛을 발하며 또한 어떠한 시련이 닥치더라도 굳센 의지만 있다면 충분히 이겨낼 수 있다는 것을 작가는 이 작품을 통해 암시하고 있다.

작품 줄거리

수와 존시는 3층 벽돌집 꼭대기에 공동 화실을 갖고 함께 살아가는 가난한 화가 지망생들이다. 11월에 들어서면서 폐렴으로 앓고 있는 존시는 살려는 의지를 보이지 않은 채 창밖의 잎만 세고 있었다. 의사는 그녀가 생의 의욕이 없으므로 나을 가망성이 없다고 한다. 삶에 대해 소극적이고 회의적이던 존시는 건너편 집 벽에 붙은 담쟁이 잎의 수와 자기 생명을 결부시켜, 담쟁이 잎들이 다 떨어지면 자신도 죽을 거라는 말을 한다. 담쟁이 잎이 하나만 남게 되자 친구 수는 불안해진다. 지하층에서는 40년 동안 그림을 그렸지만 아직 걸작을 그려보지 못한 베어만이라는 노화가가 살고 있었다. 어느 비바람이 몰아치던 밤, 존시는 마지막 한 잎 남은 담쟁이 잎이 떨어졌을 것이라며 체념한다. 하지만 다음 날 아침 존시가 창문을 열어보니 밤새도록 세찬 비와 사나운 바람에도 불구하고 담벽에 담쟁이 잎새 하나가 그대로 붙어 있는 것을 보고 삶의 의욕을 되찾는다. 노화가가 존시를 살리기 위해 비바람 몰아치는 밤중에 담쟁이 잎을 담벽에다 그려 놓은 것이다. 그는 급성폐렴에 걸려 숨을 거두고 마는데 그의 구두와 옷이 축축이 젖어 있고 사다리 옆에 붓 몇 자루와 물감을 탄 팔레트가 있었다.

핵심정리

갈래: 액자 소설

구성: 교훈적

시점: 3인칭 전지적 작가 시점

배경: 1900년 겨울 뉴욕의 그리니치빌리지

주제: 따뜻한 인간의 희생과 예술정신

마지막 잎새

워싱턴 스퀘어 서쪽에 있는 작은 구역은 여러 갈래의 길이 복잡하게 얽혀서 '플레이스'라는 골목길로 나뉘어 있었습니다. 이 '플레이스'는 구불구불한 곡선으로 되어 있어 어떤 길은 본래의 길과 교차되기도 하였습니다.

그것을 보고 어떤 화가가 기발한 생각을 해냈습니다. 그림물감과 종이, 캔버스 값 따위를 받으러 온 수금원이 이 골목으로 들어왔다가 한푼도 받지 못한 채 오던 길로 되돌아가야 한다면 어떻게 될까?

이 고풍스럽고 색다른 그리니치 빌리지에 화가들이 하나 둘씩 모여들어 십팔 세기풍의 셋방과 네덜란드식 다락방을 찾아다니기 시작했습니다. 그들은 6번가에서 백랍제 컵과 탁상용 난로를 사들고 들어오기 시작했고 마침내 이곳에 '예술가 마을'이 생기게 되었습니다.

수와 존시의 아틀리에는 벽돌로 지은 나지막한 3층 건물 꼭대기에 있었습니다. '존시'란 조엔너의 애칭이었습니다. 수는 메인 주에서 태어났고 존시는 캘리포니아 주에서 태어났습니다. 두 사

람은 8번가의 식당 '델모니코'에 식사를 하러 갔다가 알게 되어 예술이나 꽃상추 샐러드를 좋아하는 것, 혹은 옷차림이나 취미가 비슷한 것을 알게 되어 아틀리에를 함께 쓰기로 했습니다. 그것이 지난 5월의 일이었습니다.

찬바람이 불기 시작하는 십일월이 되자 '폐렴'이라는 무서운 침입자가 이 예술가 마을을 돌아다니면서 사람들을 괴롭히기 시작했습니다. 지구 반대쪽에서도 이 무법자가 활개를 치고 다니며 닥치는 대로 수십 명의 목숨을 앗아갔다고 합니다. 하지만 이 비좁고 낡은 '플레이스'의 미로에서는 그의 발걸음 역시 빠르지 못했습니다.

폐렴은 기사도 정신을 가진 신사라고 할 만한 놈이 아니었습니다. 캘리포니아의 미풍 속에 살아 왔던 작고 여린 아가씨들은 피투성이가 된 손과 거친 숨결만 노리는 이 늙은 악한이 공격할 만한 사냥감이 아니었습니다. 그럼에도 불구하고 존시는 불행하게도 폐렴에 걸리고 말았습니다. 그녀는 꼼짝없이 쇠침대 위에 누워 네덜란드풍으로 장식된 작은 창문 너머로 이웃 벽돌집의 황량한 벽만을 바라보는 신세가 되고 말았습니다.

그러던 어느 날 아침, 짙은 회색 눈썹을 가진 의사가 수를 복도로 불러냈습니다.

"저 아가씨가 회복될 가능성은……. 글쎄, 아마 열에 하나라고 할 수 있을까요."

그는 체온계를 흔들며 암울한 목소리로 말했습니다.

"그 가능성도 환자의 살려는 의지가 어느 정도냐에 달려 있어요. 저렇게 제발로 장의사에게 가려고만 한다면 약도 아무 소용이 없습니다. 내가 보기에 저 아가씨는 병이 낫지 않을 거라고 생각하는 것 같아요. 무슨 걱정거리라도 있는 건가요?"

"저 애는 늘 나폴리를 그리고 싶어했어요."

수가 작은 목소리로 대답했습니다.

"그림을 그린다고요? 어리석군요! 그보다 더 심각한 무슨 걱정거리가 있는 게 아닐까요? 이를테면 남자 문제라든가."

"남자라고요?"

수는 어이가 없다는 듯 큰 소리로 말했습니다.

"남자한테 그럴 가치가……. 아닙니다, 선생님. 그런 사람은 없습니다."

"그렇겠지요. 그럼 그게 바로 약점이로군요."

의사는 계속 말을 이었습니다.

"그러면 내 최선을 다해 의술로 할 수 있는 일을 해보겠습니다. 하지만 환자가 자기 장례식 행렬에 따르는 자동차 수를 상상하기 시작하면 약효는 반으로 줄어드는 법입니다. 만일 저 환자가 친구에게 이번 겨울에 유행할 외투가 어떤 것이냐고 물을 정도가 된다면 가능성은 열에 하나가 아니라 다섯에 하나가 된다고 확신할 수 있습니다."

의사가 돌아가자 수는 작업실로 돌아가서 휴지가 흠뻑 젖도록 울었습니다. 그러고 나서 언제 그랬냐는 듯이 화판을 들고 기분 좋은 표정으로 휘파람을 불면서 존시의 방으로 들어갔습니다.

존시는 침대에 누운 채 꼼짝도 하지 않고 창문 쪽을 바라보고 있었습니다. 수는 그녀가 잠이 든 줄 알고 휘파람을 그쳤습니다. 그리고 화판을 얹어놓고 잡지의 삽화로 쓸 펜화를 그리기 시작했습니다. 젊은 작가가 잡지에 소설을 쓰면서 경력을 쌓듯 젊은 화가 역시 예술의 길을 닦기 위해 잡지의 삽화를 그려야 했던 것입니다.

수는 마술 쇼를 할 때 입는 멋진 승마 바지에 외눈 안경을 쓴 주인공 카우보이를 그리고 있었습니다. 그때 문득 낮은 목소리가 몇 번 반복되는 것을 들었습니다.

수는 급히 존시 곁으로 다가갔습니다. 존시는 눈을 크게 뜨고 창밖을 내다보며 숫자를 거꾸로 세고 있었습니다.

"열둘."

그러고 나서 조금 있다가 '열하나', 그러고는 '열', '아홉', 그리고 거의 동시에 '여덟', '일곱'.

수는 걱정스러운 눈으로 창밖을 내다보았습니다. 무엇을 세고 있는 것일까. 창밖에 펼쳐진 풍경은 쓸쓸한 마당과 높이가 이십 피트쯤 되는 벽돌집의 황량한 벽뿐이었습니다. 그리고 그 벽에는 울퉁불퉁한 뿌리를 가진 오래된 담쟁이덩굴 한 그루가 중간쯤까지 기어올라와 있었습니다. 덩굴의 잎사귀는 싸늘한 가을바람에 떨어져 나가고 앙상한 가지만이 차가운 벽에 달라붙어 있었습니다.

"존시, 무얼 보고 있는 거니?"

수가 존시의 손을 잡으며 물었습니다.

"여섯."

존시는 속삭이듯이 말했습니다.

"떨어지는 게 점점 빨라져. 사흘 전엔 백 개쯤 남아 있었지. 세느라고 머리가 아플 정도였어. 하지만 이젠 간단해. 어머, 또 하나가 떨어졌네. 이제 다섯이 남아 있을 뿐이야."

"다섯이라고? 그게 뭐야? 나한테도 가르쳐줘."

"담쟁이덩굴에 남아 있는 잎사귀 말이야. 마지막 한 잎이 떨어지면 나도 떠나게 될 거야. 사흘 전부터 그 사실을 알고 있었어. 선생님도 그렇게 말씀하셨지?"

"아니야, 그런 바보 같은 소리는 들어보지도 못했어."

수는 호들갑스럽게 웃으며 말했습니다.

"담쟁이덩굴의 마른 잎사귀하고 네가 낫는 것하고 무슨 상관이 있니. 전엔 저 담쟁이덩굴이 마음에 든다고 했잖아. 넌 참 못됐구나. 너무 바보 같은 말만 하잖아. 선생님이 오늘 아침에 말씀하셨어. 네 병이 나을 수 있는 가능성은……. 어머, 선생님이 뭐라고 하셨더라. 그새 잊었네. 아, 맞아. 나을 가능성은 하나에 열이래. 뉴욕에서 전차를 타거나 공사 중인 빌딩 곁을 지나가도 그 정도 위험은 늘 있게 마련이라는 거야. 수프 좀 마셔보겠니? 그리고 나 그림 좀 그리게 해줘. 그림을 팔아야 아파서 누워 있는 아기한테 포도주를 사주고, 또 먹고 싶은 돼지고기도 살 수 있잖아."

"이젠 포도주 같은 건 살 필요 없어."

존시는 창밖에 시선을 둔 채 말했습니다.

"저것 봐, 또 떨어졌어. 아냐, 수프는 먹지 않을래. 이제 남아 있는 건 네 잎뿐이야. 어두워지기 전에 마지막 잎새가 지는 걸 보고 싶어. 그러면 나도 떠날 거야."

"존시!"

수는 존시 위로 몸을 숙이며 말했습니다.

"내가 그림을 다 그릴 때까지만이라도 눈을 감고 창밖을 보지 않겠다고 약속해줘. 내일까지 그림을 넘겨줘야 한단 말이야. 그래서 햇빛이 필요해. 그렇지 않으면 커튼을 내려버렸을 거야."

"옆방에서 그리면 안 되겠니?"

존시는 냉정하게 말했습니다.

"네 곁에 있고 싶어서 그래."

수가 목소리를 높이며 말했습니다.

"그뿐이 아니야. 저런 말라비틀어진 담쟁이덩굴 잎이나 멍하니 바라보고 있는 바보 같은 짓을 못하게 하려고 그래."

"그럼, 다 그리면 알려줘."

존시는 눈을 감은 채 조각상처럼 핏기 없는 얼굴로 가만히 누워 있었습니다.

"마지막 잎새가 떨어지는걸 보고 싶어. 기다리다 지쳤어. 생각하는 것도 지쳤어. 난 모든 것에 대한 집착을 버리고 저 불쌍하고 지친 담쟁이덩굴 잎새처럼 조용히 지고 싶어."

"존시, 그만 잠이나 자두렴."

수가 말했습니다.

"아래층에 사는 베어먼 씨에게 세상을 등지고 동굴에 사는 노인의 모델이 되어 달라고 해야겠어. 금방 돌아올 테니 내가 돌아올 때까지 움직이면 안 돼."

베어먼 노인은 층계 아래 지하실에 사는 화가였습니다. 예순 살이 넘었으며, 미켈란젤로가 조각한 모세와 같은 수염을 기르고 있었습니다. 그는 예술가로서는 낙오자였습니다. 사십 년 동안 붓을 놓지 않으면서도 예술의 여신 뮤즈의 옷자락에도 손이 미치지 못했습니다.

입버릇처럼 걸작을 그린다고 말하면서도 아직 시작도 하지 못한 채 지난 수년 동안 상업용이나 광고용 그림만을 서툰 솜씨로 가끔 그릴 뿐이었습니다. 가끔 가다 전문 모델을 채용하지 못하는 예술가 마을의 젊은 화가들에게 모델이 되어주고 몇 푼씩 돈을 받아 연명하고 있었습니다. 그리고 늘 술에 취해 있으면서도 언젠가는 걸작을 그리겠다고 떠벌리곤 했습니다.

그는 몸집은 작았지만 성격이 거세 나약한 사람을 만나면 무척 경멸하며 멸시했습니다. 그리고 위층 아틀리에에 사는 두 젊은 화가를 지키는 감시인 역할을 자처하고 있었습니다.

어두컴컴한 지하실의 움막 같은 방에서는 노간주나무 열매 냄새가 물씬 풍겼습니다. 한쪽 구석에는 이젤이 세워져 있었는데, 거기에는 이십오 년 동안이나 걸작의 첫 붓질을 기다리며 아무것도 그려져 있지 않은 휑한 캔버스가 얹혀 있었습니다.

수는 노인에게 존시의 괴상한 망상을 말해 주며, 나뭇잎처럼 가볍고 여린 그녀가 세상에 대한 애착을 버린다면 정말로 마른 나뭇잎처럼 지고 말지도 모른다고 말했습니다.

그러자 베어먼 노인은 핏발이 선 눈에 눈물을 글썽이며 존시의 어리석은 공상을 비웃었습니다.

"뭐라고?"

그는 강한 독일어 억양을 숨기지 않고 소리쳤습니다.

"다 썩은 담쟁이덩굴 잎사귀가 떨어져도 그 애가 죽지는 않아. 그리고 네가 말하는 세상을 등진 어리석은 사람의 모델 같은 건 해줄 수 없어. 너는 왜 존시가 그런 어리석은 생각을 하게 내버려 두는 거냐? 아, 가여운 존시!"

"병이 깊어져서 마음이 무척 약해졌어요."

수가 말했습니다.

"그리고 고열 때문에 머리가 이상해졌는지 엉뚱한 공상만 해요. 하지만 괜찮아질 거예요. 베어먼 할아버지, 모델이 되고 싶지 않

으면 안 해도 상관없어요. 하지만 할아버지도 너무 말만 앞세워요.”

“너도 어쩔 수 없는 여자애로구나.”

베어먼이 소리쳤습니다.

“누가 모델이 되지 않겠다고 했어? 어리석은 말은 그만두고 함께 가자. 삼십분 전에 이미 모델이 되어주겠다고 말하려던 참이야. 그리고 이곳은 존시 같은 착한 아가씨가 병들어 누워 있을 곳이 아니야. 이제 내가 걸작을 그려줘야겠어. 그 후에 우리 함께 어디론가 이사를 하는 거야. 그렇지! 암 그렇게 해야지.”

위층에 올라가 보니 존시는 잠들어 있었습니다. 수는 커튼을 창문 아래까지 내리고 베어먼에게 옆방으로 가자고 손짓을 했습니다. 그런 다음 두 사람은 창 너머로 조용히 담쟁이덩굴을 바라보다가 한순간 서로 말없이 얼굴을 마주 보았습니다.

차가운 진눈깨비가 쉬지 않고 내리고 있었습니다. 베어먼 노인은 낡아빠진 푸른 셔츠를 입고 바위 대신 엎어놓은 큰 냄비 위에 앉아, 동굴 속에 사는 세상을 등진 사람의 모델이 되어 주었습니다.

이튿날 아침, 수가 한 시간쯤 자고 나서 깨어 보니 존시는 생기 없는 눈을 둥그렇게 뜨고 창문에 드리운 푸른색 커튼을 물끄러미 바라보고 있었습니다.

"커튼을 올려줘. 창밖을 보고 싶어."

존시가 속삭이는 듯한 목소리로 말했습니다.

수는 어쩔 수 없이 그녀가 시키는 대로 했습니다.

그런데 이게 어찌된 영문일까요. 밤새 세찬 비바람이 미친 듯이 휘몰아쳤는데도 벽 위에는 담쟁이덩굴 잎새 하나가 아직도 남아 있는 것이었습니다. 그것은 담쟁이덩굴에 남아 있는 마지막 잎새

였습니다. 잎자루 부위는 아직도 짙은 초록빛이었지만 톱니 모양의 가장자리는 노랗게 말라버린 잎새 하나가 이십 피트나 되는 높다란 벽에 보란 듯이 매달려 있었습니다.

"마지막 잎새야."

존시가 말했습니다.

"밤 사이에 틀림없이 떨어져버릴 줄 알았는데. 저렇게 바람이 부는데도……. 하지만 오늘은 떨어지겠지. 그러면 나도 죽을 거야."

"존시, 그게 무슨 소리야!"

수는 지친 얼굴을 베개로 감싸며 말했습니다.

"네 일을 생각하지 않는다면 나를 좀 생각해줘. 나는 어떻게 하라고 그러는 거니?"

하지만 존시는 아무 대답도 하지 않았습니다.

멀리 여행을 떠날 결심을 하고 있는 영혼만큼 고독한 것은 없습니다. 죽음에 대한 환상이 점점 더 그녀의 마음을 붙잡을수록 그녀는 친구뿐만 아니라 이 땅에 매어두고 있던 끈을 하나하나 놓아버리려 했습니다.

그렇게 그날은 지나갔습니다. 하지만 저녁이 되어도 잎사귀 하나가 벽 위의 담쟁이덩굴에 매달려 있는 것이 분명하게 보였습니다. 이윽고 밤이 깊어지자 차가운 북풍이 다시 불기 시작했습니다. 세찬 비가 창문을 두드리며 나지막한 네덜란드풍의 차양을 따라 빗방울을 떨어뜨리고 있었습니다.

다음날 아침이 밝자마자 존시는 커튼부터 올려달라고 말했습니다.

그러나 담쟁이덩굴 잎새는 아직 그대로 매달려 있었습니다. 존시는 오랫동안 그것을 바라보았습니다. 그러다가 수를 불렀습니다. 닭고기 수프를 끓이던 수는 존시에게 다가왔습니다.

"수, 난 나쁜 애였어. 저 마지막 잎새가 어떤 보이지 않는 힘에 의해 지금까지도 남아 있는 건, 내가 얼마나 많은 죄를 지었는지 가르쳐 주려는 거야. 죽으려고 하는 건 크나큰 죄악이야. 이제 수프를 먹어야겠어. 그리고 포도주를 탄 우유도. 아니 그보다 먼저 손거울 좀 갖다줄래? 그리고 등 밑에 베개를 몇 개 넣어주지 않겠니? 몸을 일으켜서 네가 요리하는 걸 보고 싶어."

그리고 한 시간쯤 지난 뒤 그녀가 다시 말했습니다.

"수, 언젠가는 나폴리를 꼭 그려보고 싶어."

오후에 의사가 왔습니다. 수는 의사와 함께 복도로 나갔습니다.

"이제 희망은 반반입니다."

의사는 수의 가냘픈 손을 잡고 웃으며 말했습니다.

"간호만 잘하면 곧 회복할 수 있을 테니 걱정하지 않아도 되겠어요. 그건 그렇고, 아래층에도 환자가 생겼어요. 베어먼이라고 하는 화가인가 봐요. 역시 폐렴입니다. 나이도 많고 몸도 약한데 급성이라 가망이 없답니다. 편하게 해주려고 오늘 입원시키기로 했어요."

이튿날 의사가 다시 와서 수에게 말했습니다.

"이제 위기는 벗어났습니다. 아가씨가 이긴 겁니다. 나머지는 영양 보충과 간병, 그것만 남았어요."

그날 오후, 존시는 침대에 앉아 짙은 푸른색 털실로 숄을 짜면서 흐뭇해 하고 있었습니다. 그때 수가 다가와서 그녀를 살며시 껴안았습니다.

"존시, 너한테 할 얘기
가 있어."

수가 말했습니다.

"베어먼 할아버지가 오
늘 병원에서 폐렴으로 돌
아가셨어. 겨우 이틀 앓은
것뿐인데 말이야. 아침에
관리인이 지하실 방에서
고통스러워하는 할아버지
를 발견했을 때는 도저히
손쓸 방법이 없었나 봐. 구
두와 옷이 땀으로 온통 젖
어 있었고 몸은 얼음장처
럼 차가웠대.

그렇게 북풍이 거센 밤에 어딜 갔었는지 옆 건물 아래에서 아직
불이 켜진 램프와 사닥다리 옆에 흩어져 있는 붓 몇 자루가 발견
되었대.

저기를 좀 봐, 창문 밖의 마지막 담쟁이덩굴 잎새를. 바람이 부
는데도 움직이지 않는 게 이상하다고 생각되지 않아?

존시, 저것은 베어먼 할아버지의 최후의 걸작이야. 마지막 잎새
가 지던 날 밤, 할아버지가 그것을 벽에다 그린 거지."

호손 〈큰 바위 얼굴〉

호손(Nathaniel Hawthorne 1804~1864) 미국 소설가.

매사추세츠주 세일럼에서 선장의 아들로 태어났다. 엄격한 청교도 가정에서 성장하였으며, 1825년 보든 대학교를 졸업 후 1828년 최초의 소설 《판쇼》를 자비 출판하였으나 호응을 못 받자 전량 회수해 폐기한다. 1837년 단편집 《트와이스톨드 테일스》를 발표하고, 1839년 보스턴 세관에 근무하면서 창작활동에 전념한다.

1842년 S. 피보디와 결혼하고, 그 후 1850년 대표작이 된 《주홍글씨》를 발표한다. 17세기 청교도 식민지 보스턴에서 일어난 간통사건을 다룬 내용으로 청교도의 엄격함을 묘사하고 긴밀한 구성과 상징적 기법을 통해 도덕적 죄악에 빠진 인간의 내면을 세밀하게 묘사해 19세기의 대표적 미국소설 작가로서의 명성을 얻는다. 1851년 청교도를 선조로 가진 호손의 4대조에 대한 전설을 바탕으로 한 《7개의 박공으로 된 집》을 발표하였다. 1853년 영국의 리버풀 영사로 4년간 근무한 후 이탈리아를 여행한다. 그때의 경험과 자기중심에 사로잡힌 사람들의 내면생활을 비판한 《블라이스데일 로맨스》를 발표한다. 1860년 귀국한 뒤 《우리들의 고향》을 마지막으로 발표하고 1864년 여행 중에 60세의 일기로 영원히 잠든다.

그 외 작품으로는 《대리석의 목신상》 《반점》 《큰바위 얼굴》 《두번 들려준 이야기》 《낡은 저택의 이끼》 《눈 인형》 등이 있다.

큰 바위 얼굴

호손

큰 바위 얼굴

　너대니얼 호손이 만년에 쓴 단편소설로 '큰 바위 얼굴' 이라는 소재를 통해 여러 인간상을 보여주면서 이상적인 인간을 추구한 작품이다. 중학교 국어 교과서에 실릴 정도로 우리에게 친숙한 작품으로 구성도 평이하게 특별한 반전보다는 잔잔하게 이야기를 서술해 가는 방식이다.

　진정으로 현명하고 선한 인간의 가치는 세속적인 힘 −경제적 부나 무력, 권력에 있는 것이 아니라 순박하고 겸허한 자세로 끊임없는 자기 탐구를 거쳐 얻어진 말과 사상과 실생활의 일치에 있다는 것을 보여준다.

　교훈적이고 풍자적인 내용을 담았으며 진정한 인간성이란 그 사람의 삶의 과정을 통해 이루어지는 것을 말하고자 했다.

남북전쟁 직후 어니스트란 소년은 어머니로부터 바위 언덕에 새겨진 큰 바위 얼굴을 닮은 아이가 태어나 훌륭한 인물이 될 것이라는 전설을 듣는다. 어니스트는 커서 그런 사람을 만나보았으면 하는 희망을 가지고, 자신도 어떻게 살아야 큰 바위 얼굴처럼 될까 생각하면서 진실하고 겸손하게 살아간다. 세월이 흐르는 동안 돈 많은 부자, 전쟁 영웅이 된 장군, 말을 잘하는 정치인, 글을 잘 쓰는 시인들을 만났으나 큰 바위 얼굴처럼 훌륭한 사람으로 보이지 않았다.

그러던 어느 날 어니스트의 설교를 듣던 시인이 어니스트가 바로 '큰 바위 얼굴'이라고 소리친다. 하지만 할 말을 다 마친 어니스트는 집으로 돌아가면서 자기보다 더 현명하고 훌륭한 사람이 큰 바위 얼굴과 같은 모습을 가지고 나타나기를 마음속으로 바란다.

큰 바위 얼굴

　어느 날 오후 해질 무렵, 어머니와 어린 아들은 자기네 오막살이집 문 앞에 앉아서 큰 바위 얼굴에 대한 이야기를 하고 있었다. 그 큰 바위 얼굴은 여러 마일이나 떨어져 있었지만 그들이 눈을 들기만 하면 햇빛에 비치어 그 모습이 뚜렷하게 보였다.

　대체 큰 바위 얼굴이란 무엇일까?

　높은 산들에 둘러싸인 분지가 하나 있었다. 그곳은 넓은 골짜기로서 많은 사람이 살고 있었다. 그곳에 사는 순박한 사람들 중에는 가파른 산허리의 빽빽한 수풀에 둘러싸인 곳에 통나무집을 짓고 사는 사람들도 있고, 골짜기로 내리뻗은 비탈이나 평탄한 지면의 기름진 땅에 농사를 지으며 안락하게 사는 사람들도 있었다. 또 한 곳에는 인구가 조밀하게 모여서 마을을 이루고 사는 곳도 있었고, 높은 산악 지대로부터 떨어져 내리는 격류를 이용하여 기계를 돌리는 방직 공장도 있었다.

　아무튼 이 골짜기에는 살고 있는 주민들도 많았고 살림살이 모양도 여러 가지였으며 그 중에는 위대한 자연 현상에 대하여 유달리 감동하는 사람들도 없지 않았으나 그들에게 한 가지 공통된 점은 큰 바위 얼굴에 대한 일종의 친밀감을 가지고 있다는 것이었다.

그렇게 모든 사람이 우러러보는 큰 바위 얼굴은 깎아지른 듯한 절벽 위에 몇 개의 바위로 이루어진 것으로 장엄한 대자연이 유희적 기분으로 만든 작품 같았다. 그 바위들을 적당한 거리에서 바라보면 잘 어우러져 확실히 사람의 얼굴처럼 보이는 것이었다. 마치 거대한 거인이나 타이탄이 절벽 위에 자기 자신의 얼굴을 조각한 것같이 보였다. 넓은 아치형의 이마는 높이가 삼십여 미터나 되고 기름한 콧날에 넓은 입술 –만약에 우람한 그 입술이 말을 한다면 천둥소리처럼 골짜기의 이 끝에서 저 끝에까지 울릴 것 같았다.

아주 가까이에서 보면 그 거대한 얼굴의 윤곽은 없어지고, 무겁고 큰 바위들이 폐허에 질서 없이 포개진 것으로만 보일 것이다. 그러나 차차 뒤로 물러서면서 보면 그 신기한 형상을 알아볼 수 있게 점점 드러나고, 거리가 멀어질수록 더욱더 사람의 얼굴과 같아져 그 본래의 거룩한 모습을 볼 수 있게 된다. 그리고 구름과 안개에 싸여 희미해질 만큼 멀어지면 큰 바위 얼굴은 정말 살아 있는 것같이 보이는 것이었다.

이곳 아이들이 큰 바위 얼굴을 쳐다보며 자라나는 것은 큰 행운이었다. 왜냐 하면 그 얼굴은 생김생김이 숭고하고 웅장하면서도 표정은 다정스러워 온 인류를 포용하고도 남을 것 같은 애정이 느껴지기 때문이었다. 그저 그것을 바라보는 것만으로도 큰 교육이 되었다. 또한 이 골짜기의 토지가 기름진 것은 구름을 찬란하게

꾸미고 햇빛 속에 정다움을 펼치면서 언제나 이 골짜기를 내려다
보고 있는 자비스러운 큰 바위 얼굴 덕분이라고 사람들은 믿고 있
었다.

　처음에 이야기를 시작한 것과 같이 어머니와 어린 소년은 오막
살이집 문 앞에 앉아서 큰 바위 얼굴을 쳐다보며 그에 대한 이야
기를 하고 있었다. 그 아이의 이름은 어니스트였다.
　"어머니!"
　하고 아이는 말하였다. 그때 타이탄과 같은 큰 바위 얼굴이 아
이에게 미소를 보내는 것만 같았다.
　"저 큰 바위 얼굴이 말을 할 수 있었으면 좋겠어요. 저렇게 다

정해 보이니까 목소리도 매우 좋겠지요? 만약 내가 저런 얼굴을 가진 사람을 만난다면 나는 정말 그분을 진정으로 사랑할 거예요.”

“만약에 옛날 예언이 실현된다면 우리는 언젠가 저것과 똑같은 얼굴을 가진 사람을 볼 수 있을 거란다.”

“어떤 예언인데요, 어머니? 어서 얘기 해 주세요.”

어니스트는 어머니에게 물었다. 어머니는 어니스트보다 더 어렸을 때 그녀의 어머니에게서 들은 이야기를 아이에게 해 주었다.

그것은 매우 오래 전부터 전해 내려오는 이야기로서 지나간 일에 대한 것이 아니라 장차 일어날 일에 대한 이야기였다. 옛날에 이 골짜기에 살고 있던 아메리칸 인디언들 역시 그들의 조상들로부터 그 예언을 들어왔다고 한다. 또 그 조상들이 믿음을 가지고 말하는 것에 따르면 그 이야기의 시작은 산골짜기를 흐르는 시내가 종알거리고 나무 끝을 스치는 바람이 속삭여 주었다는 것이다.

그 예언이란 장차 언제고 이 분지 근처에 한 아이가 태어나 고귀하고 위대한 인물이 될 운명을 타고날 것이며 그 아이는 어른이 되어감에 따라 얼굴이 큰 바위 얼굴을 닮아 갈 거라는 것이다.

열렬한 희망과 변하지 않는 확신을 가지고 아직도 많은 늙은이들과 어린이들이 이 오래된 예언을 믿고 있었다. 그러나 아무리 기다려도 그런 얼굴을 가진 사람을 만나지 못한 많은 사람들은 이 예언을 그저 허황된 이야기라고 단정했다. 어쨌든 예언이 말하는 위대한 인물은 아직 나타나지 않았던 것이다.

"어머니! 어머니!"

어니스트는 손뼉을 치며 외쳤다.

"내가 커서 꼭 그런 사람을 만나 보았으면……."

그의 어머니는 애정이 많고 생각이 깊은 부인이어서 아들의 큰 희망을 깨뜨리지 않는 것이 현명한 일이라고 생각했다. 그래서 어머니는 아들에게 말하였다.

"너는 아마 그런 사람을 만날 것이다."

그 뒤로도 어니스트는 어머니께서 해 주신 이야기를 늘 잊지 않았다. 그가 큰 바위 얼굴을 쳐다볼 때마다 어머니에게서 들은 이야기가 마음속에 떠오르는 것이었다. 그는 그가 태어난 그 오막살이집에서 어린 시절을 지내는 동안 늘 어머니 말씀에 순종하였고, 어머니께서 하시는 일들을 그의 조그마한 손과 사랑하는 마음으로 도와 드렸다. 이리하여 가끔 명상을 하는 이 행복한 어린아이는 점점 더 온화하고 겸손한 소년이 되었다.

밭에서 일을 하기 때문에 햇볕에 검게 그을렸지만 유명한 학교에서 교육을 받은 소년들보다 더 총명한 빛이 그의 얼굴에 떠올랐다. 어니스트에게 선생님이 있었다면 그것은 바로 저 큰 바위 얼굴이었다.

어니스트는 하루의 일이 끝나면 몇 시간이고 그 바위를 바라보는 것이었다. 그러다가 마침내는 큰 바위 얼굴이 자신을 알아보고 어니스트의 눈길에 가득 담긴 존경에 대하여 자신을 격려하는 친절한 미소를 보내 준다고 믿기 시작하였다. 물론 큰 바위 얼굴이 어니스트에게만 더 친절하게 보일 리는 없겠지만 그렇다고 어린 어니스트의 생각을 덮어놓고 틀렸다고만 할 수는 없었다. 사실 믿음이 깊고 순수한 그의 맑은 마음은 다른 사람들이 보지 못하는 것을 볼 수 있었던 것이다. 이 때문에 모든 사람이 다 누릴 수 있는 큰 바위 얼굴의 사랑이 특별히 자신만의 사랑이 될 수 있다고 느꼈다.

바로 이 무렵 옛날부터 전해 오던 예언대로 마침내 큰 바위 얼굴처럼 생긴 위인이 나타났다는 소문이 이 분지 일대에 파다하게 퍼졌다.

여러 해 전에 한 젊은 사람이 이 골짜기를 떠나 먼 항구로 가서 사업을 시작하여 돈을 많이 벌었다. 그의 이름은 —그의 본명인지 혹은 그가 사업에 성공한 데서 온 별명인지는 모르나 — 개더골드라고 했다. 빈틈없고 민활한데다가 하늘이 주신 비상한 재능, 즉 세상 사람들이 '재수' 라고 부르는 행운을 타고난 그는 대단한 거상이 되었던 것이다.

그의 재산을 계산하는 데만도 많은 시간이 걸릴 만큼 큰 부자가 되었을 때 그는 고향을 생각하게 되었다. 그리고 자신이 태어난 고향에 돌아가서 여생을 마치겠다고 결심한 그는, 자신 같은 백만 장자가 살기에 적당한 저택을 짓기 위해 능숙한 목수를 먼저 고향으로 내려 보냈다.

먼저 말한 바와 같이 이 골짜기에는 벌써 개더골드야말로 지금까지 오래 기다렸던 예언의 인물이요, 그의 얼굴은 틀림없이 큰 바위 얼굴 그대로라는 소문이 돌았다. 그의 아버지가 여태까지 살았던 초라한 농가를 허물고 마치 요술의 힘으로 꾸민 듯한 굉장한 저택이 들어서는 것을 본 사람들은, 그 소문이 거짓 없는 사실일

거라고 모두 다 믿게 되었다.

어니스트는 예언의 인물이 드디어 나타났다는
사실만으로도 마음이 몹시 설레었다. 그의 어린
마음은 막대한 재산을 가진 개더골드가 큰 바위
얼굴의 너그럽고 자비로운 미소처럼 모든 사람들
에게 자선을 베풀어 줄 것이라고 믿었다.

그는 여느 때처럼 자신에게 친절한 미소를 보
내줄 거라고 상상하며 큰 바위 얼굴을 바라보고
있었다. 그때 꾸불꾸불한 길을 따라 빠른 속도로
달려오는 마차 바퀴 소리가 들렸다.

"야! 오신다."

개너골드기 도착하는 광경을 보려고 모인 많은 사람들이 외쳤
다.

"위대한 개더골드 씨가 오셨다!"

네 마리의 말이 끄는 마차가 속력을 내어 길모퉁이를 달렸다.
마차의 창밖으로 조그마한 늙은이의 얼굴이 보였다. 그의 피부는
자신의 마이더스의 손으로 빚은 것처럼 누른빛이었다. 이마는 좁
았고 작고 매서운 눈가에는 수많은 잔주름이 잡혔으며 얇은 입술
은 꼭 다물려 더욱 더 얇아 보였다.

"큰 바위 얼굴과 똑같다!"

사람들은 큰 소리로 외쳤다.

"옛날의 예언은 정말이었어. 드디어 위인이 오셨다!"

사람들이 그를 보고 예언의 얼굴과 똑같다고 말할 때 어니스트
는 정말 어리둥절하였다. 길가에는 때마침 먼 지역에서 방랑해 온

늙은 거지와 어린 거지들이 있었다. 이 불쌍한 거지들은 마차가 지나갈 때에 손을 내밀고 슬픈 목소리로 애걸을 하였다. 누런 손이 —이것이야말로 재물을 긁어모은 바로 그 손이 — 마차 밖으로 나오더니 동전 몇 닢을 땅 위에 떨어뜨렸다. 그걸 보면 이 위인을 개더골드라고 부르게 된 것도 그럴듯하나 스캐터코퍼(동전을 뿌리는 사람)라 불러도 잘 어울릴 것 같았다. 그럼에도 불구하고 사람들은 굳은 확신을 가지고 큰 바위 얼굴과 똑같다며 열렬한 함성을 보냈다.

그렇지만 어니스트는 실망하면서 주름살투성이의 영악하고 탐욕이 가득 찬 그 얼굴에서 고개를 돌리고 말았다. 그리고 산허리를 쳐다보았다. 거기에는 맑고 빛나는 얼굴이 몰려드는 안개에 싸여 막 지려는 햇빛을 받고 있었다. 그런 모습은 그의 마음을 한없이 편안하게 하였다. 그의 후덕한 입술은 어니스트에게 이런 말을 하는 것 같았다.

"그 사람은 온다. 걱정하지 마라. 그 사람은 꼭 온다!"

세월은 흘러갔다. 어니스트도 이제는 소년이 아니다. 그는 젊은이가 되었다. 그는 그 골짜기에 사는 다른 사람들의 주의를 끄는 일이 별로 없었다. 그도 그럴 것이 그의 일상생활에는 유달리 뚜렷한 점이 없었던 것이다.

그가 남과 다른 점이 있다면 하루의 일을 마치고 혼자 떨어져서 큰 바위 얼굴을 쳐다보며 명상을 하는 것이었다. 그것은 다른 사람들이 보기에는 참으로 바보 같은 짓이었다. 그렇지만 어니스트는 부지런하고 친절하며 자기가 할 일을 어김없이 하는 성실한 사람이었으므로 아무도 그러는 그를 비난하지는 않았다.

큰 바위 얼굴이 그에게는 훌륭한 선생님이라는 것과, 큰 바위 얼굴에 나타난 고고함이 이 젊은이의 가슴을 다른 사람의 그것보다 더 넓고 깊은 인간애로 가득 채운다는 것을 사람들은 알 수 없었다. 큰 바위 얼굴을 바라봄으로써 책에서 배우는 것보다 더 많은 지혜를 얻고 다른 사람의 부끄러운 모습을 경계할 수 있었으며, 그리하여 현재의 상태보다 더 나은 상태로 발전하고 있음을 다른 사람들은 알지 못했다.

어니스트 또한 들 가운데에서 또는 화롯가에서 그리고 혼자 깊이 명상하는 곳에서 그렇게 자연스럽게 떠오르는 사상과 감정이 사람들과의 교류에서 일어나는 것보다 더 품격이 높은 것임을 몰랐다.

그의 어머니께서 처음으로 오래 된 예언을 일러주시던 때와 다름없이 순박한 그는, 골짜기를 내려다보고 있는 큰 바위 얼굴을 바라보며 그것과 똑같이 생긴 살아있는 인간의 얼굴이 좀처럼 나타나지 않는 것이 궁금하였다.

이러는 동안에 개더골드는 죽어 땅속에 묻혔다. 이상한 일은 그의 육체요 영혼이었던 재산은 그의 생전에 이미 사라져 버리고, 우글쭈글하고 누런 살갗으로 덮인 산송장 같은 몰골만이 남더라는 것이었다. 그의 황금이 녹아 스러지면서부터 누구나 다 인정하는 것은, 이 거덜난 상인의 천한 생김새와 산 위에 있는 장엄한 얼굴 사이에 서로 닮은 점이라고는 아무것도 없었다는 점이었다. 사람들은 그가 살아있을 때에도 존경하는 마음이 사라져버렸지만 죽은 뒤에는 그를 까맣게 잊어버리고 말았다.

그런데 이 골짜기의 태생으로 여러 해 전에 군대에 들어가 수없는 격전을 치르고 지금은 유명한 장군이 된 사람이 있었다. 본명은 무엇인지 잘 모르나 군대나 전쟁터에서는 올드 블러드 앤드 선더(피와 천둥의 노인)라는 별명으로 알려져 있었다. 이 백전의 용사도 이제는 노령과 상처로 몸이 약해지고, 요란한 군대 생활과 오랫동안 귓속에 울려오던 북 소리며 나팔 소리에 그만 싫증이 나서 고향에 돌아가 편안하게 살고 싶다는 희망을 발표하였다.

그로 인해 골짜기의 흥분은 이루 형언할 수 없었다. 많은 사람들이 전에는 몇 해를 두고 한번도 거들떠보지 않던 큰 바위 얼굴을 다시금 쳐다보았다. 올드 블러드 앤드 선더 장군이 어떻게 생겼는지 알고 싶었던 것이다.

장군을 맞이하는 큰 잔치가 벌어지는 날, 어니스트는 일을 마치고 골짜기 사람들과 함께 숲속의 향연이 마련되어 있는 곳으로 갔다.

어니스트는 발돋움을 하여 이 유명한 큰 손님을 먼빛으로라도 보려 하였다. 그러나 많은 축사와 연설과 장군의 입에서 흘러나오는 답사를 한 마디도 빠뜨리지 않으려고 많은 사람들이 식탁 주위에 몰려들었고, 따라온 호위병은 직책을 다하기 위해 총검으로 사람들을 마구 밀어냈다.

　원래 성품이 부드러운 어니스트는 뒤로 밀려 죽의 얼굴을 볼 수가 없었다. 그는 스스로를 위로하기 위해 큰 바위 얼굴이 있는 쪽을 바라보았다. 그는 언제나처럼 진실해 보이고 오랜 시간 마음속에 품고 있던 친구를 대하듯 다정하게 미소를 띠고 그를 마주 보는 것이었다.

　이때 이 영웅의 용모와 멀리 산허리 위에 있는 큰 바위 얼굴을 비교해 보는 여러 사람들의 말이 들려왔다.

　"판에 박은 듯이 똑같은 얼굴이다!"

　한 사람이 기뻐 날뛰면서 외쳤다.

　"영락없구나! 바로 그 얼굴이야!"

　또 다른 사람이 맞장구를 쳤다.

　"닮디마다! 저건 바로 올드 블러드 앤드 선더가 커다란 거울 속에 비친 것 같은 걸."

　하고 셋째 사람이 외쳤다.

　"아무렴, 그렇고말고! 장군이야말로 고금을 통하여 가장 위대한 인물이거든."

　그러고는 이 세 사람이 함께 소리 높여 외치자 그것이 군중에게 전파처럼 퍼져서 수천의 입으로부터 큰 함성을 일으키고 그 함성은 수 마일을 울려 퍼져, 큰 바위 얼굴이 천둥 같은 소리로 고함을 지른 것이 아닌가 하고 의심할 정도였다.

　"장군이다! 장군이다!"

　마침내 사람들의 함성 소리가 작아졌다.

　"쉿, 조용히! 장군이 연설을 하신다."

　그 말대로 식사가 끝나고 그의 건강을 위한 축배를 올린 후 장군은 박수갈채 속에 감사의 뜻을 표하기 위하여 일어섰다. 어니스트는 그제서야 그를 보았다. 그의 머리 위로는 월계수가 얽힌 푸른 나뭇가지가 아치를 이루고, 그의 이마에 그늘을 드리우듯 깃발은 축 늘어져 있었다. 게다가 마침 숲이 트인 곳으로 큰 바위 얼굴도 볼 수 있었다.

그렇다면 이들 사이에 사람들이 증언한 바대로 유사한 점이 있었던 것일까? 어니스트는 그것을 찾아낼 수가 없었다. 어니스트는 수없는 격전과 갖은 풍상에 찌든 장군의 얼굴을 유심히 바라보았다. 그 얼굴에는 정력이 넘쳐 흐르고 강철 같은 의지가 드러나 보였다. 하지만 깊은 지혜와 다사로운 자애심은 찾아볼 수가 없었다. 큰 바위 얼굴은 준엄한 표정을 하고 있다 하더라도 한편으로는 더 온화한 빛으로 그 표정을 녹여내고 있었다.

"예언의 인물이 아니다."

하고 말하며 어니스트는 군중 사이를 빠져나가 홀로 한숨을 내쉬었다.

"아직도 더 기다려야 하는 것인가?"

또다시 평온한 가운데 여러 해가 흘렀다. 어니스트는 아직도 자기가 태어난 골짜기에서 살고 있었다. 그도 이제는 중년의 나이가 되었다. 그리고 미미하지만 차차 사람들 사이에도 알려지게 되었다. 그는 지금도 예전처럼 생계를 위해 일을 하면서 여전히 순박한 마음을 지닌 사람이었다. 그러나 그는 그동안 많은 일을 생각하고 또 느꼈다. 생애의 가장 좋은 시절을 인류를 위해 훌륭한 일을 해 보겠다는 신념으로 살았다.

어느덧 자기도 모르는 사이에 그는 일종의 전도사 역할을 하고 있었다. 그의 맑고 높은 순수한 사상은 그의 덕행으로 나타나기도 하였으며 설교로도 흘러나왔다. 그가 토해내는 진리는 듣는 사람들로 하여금 깊은 감명을 안겨 주었다. 그로 인해 새로운 생활을 할 수 있는 계기를 만들고는 했던 것이다.

그의 이야기를 듣는 사람들은 바로 자기네의 이웃이요 친근한 벗인 어니스트가 평범한 사람이 아니라고는 전혀 생각하지 않았다. 더구나 어니스트 자신은 꿈에도 그런 생각을 해 본 적이 없었다. 그럼에도 아직까지 그 누구도 말하지 못했던 숭고한 사상이 마치 시냇물의 속삭임처럼 그의 입에서 술술 흘러나오는 것이었다.

어느 정도 시간이 흘러 냉정을 되찾고 나자 사람들은 올드 블러드 앤드 선더 장군의 험상궂은 인상과 산 위에 있는 자비로운 얼굴과는 비슷한 점이 없다는 것을 알게 되었다. 그러자 이번에는 한 저명한 정치가의 넓은 어깨 위에 큰 바위 얼굴과 똑같은 얼굴이 나타났다는 소식이 들려오고, 신문에는 그것을 확인하는 많은 기사가 실렸다.

이 정치가는 개더골드 씨나 올드 불러드 앤드 선더 씨와 마찬가지로 이 골짜기에서 태어났으나 일찍이 이 고장을 떠나 법률과 정치에 종사하였다. 부자의 재산과 장군의 칼 대신에 그는 오직 하나의 혀를 가졌을 뿐이었으나 그것은 앞의 두 가지를 합친 것보다 더 강력한 것이었다. 그의 언변은 놀랄 만큼 유창하여 그가 무엇을 말하든 간에 청중들은 그의 말을 믿지 않을 수 없게 되어, 그른 것도 옳게 보고 정당한 것도 잘못 되었다고 여기게 되었다. 그도 그럴 것이 만일 그가 마음을 먹기만 하면 오로지 숨결만으로도 자욱한 안개를 일으켜 대자연의 햇빛을 무색하게 할 수도 있었던 것이다. 그 언변은 때로는 천둥과도 같이 우르르 울리기도 하며 때로는 한없이 달콤한 음악처럼 사람들의 귀에 속삭이기도 하였다. 사나운 질풍처럼 휘몰아치는가 하면 평화스러운 노래이기도 했다.

물론 사실은 아니지만 그는 혓속에 심장을 지니고 있는 듯하였다. 실로 놀라운 사람이었다. 그의 혀로 하여금 상상할 수 있는 모든 성공을 거두었다. 그의 혀가 말하는 소리는 각 주의 정부와 여러 군주들에게까지 알려지게 되고 그의 목소리는 방방곡곡에 울려 퍼졌으며 온 세계에 그의 명성을 떨치게 되었다.

마침내 그의 설득력 있는 웅변은 국민으로 하여금 그를 대통령으로 선출하도록 하고야 말았다. 이보다 앞서 그의 이름이 세상에 알려지기 시작했을 때 그의 숭배자들은 그와 큰 바위 얼굴과의 사이에 비슷한 모습을 찾아내었다. 이런 사실들이 알려지면서 이 신사는 올드 스토니 피즈(늙은 바위 얼굴)라는 이름으로 전국에 알려지게 되었다.

친구들이 그를 대통령으로 추대하려고 온갖 노력을 다하고 있을 때, 그는 자기 고향인 이 골짜기를 방문하기 위해 길을 나섰다.

기마행렬은 주 경계선에서 그를 맞으려고 출발하였다. 사람들은 일을 멈추고 길가에 모여 그가 지나가는 것을 보려고 하였다. 사람들 속에는 어니스트도 있었다.

말굽 소리도 요란하게 기마행렬이 달려왔다. 먼지가 어찌나 많이 일어나는지 어니스트는 그의 얼굴을 볼 수가 없었다. 악대가 연주하는 감격적인 음악의 우렁찬 반향이 골짜기에 메아리쳐 골짜기 구석마다 이 저명한 손님을 환영하는 소리로 가득 찼다. 그러나 역시 가장 웅대한 광경은 멀리 솟은 절벽이 음악을 메아리로 되울리는 것이었다.

사람들은 모자를 벗어 위로 던지며 소리를 질러댔다. 그 뜨거운 열기가 사람들의 마음에서 마음으로 통하였으며 어니스트의 가슴에도 뜨거운 것이 솟구쳤다. 그도 모자를 위로 던지며 큰 소리로,

"영웅 만세! 올드 스토니 피즈 만세!"

하고 외쳤다. 그러나 아직 그 사람을 보지는 못하였다.

"왔다!"

어니스트 가까이 서 있던 사람들이 외쳤다.

"저기, 저기, 올드 스토니 피즈를 봐라. 그리고 저 산 위의 얼굴을 보라. 마치 쌍둥이 같지 않으냐?"

이같이 화려한 행렬 한가운데에 네 마리의 흰 말이 끄는 뚜껑 없는 사륜마차가 도착하였다. 그 마차 안에는 모자를 벗어 든 유명한 정치가 올드 스토니 피즈가 앉아 있었다.

"어때? 대단하지!"

어니스트의 옆 사람이 그에게 말했다.

큰 바위 얼굴은 이제야 제 모습을 만났다. 솔직히 말하여 마차

에서 고개를 끄덕거리며 미소를 띠고 있는 모습을 처음으로 보았을 때, 어니스트는 산 위에 있는 얼굴과 흡사하다고 생각하였다. 훤하게 벗어진 넓은 이마며 그 밖의 얼굴 형상이 참으로 당당하고 힘차게 보여, 마치 타이탄과 경쟁하려는 모습 같았다.

그러나 그 정치가의 얼굴에는, 산 중턱의 얼굴을 빛나게 하며 그 육중한 화강석 물체를 영혼이 깃들어 보이게 하는 장엄함이나 위풍당당함, 신과 같은 위대한 사랑의 표정은 찾아볼 길이 없었다. 원래부터 없었거나 그렇지 않으면 있던 것이 사라져 버린 것 같았다. 이 놀랄 만한 품성을 지닌 정치가의 눈가에는 지치고 침울한 빛이 서려 있는 것이었다.

어니스트의 옆에 있던 사람은 팔꿈치로 그를 쿡쿡 찌르면서 대답을 재촉하였다.

"어때? 어떤 것 같아? 이 사람이야말로 저 산 중턱의 노인과 똑같지 않나?"

"아니오!"

어니스트는 무뚝뚝하게 대답했다.

"아니, 조금도 닮지 않았소."

"그래? 그렇다면 저 큰 바위 얼굴에게 미안한데."

옆 사람은 이렇게 말하면서도 올드 스토니 피즈를 위하여 다시 환호성을 올렸다.

어니스트는 아주 낙심해서 우울하게 그곳을 떠났다. 예언을 실현시킬 수 있으리라 믿었던 사람이 그렇게 할 마음이 없는 것처럼 보여 슬펐던 것이다.

세월은 덧없이 지나가고 이제는 어니스트의 머리에도 하얀 서리가 내렸다. 이마에는 점잖은 주름살이 생기고 두 뺨에도 고랑이 파였다. 그는 정말 늙은이가 되었다. 하지만 헛되이 나이만 먹은 것은 아니었다. 그의 머릿속에는 무성한 백발보다 더 많은 지혜가 깃들고, 이마와 뺨의 주름살 역시 인생행로에서 겪은 시련을 통해 얻은 슬기가 간직되어 있는 것이었다. 어니스트는 이미 이름 없는 존재가 아니었다. 수많은 사람들이 평생을 쫓아다니는 명예가, 찾지도 않고 구하지도 않는 그에게 다가왔다. 그의 이름은 그가 살고 있는 산골짜기를 넘어 세상에 널리 알려지게 되었던 것이다.

어니스트가 이렇게 나이 들어가고 있을 무렵, 자비로우신 하느님의 섭리로 새로운 시인 한 사람이 세상에 나타났다.

그도 역시 이 골짜기에서 태어난 사람이었다. 그러나 이 고장을 멀리 떠나 일생의 대부분을 소란스러운 도시 속에서 살면서 꿈결 같은 아름다운 음률을 그곳에 쏟아 놓고 있었다. 그는 또 장엄한 송가로 그 큰 바위 얼굴을 찬양한 적도 있었다. 큰 바위 얼굴의 웅대한 입으로 읊어도 부끄럽지 않을 만큼 위대한 시였다. 이를테면 이 천재 시인의 훌륭한 재능은 하늘로부터 물려받아 타고난 것이라고도 할 수 있었다.

그가 산을 읊으면 모든 사람들은 그 산허리에 한층 더 장엄함이 깃들고 산꼭대기에는 영광이 드러나는 것을 볼 수 있었다. 그가 아름다운 호수를 노래하면 하늘은 호수에 미소를 던져 영원한 빛을 비춰주려 하는 듯하였

다. 망망대해를 읊으면 깊고도 넓은 거대한 바다가 시인의 노래에 감격하여 약동하는 듯이 보였다.

이 시인의 행복이 가득 찬 눈으로 온 세상을 축복하니 세상은 과거와는 달리 더 훌륭한 모습을 갖게 되었다. 조물주는 자기가 손수 창조한 세계의 마지막 완성을 위해 최상의 솜씨를 가진 그를 내려 보냈던 것이다. 그 시인이 와서 해석을 하고 조물주의 창조를 찬양할 때까지는 천지 창조는 완성된 것이 아닌 것 같았다.

이 시인의 시집은 마침내 어니스트의 손에까지 들어가게 되었다. 그는 하루의 일과가 끝난 뒤에 자기 집 문 앞에 놓인 긴 의자에 앉아 그 시들을 읽었다. 그 의자는 오랜 세월동안 그가 큰 바위 얼굴을 바라보며 명상에 잠겼던 곳이었다. 그리고 지금 자기의 영혼에 강력한 충격을 주는 그 시들을 읽으면서 그는 눈을 들어 인자하게 자기를 내려다보는 그 얼굴을 바라보았다.

"오, 장엄한 벗이여!"

그는 큰 바위 얼굴을 보고 중얼거렸다.

"이 사람이야말로 그대를 닮을 자격이 있는 사람이 아닙니까?"

그 얼굴은 미소를 짓는 것 같았으나 아무 대답이 없었다.

한편 이 시인은 멀리 떨어져 있었어도 어니스트의 명성을 익히 듣고 있었다. 뿐만 아니라 그의 인격을 흠모하여 학교에서 배우지 않고 스스로 터득한 지혜와 그의 고아한 순수성이 생활과 일치되고 있는 이 사람을 몹시 만나고 싶었다. 그래서 어느 여름날 아침에 기차를 타고 어니스트의 집에서 과히 멀지 않은 곳에서 내렸다. 전에 게더골드의 저택이었던 호텔이 바로 옆에 있었지만 그는 여행 가방을 든 채 어니스트의 집을 찾아와 거기서 하룻밤을 묵게 해달라고 청할 생각이었다.

문 앞에 가까이 가자 점잖은 노인이 책을 한 손에 들고 읽고 있었다. 노인은 책갈피에 손가락을 끼운 채 큰 바위 얼굴을 쳐다보고 또 책을 들여다보고 하는 것이었다.

"안녕하십니까? 지나가는 나그네입니다. 하룻밤 묵을 수 있겠습니까?"

하고 시인은 말을 건넸다.

"네, 그렇게 하시지요."

그는 웃으면서 말을 이었다.

"큰 바위 얼굴이 저렇게 다정한 얼굴로 손님을 맞이하는 것을 본 일이 없는데요."

시인은 어니스트 옆에 앉아 이야기를 주고받았다. 시인은 전에도 가장 재치 있고 지혜롭다는 사람들과 이야기를 나눠 본 일이 있었으나, 어니스트처럼 자유자재로 사상과 감정이 우러나오고 소박한 말로써 위대한 진리를 매우 알기 쉽게 설명하는 사람을 대한 적이 없었다.

또한 시인의 이야기에 귀를 기울이던 어니스트는 큰 바위 얼굴도 함께 몸을 앞으로 내밀고 시인의 말에 귀를 기울이는 것처럼 보였다. 그는 진지하게 다시 한 번 시인의 빛나는 눈을 들여다 보았다.

"손님께서는 비범한 재주를 가지셨으니 대체 뉘십니까?"

하고 어니스트는 물었다. 시인은 어니스트가 읽고 있던 책을 가리키며 대답하였다.

"노인께서는 이 책을 읽으셨지요? 그러면 저를 아실 것입니다. 제가 바로 이 책을 지은 사람입니다."

어니스트는 그 말을 듣고 더욱 시인의 모습을 살폈다. 그리고 큰 바위 얼굴을 쳐다보더니 이상하다는 표정으로 다시 한 번 손님을 쳐다보았다. 그러다 이내 그의 얼굴에는 실망의 빛이 떠올랐다. 그는 머리를 흔들며 한숨을 내쉬었다.

"왜 그렇게 슬퍼하십니까?"

하고 시인은 물어 보았다.

"저는 일생 동안 예언이 실현되기를 기다리고 있었습니다. 제가 이 시를 읽으면서 이 시를 쓴 분이야말로 예언을 실현시켜 줄 분이 아닐까 생각했었습니다."

하고 대답하였다. 시인은 얼굴에 약간 미소를 띠면서 말하였다.

"노인께서는 저에게서 저 큰 바위 얼굴과 흡사한 점을 찾기를 원하셨다는 말씀이지요? 그런데 지금 보니 개더골드나 올드 블러드 앤드 선더나 올드 스토니 피즈와 마찬가지로, 저에게도 실망을 했단 말씀이지요? 그렇습니다. 저는 그 정도밖에 안됩니다. 저 역시 앞서 나타난 세 사람들과 같이 당신  에게 또 하나의 실망을 더하여 드렸을 뿐입니다. 정말로 부끄럽고 슬픈 이야기입니다마는 저는 저기 있는 인자하고 장엄하게 생긴 얼굴에 비할 가치가 없는 인간입니다."

"왜요? 여기 시에 담긴 생각이 신성하지 않단 말씀입니까?"

하고 어니스트는 시집을 가리키며 물었다.

"그 시에는 신의 뜻을 전하는 바도 있습니다. 하늘나라의 노래의 먼 반향쯤은 들릴 것입니다. 하지만 친애하는 어니스트 씨! 나의 생활은 나의 사상과 일치되지 못하였습니다. 나 역시 큰 꿈을 가졌었죠. 그러나 그것들은 다만 꿈으로 그치고, 나는 보잘것없고 천박한 현실을 택하였으며 실제로 그렇게 살아 왔습니다. 좀더 솔직하게 말씀드리면 나의 작품들에서 말하는 자연이나 또는 인생 속에서 그 존재를 확실하게 드러내는 장엄함이라든지 아름다움, 지고지순한 선이라든지에 대하여 나 스스로 신념을 가지지 못하는 일도 있었습니다. 그러니 순수한 아름다움과 진실을 찾으려는 당신의 눈으로 어떻게 내게 저 큰 바위 얼굴을 찾을 수가 있겠습니까?"

하고 시인은 슬프게 대답하였다. 그의 두 눈에는 눈물이 어리어

있었다. 어니스트의 눈에도 눈물이 괴었다.

저녁 해가 질 무렵이 되자, 어니스트는 오래 전부터 해 온 일상대로 야외에서 동네 사람들에게 설교를 하기로 되어 있어 자리에서 일어섰다. 그와 시인은 이야기를 주고받으며 팔짱을 끼고 사람들이 기다리는 곳으로 걸어갔다.

그곳은 나지막한 언덕에 둘러싸인 구석진 곳이었다. 뒤에는 회색 절벽이 솟아 있고 앞으로는 무성한 담쟁이 덩굴들이 울퉁불퉁한 벼랑으로부터 줄기줄기 뻗어 내려와, 험상궂은 바위들을 비단 휘장처럼 뒤덮고 있었다. 그 공터보다 약간 높게 푸른 나무로 둘러싸인 아늑한 곳이 있었는데 한 사람이 들어갈 수 있을 정도의 공간이었다.

어니스트는 자연이 만들어준 이 연단에 올라가 따뜻하고 다정한 웃음을 띠며 사람들을 둘러보았다. 설 사람은 서고 앉을 사람은 앉고 기댈 사람은 기대며 저마다 편한 자세로 모여 있었다.

서산으로 기울어져 가는 해는 그들의 모습을 비춰 주었으며 고목이 울창하고 어두운 숲에도 석양의 따뜻한 빛을 던져 주고 있었다. 멀리 산허리에서는 큰 바위 얼굴이 언제나 변함없이 장엄하면서도 인자한 모습으로 사람들을 내려다보고 있었다.

어니스트는 자기의 마음속에 있는 생각들을 청중에게 이야기하기 시작하였다. 그의 말은 자신의 사상과 일치되어 있었으므로 힘이 있었으며 그 사상은 자기의 일상생활과 조화되어 있었으므로 말에 깊이가 있었다. 이 설교자가 하는 말은 단순한 음성이 아니요 생명의 부르짖음이었다. 그 말 속에는 선한 행위와 거룩한 사랑으로 된 그의 일생이 녹아 있었던 것이다. 마치 아름답고 순결한 진주가 그의 소중한 생명수 속에 녹아 들어간 것처럼.

그의 이야기에 귀를 기울이고 있던 시인은 어니스트의 인간애와 품격이 자기가 쓴 어떤 시보다 더 고아한 시라고 생각했다. 그는 눈물어린 눈으로 그 존엄한 사람을 우러러보았다. 온화하고 다정하고 사려 깊은 얼굴에 백발이 흩날리는 모습, 그것이야말로 예언자와 성자다운 모습이라고 시인은 생각하였다.

저 멀리 서쪽으로 기우는 태양의 황금빛 속에 큰 바위 얼굴이 뚜렷이 보였다. 그 주변을 둘러싼 흰 구름은 어니스트의 이마를 덮고 있는 백발 같았다. 그 광대하고 자비로운 모습은 온 세상을 감싸 안는 듯하였다. 그 순간 어니스트의 얼굴은 그가 말하고자 했던 사상과 일치되어 자애롭고 장엄한 표정을 지었다.

시인은 참을 수 없는 충동으로 팔을 높이 들고 외쳤다.

"보시오! 모두 보시오! 어니스트 씨야말로 큰 바위 얼굴과 똑같습니다."

사람들은 어니스트를 쳐다보았다. 그리고 현명한 시인의 말이 사실임을 알았다. 예언은 실현되었던 것이다.

그렇지만 설교를 다 마친 어니스트는 시인의 팔을 잡고 천천히 집으로 돌아가면서, 아직도 자기보다 더 지혜롭고 선한 사람이 큰 바위 얼굴 같은 모습으로 곧 나타나기를 마음속으로 바라는 것이었다.

빅토르 위고 〈가난한 사람들〉

빅토르 위고(Victor Hugo 1802~1885) 프랑스 시인 · 소설가 · 극작가.

브장송 출생. 나폴레옹 군대의 장군인 조제프 레오폴드 위고와 낭트 태생의 왕당파 여성 소피 트레뷔세의 셋째 아들로 태어나 유럽 각지를 옮겨 다니며 성장했다. 부모의 불화로 별거중인 어머니와 함께 파리로 옮겨 교육을 받았다. 어릴 적부터 고전문학에 뛰어난 재능을 보였고, 1819년 평론지 《르 콩세르바퇴르 리테레르》를 창간하고, 1822년 첫 시집 《송가와 다른 시들》을 발표하고 그해 10월 아델 푸셰와 결혼한다. 1831년 스콧풍의 장편역사소설 《노트르담의 꼽추》를 발표해 소설가로서 명성을 얻고 성공한다. 1841년 아카데미 프랑세즈 회원으로 뽑히고 1845년 상원 의원으로 선출되면서 문학적 업적을 널리 인정받는다. 1848년 2월 혁명 때 공화정 의원에 선출된다. 그 후 나폴레옹이 제정수립을 위한 쿠데타를 일으키자 이를 반대하다가 국외로 추방되어 20년에 걸친 망명생활을 한다. 망명생활 동안 그는 아내와 자식들을 차례로 잃지만 식지 않는 창작열로 대작 《레 미 제라블》을 발표해 세계적인 명성을 얻는다. 1870년 프로이센 · 프랑스전쟁의 패전으로 제정이 붕괴되자 68세 때 파리로 귀국한다. 귀국 후 1871년의 보통선거에서 국회의원에 당선되었다. 1878년 가벼운 뇌출혈을 일으킨 이후 1885년 5월 22일 83세의 일기로 생을 마감한다.

대표작으로는 《작은 나폴레옹》 《징벌시집》 《정관시집》 《여러 세기의 전설》 《거리와 숲의 노래》 《바다에서 일하는 사람들》 《웃는 사나이》 《할아버지 노릇》 《지상의 연민》 《당나귀》 《정신의 사방 바람》 《토르케마다》 등 여러 작품의 시와 소설들이 있다.

가난한 사람들

빅토르 위고

가난한 사람들

　이 작품에는 인물들 간의 갈등이 없다. 위고의 인간의 삶을 바라보는 긍정적 시선과 인간 중심의 사고 때문이다. 여기서의 갈등 구조는 가난이다. 더없이 착한 인물들이 가난이라는 환경 때문에 고통을 받는 것이다. 하지만 이 작품의 인물들은 결코 가난에 굴복하지 않는다. 자신의 자식들이 다섯이나 되지만 죽은 과부의 아이 둘을 기꺼이 떠맡는다. 힘든 여건 속에서도 다른 사람들에게 사랑을 베풀며 살아가는 아름다운 부부는 가난보다 더 강한 것은 인간에 대한 사랑임을 보여준다.

　인간을 인간답게 살 수 없게 하는 환경과 가난에 대한 문제 제기를 하며, 위고의 인간에 대한 긍정적인 시각과 낙천적인 휴머니즘이 극명하게 드러남과 동시에 인간의 선한 본성을 통해 세상의 희망을 그려나가고 있다.

　폭풍우가 몰아치는 날에도 험한 바다에 고기를 잡으러 가야 하는 가난한 어부에게는 아내 쟈니, 그리고 어린 아이들이 다섯이나 있다. 가난한 살림을 걱정하며 남편을 기다리던 쟈니는 비바람이 더욱 거세지자 남편을 마중 나간다. 하지만 혼자서 돌아오던 길에 해변의 오두막에 사는 과부의 집에 들렀다가 어린아이들 둘만 남기고 죽은 과부를 발견하고는 그 집에서 무언가를 늘고 집으로 돌아온다.

　잠시 후 집에 돌아온 남편은 과부가 세상을 떠났다는 얘기를 듣고 당장 불쌍한 아이들을 데려오라고 말하자 쟈니는 머뭇거리다 침대 속을 들추어 데려온 아이들을 남편에게 보여준다.

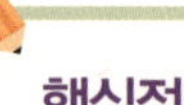

핵심정리

갈래: 단편 소설

구성: 사실적

시점: 전지적 작가 시점

배경: 가난한 어부의 바닷가 오두막집

주제: 힘든 여건 속에서도 다른 사람들에게 베푸는 사랑

가난한 사람들

폭풍우가 사정없이 휘몰아치는 어두운 밤이었다.

가난한 어부의 오두막집 안에서 쟈니는 난로 옆에 앉아 누더기 조각으로 낡은 돛을 깁고 있었다.

밖은 여전히 사나운 바람이 기승을 부리며 억수 같은 빗줄기가 유리창을 사정없이 때리고 있었디. 성난 파도가 바닷가 암벽에 부딪쳐 철썩, 철썩, 쏴……, 하고 파도 부서

지는 소리가 요란하게 들려왔다. 그 거칠고 무서운 파도 소리를 듣기가 쟈니는 몹시 괴로웠다.

밖은 여전히 춥고 어두운데 ― 몸서리쳐지는 폭풍우는 계속되고 있었다.

다행히 가난한 어부의 작은 집 안은 더없이 포근하고 아늑했다. 마른 장작들이 바지직바지직 소리를 내며 난로 안에서 활활 타고 있었다. 집 안은 비록 맨바닥이었지만 먼지 하나 없이 깨끗하게 잘 정돈되어 있었다. 방 한쪽 찬장에는 희고 깨끗한 접시와 그릇들이 가지런히 놓여 있었다.

또 다른 쪽으로는 흰 시트가 깔린 낡은 침대가 있었는데 아무도 잔 흔적이 없이 잘 정돈된 채였다. 그리고 낡은 카펫이 깔린 바닥

에서는 바깥의 휘몰아치는 폭풍우 소리는 아랑곳없이, 다섯 명이나 되는 어부의 아이들이 쌔근거리며 꿈길을 헤매고 있었다.

돛을 깁고 있는 쟈니의 남편은 지금 고기를 잡으러 배를 타고 바다에 나가 있다.

이처럼 춥고 비바람이 몰아치는 사나운 날씨에 바다로 나가는 것은 매우 위험한 일이었다. 그렇지만 목구멍이 포도청이라는 말처럼 누가 먹을 것을 거저 가져다 줄 리는 없지 않은가? 그냥 앉아 있다가 아이들을 굶길 수는 없는 일이었다.

쟈니는 바느질을 하면서도 마음은 항상 바다에 나가 있었다.

더구나 오늘 밤처럼 거세게 비바람이 몰아치는 날이면 한시라도 마음을 놓을 수가 없었다. 거친 폭풍우를 뚫고 애처롭게 우는 갈매기 소리가 간간이 들려왔다.

쟈니는 마음이 불안하고 불길한 예감마저 들었다. 폭풍우에 배가 난파당하는 무서운 상상까지 머릿속에 떠올랐다. 배는 암초에 걸려 박살이 나고 물에 빠진 사람들은 저마다 살려달라고 아우성 치고…….

"아아, 끔찍해!"

하고 쟈니는 몸을 웅크렸다.

그때 낡은 괘종시계가 목쉰 소리로 땡, 땡……. 하고 시간을 알려 주었다.

철부지 어린 것들은 아무것도 모른 채 단잠에 빠져 있었다.

쟈니는 살아가는 일이란 결코 쉬운 일이 아니라는 생각이 들었다.

남편은 추위와 비바람을 무릅쓰고 바다에 나가 시시각각 다가오는 위험 속에 자신의 몸을 맡기고 있다. 그리고 그녀 역시 이른 새벽부터 밤늦게까지 쉴 새 없이 이렇게 일을 하고 있다. 그렇지만 한편 다시 생각해 보면 부지런히 일한다는 것은 얼마나 가치 있고 보람된 일인가!

그녀의 어린 아이들은 신발도 없이 언제나 맨발로 뛰어다녔으며 검은 빵은 그나마 훌륭한 음식이었다. 검은 빵이라도 날마다 배부르게 먹을 수만 있다면 얼마나 좋을까. 다행히 바닷가에 사는 덕분으로 생선은 가끔 얻어먹을 수 있었지만.

어떻든 간에 아이들이 별 탈 없이 그저 건강하게 자라주는 것만으로도 하느님께 감사할 뿐이었다.

쟈니는 두 눈을 감고 마음속으로 기도했다.

"하느님! 그이는 지금 어디에 있을까요. 부디 그이를 지켜 주세요."

그러나 비바람 소리는 점점 더 기승을 부릴 뿐이었다.

잠자리에 들기는 아직 이른 시간이었다. 기다리다 못한 쟈니는 외투를 걸치고 램프를 켜든 채 밖으로 나갔다. 혹시 남편이 돌아오고 있는지 바다가 조금 잔잔해지기라도 했는지 등대불이 꺼져 있지는 않는지를 보기 위해서였다.

밖은 여전히 춥고 심한 폭풍우가 휘몰아치고 있었다.

쟈니의 발길은 아랫마을로 옮겨졌다. 동네 어귀의 해변에 인접한 낡은 오두막집 앞에까지 걸어 내려갔다.

벽은 허물어지고 앙상한 기둥에 매달린 낡은 문짝 하나가 보였다. 그 문짝은 바람이 휘몰아칠 때마다 삐걱삐걱 소리를 내고 있었다.

오늘따라 사나운 바람은 이 오두막집을 한 입에 삼키기라도 하려는 듯 세차게 몰아치고 있었다. 문짝은 쉬지 않고 삐걱거리고 지붕을 덮은 낡은 판자들은 마치 살려달라고 애걸하듯 흔들거렸다.

쟈니는 잠시 발을 멈추고 찌그러진 창문으로 집 안을 들여다보았다. 빈 집처럼 캄캄하고 적막했다. 쟈니는 한참을 머뭇거리며 생각했다.

'가엾은 사람! 저 불쌍한 여자를 진작 돌봐줬어야 하는 건데 내가 깜박 잊고 있었어. 남편은 아무도 돌봐줄 사람이 없는 외로운 저 여자를 항상 걱정 했는데……'

쟈니가 문을 두드렸다. 안에는 아무런 인기척도 없었다. 쟈니는 다시 머뭇거렸다.

'가엾어라! 어린 것들도 돌봐줘야 할 텐데 자신마저 앓아누웠으니! 저 여자는 무슨 팔자가 저렇게 사나워서 아이를 임신한 채 과부가 됐을까? 어린 것들은 저이만 바라보고 살 텐데……. 너무 가여워!'

쟈니는 여러 차례 노크를 해봤지만 안에서는 여전히 인기척이 없었다.

"안에 계세요? 왜 대답이 없어요?"

하고 쟈니는 소리쳐 보았다.

"주무시거든 그냥 갈게요."

하며 돌아서려고 했다.

온몸이 비에 젖은 쟈니는 몸이 떨려왔다. 그만 발길을 돌리려고 막 발을 내딛으려는 순간, 쟈니의 외투를 날려버릴 듯 거센 바람이 사납게 몰아쳤다. 자신도 모르게 그녀의 몸이 문에 부딪치며 문이 활짝 열렸다.

얼떨결에 쟈니는 집 안으로 들어섰다. 그녀의 손에 든 램프불이 캄캄한 집 안을 환하게 비쳐주고 있었다. 말이 집이지 안은 바깥보다 더욱 썰렁한 냉기가 감돌았다. 천장의 여기저기서 빗물이 새어 흘러내리고 있었다.

문을 등진 벽 가장자리에는 지저분한 지푸라기 더미가 보였는데 그 위에 죽은 과부의 시체가 놓여 있었다. 머리를 뒤로 젖히고 입을 벌린 싸늘하고 푸르죽죽한 얼굴 모습에는 절망과 고뇌가 꽁꽁 얼어붙은 채였다. 더욱이 죽기 전에 무엇인가를 붙잡으려는 것처럼 쭉 뻗은 여인의 푸르스름한 손은 누워 있는 지푸라기 침대 아래로 맥없이 축 처져 있었다.

그런데 죽은 여자의 시체 발치에는 때에 절은 포대기 안에 아기들이 누워 있었다.

얼굴은 핼쑥하고 야위었어도 금발의 곱슬머리에 예쁜 얼굴을 하고 미간을 찌푸린 채 두 아이가 서로 얼굴을 마주 대고 잠들어 있었다. 시시각각 죽음의 그림자가 다가오는 줄도 모르고 사나운 폭풍우를 까마득히 잊은 채 아기들은 편안하게 자고 있었던 것이다.

어머니는 마지막 순간까지 어린 것들의 발부리를 큼직한 헌 이불로 감싸주고 자신의 옷을 어린 것들 위에 덮어주었던 모양이었다. 참으로 죽음보다도 강한 어머니의 사랑이었다.

한 아기는 고사리 같은 뽀얀 손으로 뺨을 고이고 있었고 다른 한 아기는 형의 목에 귀여운 자기 얼굴을 기대었다. 아기의 숨소리는 꺼질 듯이 조용하고 가냘픈 것이었지만 이 세상의 어느 누구도 이들의 포근한 잠을 깨우지 못할 만큼 깊고 달콤한 잠을 자고 있는 것처럼 보였다.

밖은 거센 비바람이 점점 더 거칠게 몰아치고 있었다.

천장을 타고 흘러 내리던 빗줄기 한 방울이 죽은 여인의 뺨에 뚝 떨어졌다. 그것은 램프 불에 반짝이며 마치 눈물처럼 흐르고 있었다.

그 모습을 보던 쟈니는 갑자기 외투 자락 속에 뭔가를 훔쳐 들고 도망치듯 그 집을 뛰쳐나왔다. 누군가가 뒤에서 자기를 뒤쫓아 오는 것 같아 심장이 걷잡을 수 없이 뛰었다. 그녀는 죽은 사람 집에서 뭔가를 훔쳐 온 것이 아닐까?

집으로 돌아오자마자 쟈니는 외투 속에 싸들고 온 것을 침대 위에 놓고 재빨리 시트로 덮어버렸다. 그리고 정신없이 끌어당긴 의자에 주저앉고 말았다. 그녀는 침대 끝에 이마를 대고 엎드렸다. 그녀의 얼굴은 몹시 창백해지고 흥분에 들떠 있었다.

조금 전에 그녀가 한 짓을 되새기며 자신을 저주하고 있었다. 그녀는 실성한 사람처럼 중얼거렸다.

"그이, 그이가 뭐라고 할까? 도대체 무슨 짓을 한 거지? 아이 뒤치다꺼리에 지친 내가……, 아, 흑흑……. 난 나는, 바보야, 바보……. 혹시 그이가 왔나? 아, 아직 안 왔어. 차라리 그이가 와서 나를 실컷 때려 주기라도 한다면! 난 큰일을 저질렀어. 아아, 내가!"

그때 문밖에서 인기척이 나는 것 같았다. 쟈니는 몸을 벌벌 떨며 의자에서 일어나 밖을 살펴보았다.

"아, 그이가 아니군! 하느님! 제가 왜 이런 짓을 했을까요? 이런 짓을 저지르고서야 어떻게 지쳐 돌아오는 남편의 얼굴을 바로 대할 수 있을까요?"

쟈니는 말없이 한동안 침대 옆에 앉아 있었다. 온갖 상념과 고뇌에 기슴을 조이며 그녀는 멍하니 앉아 있었다.

비가 멎었다. 이윽고 먼동이 트기 시작했다. 그러나 바람은 여전히 세차게 불고 바다는 성난 듯이 외치고 있었다.

갑자기 문밖에서 소리가 났다.

이윽고 문이 열리면서 축축하고 차가운 바람 한줄기가 안으로 흘러들어왔다. 그와 동시에 키가 크고 햇볕에 그을려 건장해 보이는 어부가 물에 젖고 갈기갈기 찢어진 그물을 질질 끌며 오두막집 안으로 들어섰다.

"쟈니, 나 왔어!"

그는 반가운 듯이 말했다.

"오, 당신이군요!"

쟈니는 대답했지만 똑바로 일어서지도 못한 채 앉아서 고개를 푹 숙이고 말았다.

“정말 무서운 밤이었어! 날씨 한번 정말 사납더군.”

“정말 그랬어요. 고기는 많이 잡은 건가요?”

“고기가 다 뭐야. 아주 망쳤어. 멀쩡한 그물만 다 찢고 돌아왔지. 글쎄 내 머리털 나고 처음 보는 무서운 폭풍우였어. 뭐랄까 꼭 미친 악마 같았지! 배가 공처럼 이리저리 흔들리고, 돛을 단 밧줄이 금방 끊어지고……, 이렇게 살아온 것만도 천만다행이지! 그렇지? 그런데 당신은 혼자서 뭘 하고 있는 거야?”

어부는 피곤한 듯 그물을 끌고 방 안에 들어와 난로 옆에 앉았다.

“글쎄, 그저 이렇게…….”

쟈니는 새파랗게 질린 채 남편을 멍하니 쳐다보았다.

“바느질하고 있지요……. 간밤에 비바람 소리가 얼마나 무섭든지……. 정말 혼자 있기가 무서울 정도였어요. 내내 당신 걱정만 했지요.”

“그랬을 거야, 정말 지독한 날씨였어. 그런데 간밤에는 별일 없었지?”

남편은 걱정스럽게 말을 건넸다.

그녀는 한동안 말을 잃고 멍하니 앉아 있다가 마침내 큰 죄라도 고백하듯이 겁을 집어먹고 더듬더듬 말하기 시작했다.

“시몬 아주머니가 죽었어요. 언제 죽었는지는 몰라요. 모르긴 해도……, 당신이 그 집에 다녀온 엊그제쯤 이후일 거예요. 죽을 때 몹시 고통스러웠나 봐요. 어린 것들을 생각하면 가슴이 찢어졌겠지요. 더구나 젖먹이 둘을 남겨놓고 죽었으니……. 큰 아이는 기어 다니기라도 하지만 작은 아이는 아직 말도 못하는 걸요.”

쟈니는 입을 다물었다. 남편은 쟈니의 말을 들으면서 두 눈을 껌벅이며 숙연한 표정을 지었다. 정직하고 순박한 그의 얼굴은 점점 굳어 갔다.

"정말 안됐군! 앞으로가 걱정인데……."

그는 못내 안쓰럽다는 듯이 목덜미를 손으로 만지며 말했다.

"그러니 어쩌지? 아기들이라도 당신이 데려와야 하지 않을까? 잠이 깨면 엄마를 찾을 텐데……. 여보, 어서 가서 어린 것들부터 데려오지."

하지만 쟈니는 말뚝에 매인 사람처럼 좀처럼 일어서려고 하지 않았다.

"여보, 빨리 가야지! 왜, 당신 싫어? 아이들을 데려오는 게 마음 내키지 않는단 말이야? 자, 어서. 정말 당신답지 않군!"

그제야 쟈니는 몸을 일으켰다. 그리고 아무 말없이 그녀의 남편을 침대 곁으로 끌고 가서 덮어놓은 시트 자락을 조용히 걷어보았다.

시트 속에는 죽은 이웃 과부의 아이들이 얼굴을 맞댄 채 깊은 잠에 빠져 평화스러운 꿈에 젖어 있었다.

헤밍웨이 <살인자>

헤밍웨이(Ernest Miller Hemingway 1899~1961) 미국 소설가.

일리노이주 오크파크에서 의사인 아버지와 예술가 어머니의 사이에서 태어났다. 고등학교시절부터 글을 쓰기 시작하여 주목을 받는다. 1917년 고등학교를 졸업하고 대학에 가는 대신 캔자스시티에 있는 신문사 〈스타〉지의 기자로 채용된다. 1918년 의용병으로 적십자 운전병이 되어 종군 중 다리에 중상을 입고 밀라노 육군병원에 입원하고 훈장을 받는다. 그 후 휴전이 되어 1819년 귀국하였다. 1921년 신문사 파리 특파원으로 그리스 · 터키전쟁을 보도하였다. 1923년 《3편의 단편과 10편의 시》를 처녀출판하고, 1924년 단편집 《우리들의 시대에》를 발표하였으며, 《봄의 분류》에 이어 발표한 《해는 또다시 떠오른다 》로 명성을 높인다. 1929년 《무기여 잘 있거라》로 전후 세대의 유명한 작가로 지위를 확립한다. 1936년 에스파냐 내전 때 통신사 특파원으로 현장을 보도하였다. 1940년 에스파냐 내전을 소재로 《누구를 위하여 종은 울리나》를 발표하였다. 1952년 대어(大魚)를 낚기 위한 늙은 어부의 고독한 싸움을 그린 《노인과 바다》로 1953년 퓰리처상, 1954년 노벨문학상을 받았다. 불행한 결혼생활과 신경쇠약으로 몇 차례 자살을 기도하다 1961년 엽총으로 자살한다.

그 외 작품으로는 단편소설 《살인자》 《킬리만자로의 눈》 《프랑시스 마코마의 짧고 행복한 생애》 《이동축제일》 《만류의 섬들》 등이 있다.

살인자

헤밍웨이

살인자

헤밍웨이 초기 작품으로 간결한 문체가 특징이다. 아무런 설명도 없이 날카롭고 빛나는 상징들이 있을 뿐이다.

죽이거나 죽음을 당하는 데 대한 어떠한 설명도 없이 비정한 폭력과 비리가 몰고 오는 허무와 절망을 그리며 이를 지켜보는 닉이 느끼는 공포와 전율을 설명 없이 담담하게 표현하였다. 주인공들이 삶의 고통과 비극 그리고 허무를 경험하고 그에 대한 인식을 갖게는 되지만 이러한 허무나 적대적인 환경에서 벗어나기 위한 행동을 취하지 않으며 단지 도피하려고만 한다. 닉은 앤더슨을 통해 폭력과 악의 세계에 대해 무기력하고 절망, 체념을 하는 인간의 모습에 환멸을 느끼게 되는 것이다. 닉이 도시를 떠나겠다는 것은 그러한 세계로부터 완전한 이탈을 시도한다는 뜻이다.

　식당에 두 명의 살인 청부업자가 나타난다. 식당에서 일하는 조지, 그리고 주방에서 음식을 만드는 검둥이 샘을 닉과 함께 인질로 잡아 두고, 그들은 전직 권투선수인 앤더슨이 식당에 나타나기만 하면 죽일 준비를 하고 있다. 오래 기다려도 그가 나타나지 않자 인질들을 두고는 떠나가 버린다.

　그들이 떠난 후 조지는 닉을 시켜 앤더슨에게 이 사실을 알려주게 하며, 닉은 사안의 중요성을 느끼고 앤더슨을 찾아가나 뜻밖에도 앤더슨은 벽을 향하여 침대에 누운 채 초연하게 이 사실을 받아들이며 도주나 방어의 어떤 경고도 받아들이지 않는다. 이런 앤더슨의 무기력하고 절망적인 태도에 닉은 놀라지 않을 수 없었다. 전직 권투 선수이고 누워 있는 침대가 작을 정도로 큰 체격을 가진 그가 꼼짝도 않고 죽음만을 기다린다는 사실은 닉을 충격에 빠지게 한 것이다. 앤더슨의 무기력한 반응과 도시에서 발생하는 폭력 등에 너무나 불쾌감을 느낀 닉은 이 도시를 떠날 결심을 한다.

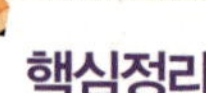

핵심정리

갈래: 단편 소설

구성: 비판적

시점: 전지적 작가 시점

배경: 한적한 작은 마을 서미트의 헨리식당

주제: 폭력과 악의 세계에 무기력한 인간의 환멸

 # 살인자

헨리 식당의 문이 열리자 두 명의 사나이가 들어선다. 그들은 카운터 앞에 앉았다.

"무엇을 드릴까요?"

조지가 그들에게 물었다.

"글쎄."

그 중 하나가 내답히며 옆 친구에게 물었다.

"이봐, 앨. 자네는 뭘 먹겠나?"

"글쎄, 뭘 먹을까?"

식당 밖은 날이 저물어 어슬어슬해져 있었다. 창밖 가로등에는 불이 켜졌다.

카운터 저편 끝에 있던 닉 애덤즈는 그들을 지켜보고 있었다. 닉은 이들이 들어오기 전까지 조지하고 한창 지껄이고 있던 참이었다.

카운터에 앉은 두 사나이는 메뉴판을 들여다보았다.

"애플소스와 감자를 곁들인 돼지 등심스테이크 하나 주지."

첫째 사나이가 주문을 했다.

"아직 준비가 안 되었습니다만……."

조지가 설명했다.

"그건 저녁식사 메뉴입니다. 저녁 6시에는 드릴 수 있지요."

조지는 고개를 돌려 카운터 뒷벽에 걸려 있는 시계를 쳐다보았다.

"지금은 5시입니다."

"저건 5시 이십 분 아냐?"

둘째 사나이가 물었다.

"이십 분 더 빠르답니다."

"제기랄, 그따위 고물 시계는 없애 버려!"

첫째 사나이가 조지에게 물었다.

"그래, 너의 식당에는 무슨 음식이 되는데?"

"각종 샌드위치는 다 있습니다."

조지는 대답했다.

"햄에그 샌드위치, 베이컨에그 샌드위치, 리버베이컨 샌드위치, 그렇지 않으면 스테이크 샌드위치, 뭐든 손님 맘대로 주문하시죠."

"그러면 치킨크로켓에 그린 피와 크림 소스에 감자 곁들인 것을 줘."

"그것도 저녁 메뉴입니다."

"우리가 주문하는 건 모조리 저녁식사란 말이지, 응? 이 자식아! 너희 식당은 언제나 이런 식이야?"

"햄에그 샌드위치는 드릴 수 있어요. 그리고 베이컨에그 샌드위치, 리버……,"

"그럼, 햄에그나 줘."

앨이라는 사나이가 말했다.

그는 중산모에 검정 외투를 입고 있었는데 외투에는 단추가 쭉 달려 있었다. 실크 머플러를 두르고 장갑을 끼고 있었다. 작고 핏기 없는 얼굴에 꼭 다문 입술은 야무지게 보였다.

"나는 베이컨에그를 줘."

다른 사나이가 말했다. 얼굴은 서로 달랐지만 몸집은 앨과 비슷하였다. 쌍둥이처럼 똑같은 차림을 하고 둘 다 꽉 끼는 외투를 입고 있었으며 팔꿈치를 카운터에 고이고 몸을 앞으로 숙이고 앉아 있었다.

"마실 것 뭐 없나?"

앨이 물었다.

"실버 비어에 비이비 그리고 진저엘이 있죠."

조지가 대답했다.

"한잔 할 것 없냐 말이야!"

"방금 말씀드린 그런 것들이 있지요."

"대단한 마을인데? 대체 이 동네 이름이 뭐야?"

또 다른 작자가 비꼬며 물었다.

"서미트라고 합니다."

"어이, 들어 본 일 있나?"

앨이 옆 친구에게 물었다.

"없는 걸."

그자가 대답했다.

"여기선 밤에 뭘 하나?"

앨이 조지에게 묻는데 옆 친구가 조지대신 대답하였다.

"뭐, 저녁을 먹겠지. 다들 몰려와서 굉장한 저녁식사를 한단 말이지."

"그렇죠."

조지가 대꾸했다.

"그래, 그 말이 맞단 말이지?"

앨이 조지에게 물었다.

"그렇고말고요."

"너 꽤 똑똑한 녀석이로군!"

"아무렴요."

조지가 맞장구치며 주문한 요리를 가지러 갔다.

"똑똑하긴 뭘. 그래, 저 녀석이 똑똑하단 말인가, 앨?"

작달막한 다른 한 패가 말했다.

"저 녀석은 멍청이야."

앨은 그렇게 말하더니 닉에게로 얼굴을 돌렸다.

"네 이름은 뭐지?"

"애덤즈요."

"똑똑한 녀석이 여기 또 하나 있군."

앨이 말했다.

"이봐, 맥스. 요 녀석도 똘똘인데."

"이 동네는 맨 똘똘이 판이로군."

맥스라는 자가 말했다.

조지는 카운터 위에 접시 둘을 가져다 놓았다. 하나는 햄에그 샌드위치이고 다른 하나는 베이컨에그 샌드위치였다. 그는 감자 프라이를 담은 작은 접시 둘을 그 옆에 놓고 주방으로 난 샛문을 닫았다.

"어느 것이 손님 거죠?"

조지는 앨에게 물었다.

"이 자식, 그것도 몰라?"

"햄에그였지요?"

"과연 똑똑한 놈이군."

맥스가 말했다. 그는 몸을 앞으로 비스
듬히 숙이고는 햄에그 샌드위치를 들었다.
조지는 둘 다 장갑을 낀 채 먹는 그들의 모
습을 지켜보았다.

"야, 뭘 그렇게 쳐다보는 거야?"

맥스가 조지를 흘겨보았디.

"보긴 뭘 봐요?"

"거짓말 마! 너, 나를 보고 있었잖아. 안 그래?"

"맥스, 그 녀석이 일부러 그랬겠나?"

앨이 그렇게 말하자 조지가 웃었다.

"야, 웃긴 왜 웃어? 웃지 말란 말이야. 알았나?"

맥스는 조지에게 호통을 쳤다.

"네, 잘 알았습니다."

조지가 대답했다.

"그래, 이 녀석이 잘 알았다네. 잘 알았다니 착하기도 하지."

맥스가 앨에게로 얼굴을 돌렸다.

"아니, 대충 대답하는 거야."

앨이 말했다. 그들은 식사를 계속했다.

"카운터 저 끝에 있는 놈, 이름이 뭐라고 했지?"
앨이 맥스에게 물었다.
"야, 똘똘아. 네 친구하고 카운터 저쪽으로 돌아가!"
맥스가 닉을 부르며 말했다.
"어떻게 할 작정인데요?"
"아무 작정 없어."
"똘똘아, 말을 듣는 게 좋을 거야."
앨이 거들었다.
닉은 카운터 뒤로 돌아 들어갔다.
"아니, 도대체 어떻게 할 셈이오?"
조지가 물었다.
"네놈은 조용히 해! 주방에는 또 누가 있나?"
앨이 말했다.
"검둥이요."
조지가 대답했다.
"검둥이라니?"
"요리사 검둥이 말이오."
"그 검둥이보고 이리 오라고 해."
"어떻게 하려고요?"
"나오라고 하라니까!"
"아니, 도대체 여길 어디로 알고 이러는 거요?"
"어딘지 정도는 우리도 잘 알고 있어, 제기랄!"
맥스라는 자가 말했다.
"그래, 우리가 그렇게 바보로 보이나?"

"이봐, 실없는 소리 그만 하게. 왜 이따위 애들하고 이러니저러니 시비하는 거야?"

앨이 맥스를 나무라며 조지에게 말했다.

"그 검둥이놈 이리 나오라고 해."

"아니, 그 검둥이를 어떻게 하시겠다는 거요?"

"뭘 어떻게 한단 말이야? 생각해 봐, 똘똘아. 우리가 검둥이를 어떻게 하겠는가 말이다."

조지는 주방으로 통하는 샛문을 열고 샘, 하고 불렀다.

"잠깐만 이리로 나와."

주방문이 열리고 검둥이가 나왔다.

"무슨 일이야?"

그가 물었다. 카운터 앞에 앉은 두 사나이가 그를 힐끔 쳐다보았다.

"아무것도 아냐, 검둥아. 너 바로 거기 좀 서 있어!"

앨이 말했다.

검둥이 샘은 앞치마를 두른 채 카운터에 앉아 있는 두 사나이를 바라보며 "네, 네." 하고 대답했다.

앨은 의자에서 내려서며 맥스에게 말했다.

“나는 검둥이와 똘똘이를 데리고 주방에서 기다리겠어.”

그가 다시 말했다.

“검둥이, 자넨 주방으로 다시 들어가게. 똘똘아, 너도 같이 가자.”

그 작달막한 작자는 닉과 요리사인 샘 뒤를 따라 주방 안으로 들어갔다. 그들이 들어가자 문이 닫혔다.

맥스라는 자는 카운터를 사이에 두고 조지와 마주 앉았다. 그는 조지를 본 체도 안하고 카운터 뒤에 걸려 있는 거울을 바라보았다.

“그래, 똘똘아.”

맥스는 거울을 들여다보면서 입을 열었다.

“왜 무슨 말 좀 하지 그래?”

“대체 어떻게 할 셈이오?”

조지가 묻자 맥스가 안을 향해 소리쳤다.

“이봐, 앨! 똘똘이가 말이야, 어떻게 할 셈인지 좀 알고 싶다네!”

“왜 알려 주지 그래?”

앨의 목소리가 주방에서 들려 왔다.

“무슨 판이 벌어질 것 같은가?”

“모르겠소.”

“자네는 어떻게 생각하는가 말이야.”

맥스는 지껄이면서도 내내 거울에서 눈을 떼지 않았다.

“말하고 싶지 않소.”

“이봐, 앨. 똘똘이란 놈 어떻게 생각하는지 말하지 않겠다는군.”

"알고 있어, 여기도 다 들려."

앨이 주방에서 말했다.

"카운터 저쪽으로 좀더 비켜서! 맥스, 자네는 왼편으로 좀 물러 앉게."

그는 마치 단체 사진의 위치를 바로 잡는 사진사처럼 지시하였 다.

"자, 말해 봐, 똘똘아. 앞으로 무슨 일이 일어날 것 같은가?"

맥스가 물었다.

조지는 아무 대답도 하지 않았다.

"그럼 내가 말해 주지."

맥스가 말했다.

"우린 어떤 스웨덴 놈 하나를 해치우려고 하는 거야. 자네도 올 앤더슨이란 몸집 큰 스웨덴 놈 알지?"

"압니다."

"그놈이 저녁에 식사 하러 여기로 오지?"

"가끔 오죠."

"6시면 오겠지?"

"온다면 그 시간에 오죠."

"우린 다 알고 왔어."

맥스는 말했다.

"우리 다른 얘기나 하자. 자네 영화 보러 가나?"

"가끔 한 번씩 가죠."

"좀더 자주 가 봐야겠는 걸. 자네같이 똑똑한 놈에게 영화는 큰 도움이 되지."

“그런데 올 앤더슨을 무슨 이유로 해치려는 거죠? 그 사람이 손 님들에게 무슨 해라도 입혔나요?”

“해를 입히려고 해도 그럴 기회가 있었어야지. 우린 서로 얼굴 본 적도 없는 걸.”

“그러니 우린 이제 얼굴을 한 번 보게 된다, 그런 말씀이야.”

앨이 주방에서 덧붙였다.

“얼굴도 모르는 그를 왜 죽이 려는 거죠?”

조지가 물었다.

“친구 부탁 때문에 그놈을 없애려는 거야. 순전히 그것 때문이 지.”

“입 닥쳐!”

주방의 앨이 소리쳤다.

“자네 주둥이는 너무 가벼워.”

“우리 똘똘이 심심찮게 해주어야지. 안 그래, 똘똘이?”

“어쨌든 입이 가벼워.”

앨이 말했다.

“검둥이하고 이 똘똘이는 저희들끼리 심심하지 않을 거야. 두 놈을 꽁꽁 묶어서 한 쌍의 사이좋은 수도원 계집애들처럼 해 놓았 거든.”

“자네 유태 수도원에 가 있었군. 그래, 자네가 있었던 곳은 기 껏 그런 곳이었겠지.”

조지가 시계를 쳐다보자 맥스는 말했다.

"만일 손님이 들어오면 요리사가 쉰다고 말해. 그래도 손님이
짓궂게 들어오면 네가 주방에 들어가서 직접 요리를 만들어 드리
겠다고 말하란 말이다."

"알았어요."

조지는 말했다.

"그 다음에는 우리들을 어떻게 할 작정이죠?"

"그때 가봐야 알지. 지금으로서는 도저히 알 수 없는 일이야."

맥스는 말했다.

조지는 시계를 쳐다보았다. 6시 십오 분이었다. 식당 문이 열리
며 전차 운전수가 들어왔다.

"이봐, 조지. 저녁 좀 먹을 수 있지?"

"샘이 어디 갔는데요. 반 시간 있어야 돌아옵니다만."

조지가 말했다.

"그럼 저 뒤쪽으로 가 볼까."

운전수는 그렇게 말하고 밖으로 나갔다. 조지는 시계를 쳐다보
았다. 6시 이십 분이었다.

"잘했어, 잘했어. 그렇게 하는 거야."

맥스가 말했다.

"자네야말로 진짜 신사로군."

"우물쭈물하면 제 모가지가 날아갈 걸 알고 있으니 그랬겠지."

앨이 주방에서 던진 말이었다.

"아냐. 그래서 그런 게 아냐. 우리 똘똘이는 근사한 녀석이야.
마음에 드는군."

6시 오십오 분이 되자 조지가 말했다.

"오늘은 안 오는 모양이군요."

식당에는 운전수 외에도 두 사람이 더 다녀갔다. 한 손님은 가지고 간다고 해서 조지가 직접 주방에 들어가 햄에그 샌드위치를 만들어 주었다.

주방에 들어가 보니 앨이 있었는데 그는 모자를 뒤로 젖혀 쓰고 총신을 짧게 자른 산탄총 총구를 문턱에 기대놓고 주방문 옆 의자에 앉아 있었다. 닉과 요리사 샘은 등을 맞대고 묶인 채 한쪽 구석에 쓰러져 있었는데 입에는 수건으로 재갈을 물렸다.

조지는 샌드위치를 만들어서 포장지에 싼 것을 봉지에 넣어 가지고 나왔다. 손님은 값을 치르고 곧 나갔다.

"우리 똘똘이는 못 하는 일이 없군."

맥스는 이어서 말했다.

"요리도 잘 하니 자네 마누라 될 여자는 팔자가 늘어지겠군그래."

조지가 말했다.

"그건 그렇고 기다리는 올 앤더슨은 안 올 것 같은데요."

"십 분만 더 기다려 보지."

맥스는 말했다.

맥스는 거울과 시계를 지켜보고 있었다. 시계가 7시를 가리키고 뒤이어 7시 십오 분을 가리켰다.

"이봐, 앨. 그만 가는 게 낫겠어. 그자는 안 올 모양이야."

맥스가 앨에게 말했다.

"5분만 더 기다려 보자고."

앨이 주방에서 말했다.

그 5분을 기다리는 동안 손님이 한 명 들어왔다. 조지는 요리사가 앓아누웠다고 둘러댔다.

"그러면 왜 다른 요리사를 쓰지 않는 거야?"

하고 투덜거리며 손님은 나갔다.

"이만 가자구, 앨."

맥스가 말했다.

"이 똘똘이 둘하고 검둥이는 어떻게 한다지?"

앨이 난감해했다.

"그 녀석들은 걱정 없어."

"그럴까?"

"그렇고말고. 오늘 일은 이미 끝난걸."

"난 기분이 좀 꺼림칙한 걸. 자네 입이 너무 가벼워서 말이야."

앨이 말했다.

"뭘 그까짓 심심풀이 좀 한 것을 가지고……, 안 그래?"

맥스는 말했다.

"하여튼 자넨 입이 너무 가벼워."

앨이 말하며 주방에서 나왔다. 짧게 자른 산탄총 총신이 꼭 낀 외투 허리 밑에 약간 불룩 튀어나와 있었다. 그는 장갑 낀 손으로 외투를 가다듬었다.

"잘 있게, 똘똘이. 재수가 좋은 줄 알라구."

그는 조지에게 말했다.

"그래, 운이 좋으니 꼭 경마를 해봐."

그들 둘은 밖으로 나갔다. 조지는 그들이 가로등 아래를 지나

거리를 건너가는 것을 창 너머로 바라보고 있었다. 꽉 낀 외투에
중산모를 쓴 모습이 흡사 극단의 희극 배우처럼 보였다.

조지는 주방 문을 열고 안쪽 주방으로 들어가서 닉과 샘을 풀어
주었다.

"다시는 이런 꼴 당하기 싫어."

요리사 샘이 투덜댔다.

"끔찍하군."

닉은 일어섰다. 수건으로 입을 틀어
막힌 것은 난생 처음이었다.

"뭘, 이까짓 것쯤 가지고."

조지는 허세를 부리며 목에 힘을 주
었다.

"그놈들은 올 앤더슨을 죽이려고 왔던 거야. 식사하러 들어오
면 쏘려고 했지."

조지가 말했다.

"올 앤더슨을?"

"그렇다니까."

요리사는 엄지손가락으로 양 입가를 쓰다듬었다.

"놈들은 다 갔나?"

그가 물었다.

"그래, 다 갔어."

조지가 대답했다.

"기분 나쁜데. 정말 기분 잡쳤어!"

요리사 샘이 투덜댔다.

"이봐, 닉. 올 앤더슨한테 가보는 게 어때?"

조지가 닉에게 말했다.

"그래, 그게 좋겠어."

닉이 대답했다.

"이런 일엔 끼어들지 않는 거야. 덤벼들지 말고 물러나 있는 게
좋을 걸."

요리사 샘이 말했다.

"가기 싫으면 그만둬도 돼."

조지가 닉에게 다시 말했다.

"괜히 이런 일에 말려들어갔다 험한 꼴 보지 말고 모르는 척하
란 말이야."

요리사 샘의 말이었다.

"그래도 내가 잠깐 가서 보고 올게. 그의 집이 어디지?"

닉이 조지에게 물었다.

"허쉬네 하숙집이야."

조지가 대답했다.

"그럼 다녀올게."

밖으로 나가자 가로등은 잎사귀 하나 없는 앙상한 나뭇가지 사
이로 비치고 있었다.

닉은 전차 길을 따라 올라가다 다음 가로등이 있는 데서 옆 골
목으로 접어들었다. 거기서 세 번째 집이 허쉬네 하숙집이었다.
닉은 두어 계단 올라가서 벨을 눌렀다. 어떤 부인이 나왔다.

"올 앤더슨씨 계신가요?"

"만나려고요?"

"계신다면 좀."

닉은 그 부인을 따라 계단을 올라가서 안쪽 복도 끝까지 갔다. 부인이 문을 노크했다.

"누구요?"

"앤더슨 씨, 손님이 오셨어요."

부인이 말했다.

"닉 애덤즈입니다."

"들어와."

닉은 문을 열고 안으로 들어갔다. 올 앤더슨은 옷을 입은 채 침대에 누워 있었다. 그는 한때 중량급 프로 권투 선수였으며 키가 너무 커서 누워 있는 침대가 짧아 보였다. 그는 베개 둘을 겹쳐서 베고 있었다.

그는 닉을 쳐다보지도 않고 물었다.

"무슨 일로 왔지?"

"제가 아까 헨리 식당에 있었는데요."

하고 닉이 말하기 시작했다.

"어떤 작자 둘이 들어오더니 말이에요, 저와 요리사를 묶어 놓고선 아저씨를 없애 버리러 왔다고 지껄여대지 않겠어요?"

막상 말을 꺼내놓고 보니 어쩐지 실없는 소리같이 들렸다. 올 앤더슨은 아무 대꾸도 하지 않았다.

"그자들은 우리를 주방에다 처넣었지요."

닉은 말을 계속했다.

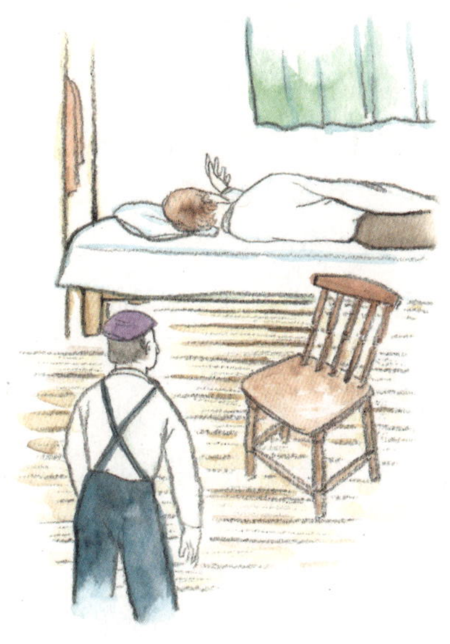

"아저씨가 저녁 먹으러 들어오기를 기다렸다 쏠 속셈이었지요."

올 앤더슨은 벽만 바라볼 뿐 아무런 말도 하지 않았다.

"조지도 일단 아저씨께 알려 드리는 것이 좋겠다고 생각해서 이렇게 왔지요."

"그 일에 대해선 나로서도 어쩔 도리가 없구나."

올 앤더슨이 말했다.

"그 작자들 인상을 말씀드릴까요?"

"그까짓 것 알고 싶지 않아."

올 앤더슨은 여전히 벽을 바라보고 말했다.

"일부러 와서 알려줘 고맙네."

"천만에요."

닉은 침대에 누워 있는 그 몸집 큰 사나이를 바라보았다.

"제가 가서 경찰에 신고할까요?"

"그만 둬. 그래 봤자 아무 소용 없어."

올 앤더슨은 말했다.

"제가 뭐 도와드릴 일 없을까요?"

"아무 것도, 별 도리 없어."

"단순히 협박 한번 해 보는 건 아닐까요?"

"아니, 협박이 아냐."

올 앤더슨은 아예 벽을 향해 돌아누웠다.

"이제는 밖에 나갈 마음이 나지 않는군. 온종일 틀어박혀 여기 누워 있었더니."

하고 그는 벽을 향한 채 말을 이었다.

"이 마을을 빠져나갈 수는 없을까요?"

"아니."

올 앤더슨은 말했다.

"이젠 도망 다니는 그 따위 짓 은 그만두기로 했네."

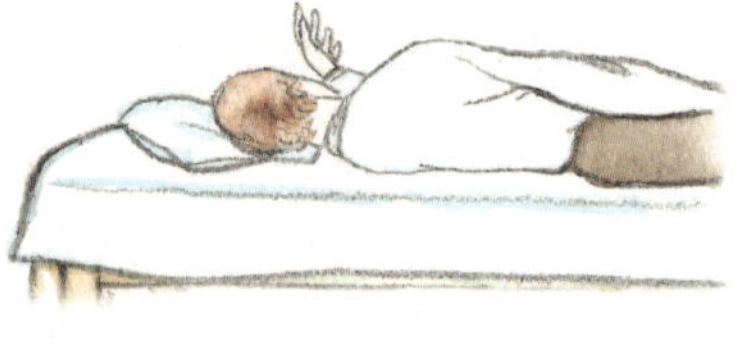

그는 여전히 벽을 바라보고 있었다.

"이젠 어쩔 도리가 없어."

"어떻게 해결할 방도가 없을까요?"

"안 돼, 내가 잘못한 걸."

그는 나직이 말했다.

"손쓸 도리가 없어. 시간이 좀더 지나면 나가 볼 생각이 날지도 모르지."

“그럼, 저는 조지에게 돌아가겠어요.”

닉이 말했다.

“잘 가게. 이렇게 와 주어서 고맙네.”

올 앤더슨은 말했다. 닉 쪽을 바라보지도 않은 채였다.

닉은 밖으로 나왔다. 문을 닫고 나오면서 옷을 입은 채 침대에 누워 벽만 보고있는 올 앤더슨의 모습을 다시 한 번 바라보았다.

“글쎄, 저 양반은 온종일 침대에만 누워 있다니까요.”

아래층에서 부인이 말했다.

“어디 편찮으신 모양인지, 오늘같이 좋은 날씨엔 밖에 나가 산보라도 하셔야죠, 라고 말씀드렸더니 그럴 기분이 나지 않는다고 말하지 않겠어요?”

“나가기를 싫어하더군요.”

닉이 말했다.

“그렇게 편찮으시니 안됐지 뭐예요.”

부인이 말했다.

“참 말할 수 없이 좋은 분이신데. 알고 있겠지만 전에는 권투 선수였다우.”

“알고 있어요.”

“얼굴이나 보면 알까 전혀 권투 선수같이 보이지 않는 걸요. 점잖기 이를 데 없는 분이지.”

부인은 말했다. 그들은 거리로 나 있는 문 안쪽에 서서 얘기를 주고받고 있었다.

“그럼 이만 가보겠습니다. 허쉬 부인.”

닉이 작별 인사를 했다.

"난 허쉬 부인이 아녜요. 이 집 주인이 허쉬 부인이고 나는 관리인일 뿐이에요. 나는 미시즈 벨이라우."

부인이 말했다.

"그렇군요. 그럼 안녕히 계세요, 미시즈 벨."

닉이 다시 인사를 했다.

"잘 가요."

부인이 인사를 했다.

닉은 어두컴컴한 길을 걸어 가로등이 있는 모퉁이까지 돌아 헨리 식당으로 돌아왔다. 조지는 카운터 안쪽에 있었다.

"올을 만나 보았나?"

"응. 그런데 방에 처박혀 꼼짝도 안하던 걸."

닉의 목소리를 듣고 주방에서 요리사가 문을 열었다.

"그 이야기라면 듣기도 싫다."

이렇게 말하고는 문을 닫아 버렸다.

"올에게 식당에서 일어난 일들을 말했겠지?"

조지가 물었다.

"하구말구. 말하니까 이미 알고 있던데."

"그래, 어떻게 하겠다든?"

"도리가 없다는 거야."

"그러면 그놈들 손에 죽을 게 뻔할 텐데."

“그렇겠지.”

“틀림없이 올 아저씨가 시카고에서 무슨 사건에 끼어들었을 거야.”

“내 생각도 그래.”

닉이 말했다.

“큰일 났는 걸.”

“무서운 일이야.”

닉이 말했다.

둘은 그만 입을 다물어 버렸다.

조지는 팔을 뻗쳐 행주를 집어 들고 카운터를 닦았다.

“아저씨가 무슨 일을 저질렀을까?”

잠시 후에 닉이 입을 열고 조지에게 물었다.

“누굴 배신했던 모양이지, 그들 사이에서는 그런 짓을 하면 죽이기로 되어 있으니.”

“나는 이곳을 떠나겠어.”

닉이 말했다.

“그래, 좋은 생각이야.”

조지는 말했다.

“죽는다는 걸 뻔히 알면서도 방 안에 처박혀서 그들을 기다리고 있는 그분을 생각하니 도저히 견딜 수가 없어. 너무나 몸서리 쳐지는 일이야.”

“그건 그렇지만 거기 대해선 더 이상 생각 안하는 게 좋아.”

조지가 말했다.

고골리 <외투>

작가 소개

고골리 (Nikolai Vasil evich Gogol 1809~1852) 러시아의 작가.

본명 고골리야노프스키. 근대 러시아 문학의 어머니로 추앙받는 고골리는 우크라이나 소로친지에서 소귀족의 아들로 태어나 어릴 때부터 문학을 좋아하였으며, 1821년 네진 고등학교에 입학 한 후에 연극과 회람잡지를 발행하기도 한다. 1828년 고등학교를 졸업 후 상트페테르부르크에서 하급관리로 지내면서 신문·잡지에 투고한 단편 《이반 쿠팔라의 전야》로 문단으로부터 주목을 받으며, 우크라이나의 농촌의 실상을 담은 《디칸키 근교 농촌 야화》로 유명작가들에게 찬사를 받아 문단에 지반을 구축한다. 1834년 상트페테르부르크대학의 세계사 담당 조교수가 된 후 《아라베스크》 《미르고로드》를 출판한 후 조교수를 그만둔다. 1836년 희극 《검찰관》을 발표 후 상연했으나 관료주의의 부패를 비난했다는 이유로 보수파들에게 비판을 받고 로마로 피신한다. 그 뒤 단편인 《외투》와 장편 《죽은 혼》을 발표한다. 1848년에 팔레스타인을 순례하며 《죽은 혼》 제2부를 집필하기 시작하였으나, 정신착란 상태로 단식에 들어가 자살로 생을 마감한다. 그는 러시아 사실주의 문학의 창시자로 인정되며, A.S. 푸슈킨과 더불어 러시아 근대 문학의 개척자로서 인정을 받는다.

외투

고골리

외투

페테르부르크의 한 말단 관리인 아카키예비치는 요령이 없고 처세술이 부족한 인물이다. 관청에서 서류를 정서하는 일로 삶의 즐거움을 삼는 그는 외투가 너무 낡아 새로 장만해야 하는 처지가 되자 극도의 내핍 생활 끝에 새 외투를 장만한다. 그런데 관청 부과장의 저녁 식사 대접을 받고 돌아오는 길에 불량배들에게 외투를 강탈 당한다. 외투를 찾아 달라고 경찰서장이나 유력한 인사를 찾아다니지만 오히려 호통만 당하다 결국 절망에 빠진 그는 죽고 만다. 그 후 어두운 밤에 유령이 나타나 행인들의 외투를 빼앗는다는 소문이 나돈다. 유령이 된 그는 자신을 업신여겼던 인간들을 징벌하고, 외투를 찾아달라는 청을 거절한 관리의 외투를 빼앗고나서야 환상적인 이야기는 끝을 맺는다.

이 소설을 읽으면 소심하고 불행한 한 사나이에 대해 동정심을 느끼면서도 한편으로는 웃지 않을 수가 없게 된다. 지극히 사소한 사건을 상상할 수도 없는 큰 사건으로 인식하기 때문이다. 그래서 외투의 분실이 한 인간의 죽음을 초래할 정도라는 것은 현실세계의 질서와 균형이 뒤집히고 비정상적인 세계로 빠져든다. 아무런 사회적 보호나 혜택을 받지 못하는 소시민의 비극과 함께 특권과 권력을 누리는 관료계층의 부조리와 타락을 대비시키고 있다. 고골리 특유의 기발한 상상력과 독특함에 사람들은 웃음을 터뜨리지만 그 이면에 잔잔히 흐르는 인간애와 연민은 눈물속의 웃음으로 요약된다. 이것은 고골리 작품 전반에 걸쳐 나타나는 특징으로 19세기 러시아의 부패한 관료사회에 대한 날카로운 풍자와 비판정신이 돋보인다. 추악한 사회를 철저하게 묘사하면서도 그 속에서 인간적인 감정을 찾아내어 인도주의 정신을 바탕으로 한 현실사회의 부패와 결함을 드러내어 그것을 개선하고자 하는 데 목적이 있었던 것이라고 평하기도 한다.

핵심정리

갈래: 단편 소설

구성: 비판적

시점: 3인칭 전지적 작가 시점

배경: 러시아 수도 페테르부르크의 어느 겨울

주제: 부패한 관료체제에 희생되는 말단 관리인의 비극

외투

어느 관청에서 일어난 일이다. 관청의 이름은 밝히지 않는 편이 나을 것 같다. 어느 부처나 연대, 지청을 막론하고 관청에서 일하는 사람들처럼 화를 잘 내는 부류도 없으니까 말이다.

요즘은 한 개인이 느끼는 모욕을 마치 그가 속한 사회 전체에 대한 모욕으로 간주하는 경향이 없지 않아 있다.

얼마 전에도, 어느 도시인지 이름은 잊었지만 그곳의 경찰서장이 상부에 진정서를 제출한 적이 있었다. 그는 그 진정서에서, 요즘 법질서의 권위가 땅에 떨어지고 있으며 자기의 신성한 직책마저도 번번이 모욕을 당하고 있다는 사실을 명쾌하게 진술했다고 한다.

그는 자기의 주장을 입증하기 위해 꽤 두꺼운 소설책 한 권을 진정서에 첨부했다. 그리고 그 소설에는 거의 십 페이지마다 경찰서장이 등장하고, 그가 술에 만취한 모습으로 묘사된 대목도 몇 군데나 있다는 주장이었다.

그래서 이런 불쾌한 일이 생기는 것을 피하려면 여기서 이야기하고자 하는 관청의 이름도 그저 관청이라고 부르는 게 무난할 것 같다. 아무튼 어떤 관청에 관리 한 사람이 근무하고 있었다.

그는 남보다 나은 점이라곤 눈을 씻고 찾아봐도 찾을 수 없는 그런 사람이었다. 작달막한 키에 얼굴은 약간 얽었고, 붉은 머리털에 눈은 근시였다. 이마는 약간 벗겨졌으며 두 볼은 주름투성이에다 얼굴빛은 마치 고질병 환자처럼 누렇게 떴다. 하지만 어쩔 수 없는 일 아닌가. 그저 페테르부르크의 고르지 못한 날씨를 탓할 수밖에 없는 노릇이다.

그의 직급은 — 뭐니뭐니해도 러시아에서는 직급부터 밝혀둘 필요가 있다. — 이른바 만년 9등관이었다. 뭐라고 대들 만한 능력도 없는 사람들을 사정없이 짓밟기를 좋아하는 습성의 작가들이 특히 좋아하는 직급이 바로 9등관이다. 작가들이 이들을 조소하고 풍자하기를 즐긴다는 건 널리 알려진 사실이다.

이 9등관의 성은 바쉬마치킨이었다. 이 성이 바쉬마크(단화)에서 유래되었다는 것은 누가 봐도 분명하지만, 어느 시대에 무슨 이유로 하필이면 바쉬마크란 단어에서 성을 만들어냈는지는 아무도 알 길이 없다. 아버지나 할아버지, 심지어 친척들까지 바쉬마치킨네 집안사람들은 모두 장화를 신고 다녔다. 신창을 가는 것은 1년에 두세 번 정도였다.

그의 이름은 아카키 아카키예비치였다. 독자들에게는 이 이름이 무척 기묘하게 들릴지도 모르겠다. 마치 어떤 의도가 있어서 일부러 지어낸 이름이라고 생각할 수도 있다. 그러나 이 이름은 결코 특별한 의도를 갖고 지은 이름은 아니었다. 다만 이 이름 말고는 다른 이름을 붙여줄 수가 없는 사정이 있었는데 그 사정이란 다음과 같은 것이었다.

기억하는 바로는, 아카키 아카키예비치는 3월 이십삼 일 밤에 태어났다. 이미 돌아가신 그의 어머니는 더할 나위 없이 마음씨가 고운 여인으로, 관리의 아내였다. 그녀는 관습에 따라 갓난아기에게 세례식을 베풀어주기로 했다.

산모는 아직 방문 맞은편 침대에 누워 있었다. 산모의 오른쪽에는 아기의 대부(代父)가 될 이반 이바노비치 예로쉬킨이 서 있었는데 그는 원로원에서 과장을 지낸 사람이었다. 왼쪽에는 대모(代母)가 될 아료나 세묘노브나 벨로브류쉬코바라는 매우 정숙한 부인이 자리잡고 있었다. 그녀는 전 경찰서장의 부인이었다.

이들은 산모에게 아기의 이름으로 '모키'나 '소시', 아니면 순교사 '호즈다자트' 이렇게 세 가지 가운데 마음에 드는 걸 고르라고 했다.

아기의 어머니는 생각했다.

'무슨 이름이 모두 그따위람!'

두 사람은 그녀를 만족시켜주기 위해 달력의 다른 곳을 들춰보았다. 그리고 이번에도 이름 세 개를 골라냈다. '트리필리,' '드우라' 그리고 '바라히시'가 그것이었다.

"하느님 맙소사!"

이미 중년 고개를 넘긴 아기 어머니는 자기도 모르게 이런 말을 입 밖에 내뱉어버렸다.

"어쩌면 그렇게 괴상한 이름만 튀어나올까요? 평생 한 번도 들어본 적이 없는 이름들뿐이군요. '바르다트'나 '바르프'라면 몰라도 '트리필리' 니 '바라히시' 니 하는 이름을 도대체 어떻게……."

그래서 달력을 또 한 장 넘겼더니 이번에는 '파론쉬카' 와 '바흐치시' 가 나왔다.

"알겠어요……."

아기 어머니는 말했다.

"이것도 이 아이의 팔자인 모양이군요. 그따위 이름을 붙이느니 차라리 아이 아버지 이름을 그대로 따서 붙여주는 게 낫겠어요. 아버지 이름이 아카키니까 이애도 아카키라고 부르죠."

아카키 아카키예비치라는 이름은 그렇게 해서 생겨난 것이다. 아기는 세례를 받을 때 얼굴을 잔뜩 찌푸리면서 울어댔다. 나중에 기껏 9등관이나 되리라는 걸 그때 벌써 예감했었나 보다.

내가 이런 얘기를 하는 것은, 이러한 사정으로 인해 이 사나이에게 달리 다른 이름을 붙일 수 없었다는 것을 독자들이 이해했으면 하는 바람에서인 것이다.

그가 관청에 언제 들어가게 됐는지, 또 누가 그를 그 자리에 임명했는지 기억하는 사람은 아무도 없었다. 그동안 국장이나 과장들은 수없이 많이 바뀌었지만 그는 언제나 같은 자리, 같은 등급인 서기라는 직책을 여전히 맡고 있었다. 그래서 모두들 그가 마치 어머니 뱃속에서부터 머리가 벗겨지고 관리 제복을 입은 채 태어나기라도 한 것처럼 느낄 정도였다.

그가 일하는 관청에서는 어느 누구도 그를 존중하지 않았다. 수위들조차 그가 앞을 지나가도 자리에서 일어서려 하지 않았다. 마치 파리 새끼 한 마리가 날아다니는 것을 보는 듯한 태도로 거들떠보지도 않았다. 상관들은 당연히 그에게 위압적이고 전제적인 태도를 보였다.

부과장이라는 직책을 가진 자는 최소한의 예의로 하는 말 한 마디 없이 그의 코앞에 서류를 불쑥 들이밀곤 했다. "이거 정서 좀 해주세요."라든가, "이거 꽤 재미있는 일거리인 것 같은데……." 하는 등의 그런 의례적인 표현조차 아카키 아카키예비치에게는 생략해버리는 것이었다.

아카키 아카키예비치는 누가 일을 맡기든, 그 사람에게 그런 일을 시킬 권리가 있든 없든 신경도 쓰지 않고 자기 코앞에 내밀어진 서류를 힐끔 보고는 그냥 받아서 즉시 그것을 처리하기 시작했다.

젊은 관리들은 이른바 공무원식 위트를 최대한으로 발휘하여 그를 풍자하고 골려먹기에 바빴다. 그들은 전혀 근거도 없는 얘기를 꾸며내어 그 앞에서 떠들어대곤 했다.

그의 하숙집 주인은 나이가 일흔이 넘은 노파였는데 젊은 관리들은 아카키 아카키예비치가 늘 그 노파에게 얻어맞고 지낸다느니, 결혼식은 언제 올릴 계획이냐느니 하면서 짓궂게 굴곤 했다. 심지어 종잇조각을 잘게 찢어서 눈이 내린다며 그의 머리 위에서 뿌리기도 했다.

그러나 아카키 아카키예비치는 이런 짓궂은 장난에 대해 한마디도 대꾸하지 않았다. 마치 그런 장난들이 자기 눈에는 전혀 보이지 않는다는 듯한 태도였다. 그리고 사실 일을 하는 데 있어서 그러한 장난도 그에게는 별로 방해가 되지 못했다. 사람들이 그렇게 심하게 장난을 걸고 조롱해도 그는 서류에 글자 하나 틀리게 쓰는 법이 없었던 것이다.

다만 장난이 도를 지나쳐 사람들이 그의 팔꿈치를 툭툭 건드리면서 일을 방해할 정도가 되면 그도 더 이상 참지 못하고 이렇게 중얼거렸다.

"나를 좀 내버려두시오. 왜 이렇게 사람을 못 살게 구는 거요?"

이렇게 말하는 그의 음성과 말투에는 뭔가 색다른 느낌이 있었다. 사람의 동정심을 이끌어내는 그 무언가가 말이다.

그래서 어느 땐가 그 관청에 새로 부임해 온 어떤 청년 관리도 다른 친구들과 함께 그를 놀려대다가 갑자기 무엇에 찔리기라도 한 것처럼 마음을 바꿔 장난을 그만둔 일이 있었다. 그리고 그때부터 이 청년의 눈에는 모든 사물이 갑자기 달라 보였다. 초자연적인 힘이라고 말할 수 있는 어떤 것이 그를 지금껏 사귀어왔던 사람들과 완전히 달라지게 만들었다. 그 전까지 그는 다른 사람들을 예의바르고 사교적인 사람들이라고 생각하고 있었다.

그 후 그 청년은 유쾌한 시간을 보내다가도 갑자기, 그 이마가 벗겨지고 키가 작달막한 관리의 모습이 떠오르곤 했다. 그 모습과 함께 "나를 좀 내버려두시오. 왜 이렇게 사람을 못 살게 구는 거요?" 하는, 사람의 폐부를 찌르는 듯한 애처로운 말소리가 들려왔다.

이 애처로운 말 속에는

"나도 당신의 형제 아닙니까?"

하는, 또 다른 의미가 숨어 있다는 느낌이었다. 그럴 때면 이 가없은 청년은 자기도 모르게 손으로 얼굴을 가려버렸다. 그리고 그 후 평생을 통해 이 청년은 인간의 내면에는 얼마나 비인간적인 요소가 많이 숨겨져 있는가 하는 깨달음에 무서운 전율을 느끼지 않을 수 없었다.

교양 있고 세련된 상류 사회의 사람들, 심지어 고결하고 성실한 사람이라는 평가를 받고 있는 사람들도 예외는 아니었다. 그런 사람들의 내면에도 그런 잔인하기 짝이 없는, 무시무시한 야수성이 자리잡고 있는 모습을 그는 지켜보았던 것이다.

어쨌든 과연 아카키 아카키예비치만큼 자기 직무에 충실한 사람이 과연 몇이나 있을까? 자기 직무에 충실하다는 표현만으로는 사실 부족했다. 그는 자기가 맡은 업무에 진정 애착을 갖고 있었던 것이다.

그는 공문서를 정서하는 하찮은 일 속에서도 나름대로 다채롭고 즐거운 세계를 발견할 수 있었다. 그는 언제나 즐거운 표정으로 일을 했다. 그는 글자 가운데 몇몇 글자를 특히 좋아해서 서류에서 그 글자가 나오기만 하면 금방 얼굴에 기쁨이 가득 찼다. 그리곤 눈을 찡긋하며 입술까지 씰룩거렸기 때문에 그 얼굴만 봐도 지금 그의 펜이 무슨 글자를 쓰고 있는지 알아맞힐 수 있을 정도였다.

만약 그의 열성을 기준으로 관청이 포상을 했다면, 틀림없이 지금쯤 5등관은 되었을 것이다. 물론 스스로는 깜짝 놀라 이해할 수 없겠지만 말이다. 그러나 그렇게 오랜 기간 열성적으로 근무한 결과 그가 얻은 것은 주위의 짓궂은 동료들의 말마따나 관리 제복의 단추와 엉덩이의 치질 외에는 아무 것도 없었다.

하기는 그 오랜 세월 동안 그에게 관심을 보인 사람이 전혀 없었다고는 할 수 없다. 어느 마음씨 착한 국장 한 사람이 그에게 평범한 공문서 정서가 아닌, 더욱 중요한 일을 맡기려고 지시한 적이 있었다. 그 국장은 그의 장기간 근속을 표창하려는 의도를 갖고 있었던 것이다.

새로 맡긴 일은, 이미 작성된 서류를 기초로 하여 다른 관청에 보낼 보고서를 만드는 것이었다. 새로운 일이라고 해 봐야 별다른 것은 아니었다. 그저 서류 제목을 새로 붙이고, 몇 군데 동사를 1인칭에서 3인칭으로 바꾸는 정도에 불과했다. 그러나 아카키 아카키예비치에게는 이것이 여간 어려운 일이 아니었던 모양이다.

그는 새로운 일을 맡아 땀을 뻘뻘 흘리면서 계속 손수건으로 이마를 닦고 있었다. 그러더니 마침내 비명을 지르며 하소연했다.

"이 일은 도저히 안 되겠습니다. 저는 역시 서류 정서를 하는 것이 훨씬 더 편합니다."

그때부터 그는 영원히 정서 업무에 남아 있게 되었다. 그에게는 정서하는 일밖에는 이 세상에 아무 것도 존재하지 않는 것처럼 느껴졌다.

그는 옷차림 따위에는 전혀 신경을 쓰지 않았다. 원래 초록색이었던 제복은 이제 붉은 빛이 감도는 누런색으로 변해버리고 말았다.

그는 목이 그다지 긴 편도 아니었는데 옷깃이 워낙 좁고 낮아서 마치 목이 위로 쑥 빠져나와 있는 것처럼 보였다. 마치 러시아에 와 있는 외국인들이 몇 십 개씩 머리에 이고 다니며 파는, 석고로 만든 고양이 새끼처럼 목이 유난히 길어 보였던 것이다.

그뿐만이 아니었다. 그의 제복에는 언제나 마른 풀잎이나 실오라기 등이 붙어 있었다. 그는 또 아주 특수한 재능을 하나 갖고 있었다. 길거리를 걸을 때 사람들이 창문으로 쓰레기를 버리는 바로 그 순간에 그 창문 밑을 지나가는 그런 재능 말이다. 그래서 그의 모자에는 늘 수박이며 참외 껍질 따위가 얹혀 있었다.

그는 날마다 길거리에서 벌어지는 일, 사람들이 하는 일에 대해서는 일생 동안 단 한 번도 관심을 가져본 적이 없었다. 알다시피 눈치가 빠르고 머리 회전이 빠른 젊은 관리들은 항상 그런 일에 관심을 기울이는 법이다. 그래서 길 건너편 보도를 걷는 사람의 허리띠가 헐거워 바지가 느슨하게 처진 것까지도 재빨리 발견해서는 연신 킥킥거리며 웃지 않는가.

그러나 아카키 아카키예비치는 설사 눈으로 뭔가 보고 있다 하더라도 진짜로 보는 것이 아니었다. 그저 또박또박 단정하게 쓰인 자신의 필적을 거기에서 발견할 뿐이었다.

가끔 자기의 어깨 너머로 말 대가리 하나가 느닷없이 튀어나와 얼굴에다 콧김을 훅 불어댄다거나 해야 비로소 자기가 지금 관청의 서류 더미 속에 묻혀 있는 것이 아니고 길 한가운데 서 있다는 사실을 깨닫는 것이다.

집에 돌아오면 그는 곧바로 식탁에 덤벼들어 굶주린 사람처럼 수프를 훌훌 마시고 맛 따위는 가리지 않고 고기와 양파를 삼켜댔다. 파리가 붙어 있건 말건 상관없이 식탁에 있는 것이면 무엇이

든 목구멍으로 쑤셔넣는 것이다. 그렇
게 해서 배가 부르다는 느낌이 들면 그
는 식탁에서 일어나 잉크병을 꺼내 관
청에서 가져온 서류를 정서하기 시작
한다.

처리해야 할 서류가 없을 때에는 취미 삼아서 자기가 보관해 둘
문서의 사본을 만들었다. 문체가 아름답다거나 해서보다, 어떤 새
로운 인물이나 아주 높은 위치에 있는 사람에게 보내는 서류라는
점에서 주목할 가치가 있을 경우 그는 반드시 복사해두는 것을 원
칙으로 삼고 있었다.

페테르부르크의 잿빛 하늘이 완전히 어두워지고 나면 관리들은
자기 봉급과 취향에 따라 적당한 저녁 식사를 배불리 먹고 비로소
여가를 즐기게 된다. 사각사각 종이 위를 미끄러져 가는 펜촉 소
리와 자기 자신이나 다른 사람의 일, 또는 필요 이상으로 자진해
서 떠맡은 온갖 용무에서 벗어나 이제 모두 다리를 쭉 뻗고 쉬게
되는 것이다.

이럴 때 기운이 넘치는 사람은 극장으로 달려가고, 어떤 사람들
은 길거리를 지나는 여자들의 모자를 구경하려고 외출하며, 또 어
떤 사람은 보잘것없는 관리 사회의 스타라고 할 수 있는 예쁜 처
녀에게 알랑대기 위해서 저녁 파티 장소를 찾는다.

그러나 사람들은 대체로 만찬이나 나들이 따위는 단념한다. 대
신 아파트 3층이나 4층쯤에 자리 잡은 친구 집에 놀러 간다. 대개
작은 방 두 개와 부엌, 현관이 있을 뿐인 그런 집에서는 대개 돈을
아껴서 간신히 사들인 램프 등 유행에 맞추기 위해 치장한 흔적을

볼 수 있다.

대부분의 관리들은 이런 집의 좁은 방에 흩어져서 트럼프 놀이를 하거나 싸구려 과자 조각에 홍차를 홀짝거리거나 파이프 담배를 피운다. 카드를 돌리는 동안에는 상류 사회의 온갖 소문들을 화제에 올리는데 이런 상류 사회의 소문이야말로 러시아 사람이라면 어느 곳에서든 즐겨 찾는 그런 화제이다.

그런 화제조차 없으면 어느 경비 사령관에게 보고되었다는, 팔코네가 만든 동상의 말 꼬리가 떨어져 나갔다는 따위의 케케묵은 에피소드라도 두세 번씩 우려먹게 된다.

이렇게 페테르부르크에 사는 모든 관리, 모든 사람들이 나름대로 즐거움을 찾아 헤매는 그런 시간에도 아카키 아카키예비치는 어떤 오락에도 결코 끼어들지 않았다. 우연히 어떤 야회석상에서 그를 보았다는 소문소차도 들려오지 않았다.

마음이 흐뭇해지도록 정서를 하고 나면 그는 내일도 하느님께서 또 무슨 일거리를 주시려니 생각하고, 미리부터 내일 일을 머릿속에 그려보면서 웃음을 머금고 잠자리에 든다. 그는 연봉 4백 루블의 초라한 자기 운명에 만족하며 이렇게 평화로운 생활을 보냈다.

만약 인생 항로 여기저기에 덫처럼 자리 잡고 있는 불행만 없었다면 그의 이런 생활은 늙어 죽을 때까지 계속되었을 것이다. 그러나 불행이란 꼭 9등관이 아니더라도 3등관이나 4등관, 7등관을 가리지 않고 모든 인간들에게 빠지지 않고 찾아들기 마련이다. 심지어 누구에게 충고를 하지도 않고, 스스로도 다른 사람에게 충고를 구하지도 않는 그런 인간들에게도 불행은 예외 없이 찾아온다.

페테르부르크에서 기껏 연봉 4백 루블 정도로 생활하는 모든 인간에게 똑같이 무서운 적이 하나 있다. 그 강적은 다름 아닌 북쪽 지방 특유의 지독한 추위다. 물론 이 추위가 건강에 이롭다는 주장도 없는 것은 아니지만…….

아침 여덟 시쯤이면 관청에 출근하는 관리들이 거리를 가득 메우게 된다. 그리고 이 무렵이면 혹독한 추위가 어찌나 매섭게 몰아닥치는지, 가엾은 우리 관리 나리들은 코를 어디다 두어야 할지 모르고 쩔쩔매는 것이다. 지위가 높은 양반들조차 추위에 머리가 띵하고 눈에 눈물이 글썽거리는 판이니 가엾은 9등관 따위는 그야말로 속수무책이다.

그나마 한 가지 방법은, 초라한 외투로나마 몸을 단단히 감싸고 될 수 있는 대로 발걸음을 빨리 해서 대여섯 개의 골목을 얼른 지나 관청 수위실로 뛰어드는 것이다. 그러고 나서 발을 동동 구르고 몸을 녹여서 출근길에 추위로 꽁꽁 얼어붙은 사무 능력이나 재주가 제자리로 돌아오도록 노력하는 수밖에 없는 것이다.

아카키 아카키예비치 또한 될 수 있으면 빨리 뛰어서 추운 거리를 지나가려고 애쓰고 있었다. 그러나 언제부터인가 유난히 잔등과 어깨가 뼈에 사무칠 정도로 추워서 견딜 수 없을 지경이었다. 그는 마침내 자신의 외투가 뭔가 잘못되었다는 생각을 하게 되었다.

집에 돌아와서 그는 외투를 찬찬히 살펴보았다. 그리고 자기의 외투 잔등과 어깨 두서너 군데가 마치 모기장처럼 얇아진 것을 발견했다. 옷감이 닳을 대로 닳아 훤히 비칠 지경이었고 안감도 갈기갈기 해진 상태였다.

여기서 아카키 아카키예비치의 외투 역시 동료들의 놀림감이었다는 사실을 지적해둘 필요가 있을 것 같다. 사실 그것은 이미 '외투'라는 고상한 명칭을 상실하고, '싸개'라는 망측한 이름을 얻었다.

말이야 바른 말이지, 사실 그 외투는 겉모양부터가 무척 야릇했다. 우선 외투 깃이 해가 갈수록 좁아지고 있었다. 겨울이 오면 외투 깃을 잘라서 다른 해진 곳을 기워 입었기 때문이다. 외투를 깁는 재봉사의 솜씨도 그리 신통하지 못하여 외투는 이제 보릿사부처럼 볼썽사나운 꼬락서니였다.

외투를 살펴보고 나서 사태를 대충 짐작한 아카키 아카키예비치는 외투를 페트로비치에게 가져가야겠다고 생각했다. 페트로비치는 뒷계단으로 오르내리는 어느 4층집 한 쪽에서 살고 있는 재봉사였다.

그는 애꾸눈에다 곰보였다. 그래도 말단 관리나 그 밖의 별볼일 없는 사람들의 윗도리와 바지 따위를 고쳐주는 솜씨는 나름대로 쓸모가 있었다.

물론 이것은 그가 술이 취해 있지 않을 때의 이야기였다. 또 그가 다른 돈벌이에 정신이 팔려 있지 않아야 했다. 하긴 이따위 재봉사 이야기를 여기서 이처럼 길게 늘어놓을 필요는 없을 것 같다는 생각도 든다. 하지만 소설에서 어떤 인물이 등장할 경우 그 인물의 성격을 완전히 묘사해야 하는 것이 정설처럼 돼 있어서 부득이하게 페트로비치를 좀더 자세히 소개하겠다.

원래 그의 이름은 그리고리였다. 그는 어느 지주 귀족의 농노였다. 그러던 그가 페트로비치라고 불리게 된 것은 농노 해방 증서를 받고 자유의 몸이 된 뒤로 축제 때마다 술을 진탕 마시게 되면서부터였다.

처음에는 큰 축제 때에만 술을 마셨지만 얼마 지나지 않아 달력에 십자가 표시가 있는 날이면 하루도 빼놓지 않고 곤드레만드레 취하게 됐다. 이 점에서 그는 자기 조상들의 전통에 무척 충실하다고 할 수 있겠다.

마누라와 다툴 때에도 그는 더러운 계집년이라는 둥, 독일 계집년이라는 둥 상스러운 욕을 내뱉곤 했다. 이왕 페트로비치의 마누라 얘기가 나온 김에 이 여자에 대해서도 두세 마디 덧붙일 필요가 있을 것 같다. 그러나 유감스럽게도 이 마누라에 대해서는 거의 알려진 것이 없었다.

그저 페트로비치의 마누라라는 것, 머릿수건 대신 모자를 쓰고 다닌다는 사실이 고작이다. 어쨌든 이 여자의 용모는 그다지 내세울 만한 것이 못되는 모양이었다. 그 여자의 옆을 지나칠 때 콧수염을 쫑긋거리고 요상한 소리를 내면서 그 모자 아래의 얼굴을 힐끗거리는 것은 기껏해야 말단 근위병 따위였다니 말이다.

페트로비치가 사는 집으로 가는 뒷계단은 온통 구정물투성이었다. —물론 이것도 나름대로 깨끗하게 한답시고 걸레질을 한 것이다.— 게다가 페테르부르크의 아파트 뒷계단들이 으레 그렇듯이

두 눈이 아릴 정도로 지독한 알코올 냄새를 풍기고 있었다. 뭐 사실 이런 것이야 누구나 다 알고 있는 것이었다.

아카키 아카키예비치는 이 계단을 걸어 올라가며 페트로비치가 외투를 고치는 삯으로 얼마나 달라고 할지 벌써부터 걱정이 됐다. 그는 마음속으로 2루블 이상은 절대 내지 않겠다고 작정했다.

문은 열려 있었다. 그럴 수밖에 없는 것이 페트로비치의 마누라가 무슨 생선을 굽는 모양인지 부엌 안이 문자 그대로 박쥐 새끼조차 날아다니기 힘들 정도로 연기가 가득 차 있었던 것이다.

아카키 아카키예비치는 주인마누라가 안 보는 틈을 타서 잽싸게 부엌을 통과해 작업실로 들어갔다. 마침 페트로비치는 나무로 만든 커다란 작업대 위에 앉아 있었다. 마치 터키 총독처럼 책상다리를 한 자세였다. 재봉사들이 일을 할 때는 대개 그렇듯이 지금 페트로비치도 맨발이었다.

제일 먼저 아카키 아카키예비치의 눈에 띈 것은 눈에 익은 페트로비치의 엄지발가락이었다. 그 발톱은 모양이 비뚤어진 데다 마치 거북등처럼 두껍고 단단하게 보였다. 페트로비치는 명주실과 무명실 타래를 목에 걸고 헌옷을 무릎 위에 펼쳐놓고 있었다. 그는 벌써 3분쯤이나 바늘에 실을 꿰려고 하다가 방이 어둡고 실이 말을 듣지 않는다며 잔뜩 골을 내고 투덜거리는 참이었다.

"제기랄, 지독하게도 애를 먹이는군. 못된 계집년처럼 말이야!"

아카키 아카키예비치는 하필 페트로비치의 기분이 언짢을 때 찾아온 것이 마음에 좀 걸렸다. 사실 일을 맡기기에는 페트로비치가 거나하게 취해 있거나 또는 그 마누라의 표현을 빌리자면, '애꾸눈이 싸구려 보드카에 퐁당 빠져 있을 때'가 좋았다. 그럴 때 페트로비치는 수선비를 선선히 양보할 뿐만 아니라 일을 맡겨 줘서 고맙다는 인사를 하는 일도 있었다.

물론 그럴 경우 나중에 페트로비치의 마누라가 찾아와서 자기 남편이 술김에 그런 헐값으로 일을 맡았다고 우는 소리를 하는 것이 일쑤지만, 그럴 경우라도 10코페이카 동전 한 닢이면 수월하게 넘어가곤 했다.

그러나 오늘처럼 페트로비치의 정신이 말똥말똥할 때면 흥정하기가 무척 까다롭다. 도대체 삯을 얼마나 달라고 할지 짐작하기도 어렵다. 아카키 아카키예비치는 이런 상황을 재빨리 눈치채고 얼른 뒤돌아서려고 했다. 그러나 이미 때는 늦었다. 페트로비치가 하나밖에 없는 눈을 가늘게 뜨면서 이쪽을 쳐다보았던 것이다. 그 바람에 아카키 아카키예비치는 자기도 모르게 그에게 인사를 했다.

"요즘 어떤가? 페트로비치."

"어서 오십쇼, 나리!"

페트로비치는 이렇게 대꾸하며 아카키 아카키예비치의 손을 곁눈질로 살폈다. 무슨 일감을 가져왔는지 보는 것이다.

"뭐, 대단한 건 아니고 말이야, 페트로비치. 오늘 온 것은, 그게 말이지……."

참고로 말해두지만 아카키 아카키예비치는 뭔가 설명해야 할 경우 전치사나 부사를 아무 의미도 없이 이것저것 늘어놓는 버릇이 있었다. 그것이 까다로운 일일 경우에는 말끝을 제대로 마무리하지 못하는 일도 많았다.

"그건 정말, 그러니까, 에, 또, 뭐랄까……."

이따위 말로 얘기를 시작해 놓고서는 그 다음 말은 전혀 꺼내지도 않는 것이다. 그래 놓고서도 자기 딴에는 해야 할 이야기를 다 한 것으로 생각하는지 그냥 입을 다물어버리는 일이 많았다.

"도대체 무슨 일로 오신 건데요?"

페트로비치는 이렇게 말하면서 하나밖에 없는 눈으로 아카키 아카키예비치의 제복을 옷깃에서부터 소맷자락, 어깨, 단춧구멍에 이르기까지 죽 훑어보았다. 하긴 이 옷은 페트로비치의 손으로 만든 것이어서 너무나 눈에 익었지만 일단 손님을 봤다 하면 그런 식으로 죽 살피는 것이 재봉사들의 몸에 밴 직업적인 습관인 것이다.

"그게, 다름이 아니고, 페트로비치……. 내 외투가 좀, 아니 그러니까, 겉의 옷감은…… 이렇게 다른 데는 다 멀쩡한데 말이지…… 먼지가 좀 앉아서 겉으로는 고물처럼 보이지만, 아직 새 옷이나 마찬가지지. 그저 한두 군데가 좀, 아니 잔등과 어깨 부분이 좀 낡고, 이쪽 어깨가 좀, 알겠나? 그것뿐이야. 다른 데야 뭐 손볼 데가 있겠나?"

페트로비치는 싸개라는 별명이 붙은 그의 외투를 받아서, 우선

작업대 위에 펼쳐놓았다. 그러
고 나서 한참 동안 이리저리 살
펴보더니, 고개를 절레절레 흔
들면서 손을 뻗어 창틀에서 동

그란 담배통을 집어들었다. 그 담배통에는 어떤 장군의 초상화가
그려져 있었는데 얼굴이 있어야 할 자리에 손가락 구멍이 뚫리고
그 자리를 네모난 종이로 때워 놓아 그 초상화의 주인공이 누구인
지는 알 수가 없었다.

페트로비치는 코담배를 한 번 들이마시고 나서 다시 두 손으로
싸개를 집어들고 밝은 빛에 찬찬히 비춰보았다. 그리고는 다시 고
개를 저었다. 그리고 또 다시 담배통 뚜껑을 열어 담배를 콧구멍
에 집어넣고는 담배통 뚜껑을 닫고 통을 치우더니 마침내 입을 열
었다.

"이건 고칠 수가 없겠는데요. 외투가 너무 낡았어요."

아카키 아카키예비치는 이 말을 듣자 가슴이 덜컥 내려앉는 것
같았다.

"아니, 도대체 왜 안 된다는 건가? 응, 페트로비치?"

마치 어린애의 애원하는 목소리로 아카키 아카키예비치는 말했
다.

"어깨 있는 쪽이 좀 해진 것뿐인데……. 응? 자네한테 괜찮은
옷감이 있을 것 아닌가?"

"뭐 옷감이야 찾으면 나오겠지만."

페트로비치는 말했다.

"옷감이 있으면 뭐합니까? 대고 기울 수가 있어야죠. 천이 하도

낡아서 바늘로 기워도 금방 찢어지고 말 텐데요.”

“찢어져도 상관없다네. 거기에 또 다른 천을 붙이면 되니까 말이야.”

“다른 천을 어떻게 붙입니까? 바닥 천이 워낙 형편없어서 바늘을 꽂을래야 꽂을 수가 없어요. 이게 어디 천입니까? 바람만 좀 세게 불어도 갈기갈기 찢어져버릴 것 같은뎁쇼.”

“그러지 말고, 어쨌든 이걸 손을 좀 봐주게나. 이건 그래도……, 거 뭐랄까.”

“도저히 안 됩니다!”

페트로비치는 딱 잘라 말했다.

“바닥 천이 워낙 낡아서, 어떻게 해볼 수가 없다구요. 차라리 이걸 잘라서 각반이나 만드는 편이 훨씬 나을 겁니다. 이제 겨울이 되고 날씨가 점점 추워질 것 아닙니까? 양말만으로는 아무래도 발이 시릴 테니까요. 하긴 각반이라는 물건도 독일 놈들이 돈을 긁어모으려고 재주를 부린 것이긴 합니다만……. (페트로비치는 기회 있을 때마다 독일인들을 욕하고 비웃기를 즐겼다) 어쨌든 외투는 새로 하나 장만하셔야 할 겁니다.”

‘새 외투’라는 말을 듣자 아카키 아카키예비치는 눈앞이 캄캄해지는 것 같았다. 방 안에 있는 물건들이 모두 뒤엉켜 범벅이 되는 느낌이었다. 담배통 뚜껑에 그려진, 얼굴에 종잇조각이 붙은 장군의 모습만이 또렷하게 보였다.

“새로 하나 장만하다니, 도대체 무슨 수로?”

여전히 꿈속을 헤매는 기분으로 그는 말했다.

“내게 그만한 돈이 도대체 어디 있다고?”

"어쨌든 새 것을 하나 장만하셔야 합니다."

페트로비치는 잔인하리만치 태연한 말투였다.

"그렇지만, 만일 말일세. 새로 하나 맞춘다고 하면, 도대체 그
게 말일세, 그러니까 그게, 뭐랄까……."

"돈 말씀이세요?"

"그렇지."

"글쎄요……. 아무래도 백오십 루블은 있어야 할 거고 거기에
가욋돈도 좀 들어가겠죠."

페트로비치는 이렇게 말하고 나서 의미 
심장하게 입술을 굳게 다물었다. 그는 극적
인 효과를 무척 좋아했다. 갑자기 느닷없는
말을 내뱉어 상대방을 당황하게 만들고 나
서 곁눈으로 상대방이 어떤 표정을 짓는지
힐끔힐끔 살피기를 즐기는 것이다.

"뭐, 외투 한 벌에 백오십 루블이라고?"

가엾은 아카키 아카키예비치가 큰 소리로 외쳤다. 아마 그가 태
어난 이후로 가장 큰 목소리였을 것이다. 늘 낮은 목소리로 애기
하는 게 그의 특징이었으니 말이다.

"그렇습죠."

페트로비치는 말했다.

"그보다 더 비싼 외투도 얼마든지 있어요. 깃에다가 담비 가죽
을 대고 모자 안쪽을 비단으로 대면 적어도 이백 루블은 먹힐 걸
요."

"페트로비치, 제발 나 좀 봐주게."

아카키 아카키예비치는 페트로비치가 말하는 새 외투의 효능 따위는 귀에 들어오지도 않고 굳이 듣고 싶지도 않다는 듯 애원하는 목소리로 말했다.

"어떻게 이걸 손을 좀 봐주게나. 얼마 동안만이라도 더 입고 다닐 수 있게 말이야."

"아니, 소용없는 일이에요. 공연히 헛수고만 하고 돈만 날릴 뿐이라구요."

페트로비치는 말했다.

아카키 아카키예비치는 이 말을 듣고 완전히 풀이 죽어서 밖으로 나왔다. 그러나 페트로비치는 손님이 돌아간 뒤에도 뭔가 의미심장한 표정으로 입술을 단호하게 다문 채 일감에도 손을 대지 않고 오랫동안 가만히 앉아 있었다. 재봉사의 기술을 값싸게 팔아넘기지도 않고 자신의 권위를 손상시키지 않은 것이 무척 흐뭇하게 느껴졌던 것이다.

아카키 아카키예비치는 큰길로 나와서도 뭔가 나쁜 꿈이라도 꾸고 있는 듯한 느낌이었다.

'큰일났군!'

그는 혼자 중얼거렸다.

'정말 이런 일이 생길 줄이야 꿈엔들 생각했겠어?'

그리고 조금 있다가 다시 중얼거렸다.

'결국 이렇게 되고야 말았어. 하지만 이건 전혀 생각지도 못한 일이야!'

한동안 침묵을 지키다가 그는 다시 뇌까렸다.

'음, 그래? 사실이 그렇단 말이지? 하지만 이걸 어떻게 해야 하

나? 정말이지 이런 변을 당하게 될 줄이야.'

그는 이렇게 중얼거리며 아무 생각 없이 집과는 반대 방향으로 걷기 시작했다.

길을 걷는 도중에 지나가던 굴뚝 청소부와 부딪쳐 그의 어깨가 온통 새까매지고 말았다. 한창 짓고 있는 건물 지붕에서는 그의 머리 위로 석회 가루가 쏟아져 내려 마치 하얀 색 모자를 뒤집어 쓴 것처럼 되어버렸다. 그러나 그는 전혀 알아차리지 못했다. 얼마를 더 걸어서 어느 경관과 부딪쳤을 때에야 어느 정도 제정신으로 돌아올 수 있었다.

그 경관은 옆에 총을 세워놓고 우락부락한 손으로 쇠뿔 파이프에서 담뱃재를 털어내고 있는 중이었다.

"어쩌자고 사람 코앞에 불쑥 나타나는 거야, 엉? 도대체 눈은 어디다 뒀기에 길로 다니지 않은 거냐고?"

경관은 호통을 쳐서 그의 정신을 되돌려놓았다. 경관의 이 말에 그는 정신을 차리고 주위를 둘러보았다. 그리고 집으로 걸음을 옮겼다.

그때에야 비로소 그는 생각을 가다듬고 자신의 현재 상황을 똑바로 보았다. 그래서 이제는 조각조각 끊기는 단편적인 생각이 아니라, 모든 일을 털어놓고 상의할 수 있는 친구와 애기하듯이 자신의 상황에 대해 스스로에게 애기하기 시작했다. 자기 처지에 대해 훨씬 더 조리 있고 분명한 애기를 할 수 있었던 것이다.

"아니야……."

아카키 아카키예비치는 스스로에게 말했다.

“오늘은 페트로비치에게 사정해봐야 소용이 없을 거야. 그 친구는 오늘, 뭐랄까……, 틀림없이 마누라하고 한바탕 한 모양이니까. 차라리 일요일 아침에 다시 찾아가는 게 낫겠어. 토요일 저녁에 한잔 걸쳐서 눈도 게슴츠레해지고 해장술 생각이 간절할 때 말이야. 해장술을 하고 싶어도 마누라가 돈을 줄 리도 만무하고, 그럴 때 십 코페이카쯤 쥐어 주면 훨씬 고분고분해지겠지 그렇게 되면 내 외투도…….”

아카키 아카키예비치는 속으로 이렇게 생각하고 스스로 용기를 북돋우며 일요일까지 기다렸다. 그리고 일요일 아침 페트로비치의 마누라가 집을 나와 어디론가 가는 걸 멀리서 확인한 다음 곧장 페트로비치를 찾아갔다.

아카키 아카키예비치가 예상했던 대로 페트루비치는 토요일 서녁에 한잔 걸치고 나서 아직 잠이 덜 깬 모양이었다. 눈이 게슴츠레하고 목을 길게 늘여 빼고 금방이라도 바닥에 드러누울 자세였다. 그러나 아카키 아카키예비치가 이렇게 일찍 자기를 찾아온 용건을 듣자마자 금세 태도가 돌변했다. 마치 악마란 놈이 느닷없이 그를 흔들어 깨운 것 같았다.

“글쎄 안 된다니까요.”

페트로비치는 말했다.

“새로 한 벌 맞추시라구요!”

아카키 아카키예비치는 미리 생각했던 대로 십 코페이카짜리 동전 한 닢을 슬쩍 페트로비치 손에 쥐어주었다.

“나리, 감사합니다요! 이걸로는 나리의 건강을 위해 한잔 들겠습니다.”

페트로비치는 말했다.

"하지만 외투에 대해서는 더 이상 말씀하지 마세요. 그 외투는 이제 아무짝에도 쓸 데가 없어요. 제가 새 것으로 한 벌 잘 지어드릴 테니까요. 그럼 외투 얘기는 이걸로 끝내죠."

아카키 아카키예비치는 그래도 여전히 외투를 수선해달라고 고집을 부려보았다. 그러나 페트로비치는 전혀 들으려고 하지 않았다.

"새 것으로 기가 막히게 지어드릴 테니까 절 믿으십쇼. 제가 가진 기술을 한껏 발휘하겠습니다. 최신 유행하는 모양으로, 옷깃에도 은도금한 단추를 멋지게 달고요."

이제야 비로소 아카키 아카키예비치는 외투를 새로 맞추는 것 외에는 다른 방법이 전혀 없다는 사실을 분명히 깨닫게 됐다. 그는 완전히 기가 꺾이고 말았다. 사실 돈이 어디 있어서 외투를 새로 맞춘단 말인가? 물론 명절 때가 되면 상여금이 나오긴 하지만 그 돈은 이미 오래 전부터 쓸 데가 정해져 있었다.

바지도 새로 사야 하고 전에 구둣방에서 장화에 가죽 밑창을 댔던 외상값도 갚아야 한다. 그밖에 셔츠 세 벌과 밝히기 쑥스러운 이름의 속옷 들도 몇 벌 샀바느질을 맡겨야 할 형편이다. 한 마디로 말해서 상여금은 받는 즉시 사라지게끔 되어 있는 것이다.

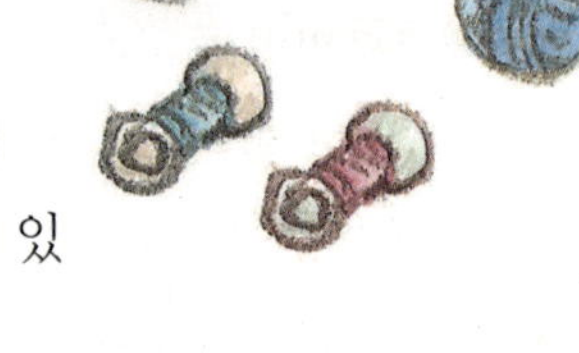

설혹 국장이 자비를 베풀어 사십 루블의 상여금을 사십오 루블이나 오십 루블로 올려준다 해도 어차피 그 차이는 몇 푼 되지 않

·으므로 외투를 새로 마련하기에는 턱도 없는 것이다.

하긴 페트로비치는 느닷없이 변덕을 부려 터무니없이 비싼 값을 부르는 버릇이 있기는 하다. 심지어 그 마누라까지 가끔 나서서,

"여보, 당신 미쳤수? 멍청이 같으니라구! 지난번에는 공짜나 마찬가지로 헐값에 일을 해주더니 이번엔 또 무슨 생각으로 그렇게 말도 안 되는 비싼 값을 부르는 거야? 당신 몸뚱이를 내다 팔아도 그만한 돈은 못 받을 걸?"

이렇게 고함을 치는 일도 있다. 그리고 아카키 아카키예비치도 그런 사실을 잘 알고 있었다.

아마 잘만 얘기하면 페트로비치는 팔십 루블 정도로 일을 맡아 줄 것이다. 이것도 아카키 아카키예비치는 잘 알고 있다. 하지만 그렇다 해도 도대체 어디서 팔십 루블이라는 거액을 만들어낸단 말인가? 그 절반 정도라면 혹시 모른다. 아니 그보다는 조금 더 만들어낼 수 있을 것이다. 하지만 나머지 절반은 또 어디서 구한담?

그러나 우선 독자들은 최초의 그 절반의 돈이 어디서 나올 것인지 정도는 알아둘 필요가 있다. 아카키 아카키예비치는 1루블을 쓸 때마다 2코페이카씩 저금을 하는 습관이 있었다. 뚜껑에 구멍이 뚫리고 열쇠로 잠그게 되어 있는 조그만 상자에 동전을 집어넣는 것이다. 그리고 반 년마다 한 번씩 그동안 모은 동전을 지폐로 바꾸었다. 이런 일을 몇 년 동안이나 꾸준히 계속해왔기 때문에 이렇게 모인 돈이 얼추 사십 루블을 넘어섰던 것이다.

융통할 수 있는 그 절반의 돈이란 바로 이걸 말하는 것이다. 하

지만 나머지, 다시 말해서 부족한 사십 루블은 어디서 끌어댄단 말인가?

　아카키 아카키예비치는 머리를 싸매고 고민한 끝에 앞으로 적어도 1년 동안은 생활비를 바짝 줄여야겠다고 마음먹었다. 아카키 아카키예비치는 저녁마다 즐겨 마시던 홍차도 끊고 밤에는 촛불도 켜지 않기로 했다. 부득이하게 뭔가 일을 해야 할 경우에는 하숙집 주인 노파의 방에 가서 일을 하기로 했다. 길을 걸을 때도 돌로 포장한 길은 구둣바닥이 빨리 닳을 것 같아 되도록 조심스럽게 뒤꿈치를 들고 살금살금 걷기로 했다.

　세탁소 이용 횟수도 가급적 줄이고 집에 돌아오면 잽싸게 옷을 죄다 벗기로 했다. 옷이 빨리 해지는 것을 막기 위해서다. 그리고 두꺼운 무명 잠옷 하나만 입기로 했다. 이 잠옷으로 말할 것 같으면 이제 노후 연금을 받아도 좋을 만큼 오래된 물건이었다.

　솔직히 아카키 아카키예비치도 처음엔 이런 허리띠 졸라매기가 여간 불편하지 않았다. 그러나 시간이 좀 지나자 그럭저럭 습관이 되어 별로 불편을 느끼지 않았다. 나아가 저녁 끼니를 거르고도 지낼 수 있을 정도였다. 그 대신 앞으로 새 외투가 생길 것이라는 희망을 갖게 되었다. 이것으로 충분히 정신적인 양식이 되어 준 셈이다.

　이때부터 아카키 아카키예비치는 자기의 존재가 충실해져 마치 결혼이라도 해서 다른 사람이 줄곧 옆에 붙어 있는 느낌까지 받게 되었다. 이제는 혼자가 아니라 인생의 동반자가 생겨서 자기와 마음을 합쳐 인생 항로를 함께 나아가는 것 같은 느낌이었다.

　그 동반자는 다름이 아닌 새 외투였다. 두껍게 솜을 대고 절대로 닳아 해지지 않는 질긴 안감을 받친 그런 외투 말이다. 그는 전보다 태도가 훨씬 활발해졌고 인생의 확실한 목적을 가진 사람처럼 성격마저 굳건해진 것 같았다. 망설임과 우유부단 ―다시 말해서 흐리멍덩한 회의적인 태도가 그의 얼굴이나 태도에서 저절로 사라졌다.

때로는 두 눈을 반짝이면서 이왕이면 외투 깃에 담비 가죽을 다는 것이 어떨까 하는, 그로서는 대담하기 짝이 없는 생각까지 하기도 했다. 이런 생각들은 그를 일종의 방심 상태로 이끌어가곤 했다. 한번은 서류를 정서하는 도중에 하마터면 글씨를 틀리게 쓸 뻔해서 "억!" 하는 소리가 목구멍에서 튀어나오는 것을 간신히 참은 일도 있었다. 그래서 그는 부랴부랴 성호를 긋기까지 했다.

달이 바뀔 때마다 그는 페트로비치를 찾아가 어디서 옷감을 살 것인지, 색깔은 어떤 것으로 할 것인지, 감을 얼마나 끊으면 될 것인지 따위 외투와 관련된 것을 상의했다. 아직도 약간 걱정이 되기는 했지만, 머지않아 옷감을 사다가 진짜로 외투를 지어 입게 될 날이 올 것을 생각하고 언제나 흐뭇한 마음이 되어 집으로 돌아왔다.

외투를 새로 장만하는 일은 예상보다 빠르게 진행되었다.

국장이 아카키 아카키예비치에게 사십 루블이 아닌, 무려 육십 루블이나 되는 상여금을 지급했기 때문이다. 아카키 아카키예비치에게 새 외투가 필요하다는 걸 국장이 미리 알아차린 것인지,

아니면 일이 되려다 보니 우연히 그렇게 된 것인지 아무튼 그의 손에는 이십 루블의 돈이 더 들어온 것이다. 사정이 이렇게 되어 일은 더욱 빠르게 진행됐다.

두세 달 정도 더 배를 곯고 난 결과 아카키 아카키예비치는 팔십 루블의 돈을 손에 쥘 수 있었다. 어느 때건 지극히 평온하기만 하던 그의 심장도 이번만은 거세게 뛰었다.

바로 그날 그는 페트로비치와 함께 옷감을 사러 나갔다. 그들은 아주 좋은 옷감을 살 수 있었다. 그럴 수밖에 없는 것이 벌써 반년 동안이나 오직 이 일만을 생각해온 데다, 거의 매달 옷감 가게를 둘러보았으니 말이다.

재봉을 할 페트로비치 역시 이보다 더 좋은 나사 옷감은 찾을 수 없을 거라고 했다. 안감으로는 포플린을 쓰기로 했다. 페트로비치의 말을 빌리자면 포플린은 올이 가는 고급 천이어서 보기에도 좋고 반지르르한 것이 오히려 비단보다 낫다는 것이었다. 담비 털가죽은 너무 비싸서 포기하고 그 대신 가게에 갓 들여온 제일 좋은 고양이 털가죽을 골랐다. 이것 역시 멀리서 보면 영락없이 담비 털가죽으로 보일 만큼 좋은 물건이었다.

페트로비치는 외투를 만드는 데 꼬박 2주일이나 걸렸다. 솜 넣는 데를 그토록 꼼꼼히 누비지만 않았어도 그렇게까지 오래 걸리지는 않았을 것이다. 바느질삯으로 페트로비치는 십이 루블을 받았다. 절대로 그보다 싸게 할 수는 없다고 했다. 하긴 페트로비치는 명주실만을 써서 촘촘하게 이중으로 꿰맸고 게다가 일일이 이빨 자국을 내 가며 줄을 세우기까지 했던 것이다.

몇 월 며칠이었는지는 정확히 말할 수 없지만 아무튼 페트로비

치가 새로 만든 외투를 갖고 온 날
은 분명히 아카키 아카키예비치에
게 생애 최고의 날이었다.

페트로비치는 아침 일찍 외투를
들고 왔다. 마침 출근하기 조금 전
이었다. 어쩌면 그렇게 시간을 맞춰
외투를 들고 왔는지 모르겠다. 벌써 추위가 만만찮은 날씨였지만
더욱 추워질 것 같았기 때문이다.

페트로비치는 마치 일류 재봉사와 같은 모습으로 외투를 싸 들
고 나타났다. 그의 얼굴에는 아직까지 아카키 아카키예비치가 한
번도 본 적이 없는 그런 자부심이 어려 있었다. 마치 자기가 만든
것이 보통 물건이 결코 아니라는 것을 과시하는 표정이었다. 기껏
안감이나 깁고 낡은 옷이나 수선하는 재봉사와 이렇게 새로운 외
투를 직접 짓는 재봉사는 엄청난 차이가 있다는 것을 말하고 싶은
그런 표정이었다.

그는 외투를 싸들고 온 커다란 보자기를 풀었다. 보자기는 세탁
소에서 방금 가져온 것이어서 다시 접어 호주머니에 집어넣었다.
그는 끄집어낸 외투를 펼쳐들고 자못 자랑스러운 얼굴로 다시 한
번 살폈다. 그리고 두 손으로 외투를 잡고 익숙한 솜씨로 아카키
아카키예비치의 어깨에 걸쳐주었다.

그러고 나서 등에서부터 밑으로 손으로 가볍게 매만져 옷자락
을 반듯하게 당겨주었다. 그리고 앞섶을 약간 열어놓은 채 아카키
아카키예비치의 몸을 감쌌다.

아카키 아카키예비치는 그래도 약간 불안해져서 팔소매 길이를

확인했다. 페트로비치는 소매에 팔을 끼우는 것도 도와주었다. 소매 역시 흠잡을 곳이 없었다. 한마디로 말해서 외투는 완전히 맵시 있게 몸에 착 맞았다.

그러는 동안에도 페트로비치는 자기가 하고 싶은 말을 빼먹지 않았다. 자기가 뒷골목에서 간판도 걸지 않고 일을 하는 처지이고, 더욱이 아카키 아카키예비치와는 오래 전부터 잘 아는 사이여서 그렇게 옷을 헐값으로 만들어주었지만, 이걸 만약 네흐스키 거리에서 만들었다면 품삯만 해도 칠십오 루블은 주어야 한다는 얘기였다.

아카키 아카키예비치는 이 점에 대해 더 이상 페트로비치와 얘기를 하고 싶지 않았다. 뿐만 아니라 페트로비치가 버릇처럼 터무니없이 불러대는 금액에 대해서는 말만 들어도 겁부터 났다. 그는 돈을 치르고 고맙다는 치하를 한 후 새 외투를 입은 채 곧장 출근했다.

페트로비치는 아카키 아카키예비치를 뒤따라 나와 길거리에 서서 한참 동안 외투를 지켜보았다. 그리고 일부러 골목길을 달려 큰 거리로 빠져나와 자기가 만든 외투를 다른 방향에서, 곧 정면에서 다시 한 번 바라보았다.

한편 아카키 아카키예비치는 더없이 흐뭇한 기분이었다. 그는 순간마다 어깨에 닿는 새 외투의 감촉을 느끼고 있었다. 마음이 너무 흡족해 몇 번이나 혼자 웃음을 지었다. 사실 두 가지 좋은 점을 느끼고 있었다. 하나는 우선 따뜻하다는 것이고 다른 하나는 멋이 있다는 것이었다. 어디를 어떻게 걸었는지도 모르게 이미 관청에 까지 와 있었다.

아카키 아카키예비치는 수위실에서 외투를 벗고 위에서 아래까지 검사해본 뒤 잘 간수해달라고 수위에게 신신당부했다. 어떻게 알았는지 아카키 아카키예비치의 그 '싸개'가 어디론가 사라지고 새 외투가 생겼다는 소문이 관청에 쫙 퍼졌다. 모두들 아카키 아카키예비치의 새 외투를 구경하려고 수위실로 몰려왔다.

사람들이 앞을 다투어 축하와 칭찬의 말을 퍼부었다. 처음에는 아카키 아카키예비치도 흐뭇하게 웃음을 지었을 뿐이었으나 나중에는 낯이 뜨거울 지경이었다. 모두들 그를 둘러싸고 새 외투 장만을 축하하는 의미에서 한잔 사야 한다느니 사무실 동료들을 위해 파티를 열어야 한다느니 하며 떠들어댔다.

아카키 아카키예비치는 정신이 얼떨떨해 뭐라고 대답을 해야 할지, 무슨 구실로 적당히 거절해야 할지 도무지 알 수가 없었다. 거의 5, 6분 동안이나 이렇게 시달린 뒤에야 아카키 아카키예비치는 간신히 이건 그리 좋은 물건이 아니다, 중고품이나 다름없는 그런 물건이라고 어린애 같은 거짓말로 난처한 상황을 모면하려고 했다.

결국 한 사람이 나섰다. 그는 부과장의 지위에 있는 사람이었다. 그는 자기가 결코 거만한 사람이 아니며 부하들과도 스스럼없이 어울리는 사람이라는 것을 과시하고 싶었는지 그럴싸한 제의를 했다.

"아카키 아카키예비치 대신 내가 오늘밤 파티를 열 테니 오늘 저녁은 다들 우리 집으로 와서 차라도 한잔 하는 게 어떨까? 마침 오늘이 내 세례명 축일이거든.”

당연히 사람들은 그 자리에서 부과장에게 축하 인사를 하고 기꺼이 그의 초대를 받아들였다. 아카키 아카키예비치는 적당한 구실을 붙여 빠지려고 했으나 그건 애초에 불가능한 얘기였다. 다들 나서서 그건 실례라느니, 창피한 줄을 알라느니, 체면이 뭐가 되겠냐느니 하며 떠들어댔기 때문이다.

그러나 한편 아카키 아카키예비치 역시 밤에 새 외투를 입고 외출할 기회가 생겼다는 생각이 들어 오히려 기분이 좋아졌다. 이날 하루는 아카키 아카키예비치에게는 마치 명절이나 다름없는 무척 즐거운 날이었다.

그는 매우 행복한 기분으로 집에 돌아와서 외투를 벗어 조심스럽게 벽에 걸어 놓았다. 그리고 다시 한 번 외투의 안팎을 손으로 쓰다듬어 보았다. 그런 다음 일부러 전에 입던 그 낡은 ‘싸개’를 꺼내 새 옷과 비교해 보았다. 저절로 웃음이 터져 나왔다.

하늘과 땅 차이라는 건 바로 이런 걸 말하는 거야! 식사를 하면서도 그는 그 싸개의 꼬락서니를 생각하면서 연신 입가에 웃음을 짓고 있었다. 그는 유쾌하게 식사를 마치고 평소의 습관인 서류 정서 따위는 까맣게 잊어버리고 어두워질 때까지 그대로 침대에 누워 뒹굴며 시간을 보냈다. 날이 어두워지자 그는 얼른 옷을 갈아입고 외투를 걸친 다음 거리로 나갔다.

아쉽게도 이날 저녁 사람들을 초대한 그 관리가 어디에 살고 있었는지는 확실하지가 않았다. 기억이 희미해져서 페테르부르크의 모든 거리와 집들이 머릿속에 한데 뒤엉켜 뒤죽박죽이 되어버린 것이다. 그런 가운데 뭔가 한 가지라도 분명하게 끄집어낸다는 것은 너무 어려운 일이다.

아무튼 그 관리가 시내에서도 손꼽히는 고급 주택가에 살고 있었던 것만은 분명하다. 따라서 아카키 아카키예비치가 살고 있는 집에서는 무척 먼 거리에 있었다. 처음에는 어두컴컴하고 인적이 드문 길을 걸어야 했으나 그 관리의 집이 점점 가까워짐에 따라 거리는 활기가 넘치고 번화해졌으며 불빛도 한층 더 밝아졌다.

길거리를 지나다니는 사람들도 많고 그 가운데에는 화려하게 차린 귀부인들과 담비 깃을 단 신사들의 모습도 눈에 띄었다. 도금한 못을 박고 창살을 붙인 초라한 영업용 마차들의 모습은 줄어들고 대신 빨간 비로드 모자를 쓴 멋진 옷차림의 마부들이 곰털 가죽 무릎 덮개를 두르고 고급 마차를 모는 모습이 자주 눈에 띄었다. 화려하게 장식한 자가용 마차들이 눈 위를 요란스럽게 달려갔다.

아카키 아카키예비치는 이런 모습들을 신기한 듯 바라보았다. 그는 벌써 몇 년 동안이나 이런 밤거리에 나와 본 적이 없었던 것이다. 등불이 휘황찬란한 상점 진열대 앞에 멈춰 서서 눈이 동그래져서 안에 붙여진 포스터를 들여다보았다.

거기에는 날씬한 다리를 허벅지까지 드러낸 모습으로 구두를 벗고 있는 아리따운 미녀의 모습이 그려져 있었고 아가씨의 등 뒤로 스페인식 콧수염을 멋들어지게 기른 사나이가 문으로 목을 빠끔히 들이밀고 쳐다보는 모습이 보였다.

아카키 아카키예비치는 고개를 끄덕이며 히죽 웃고는 다시 걸음을 옮겼다. 그는 어째서 그렇게 히죽 웃었을까? 이런 것들은 그가 그동안 전혀 본 적도 없는 것들이었다. 하지만 그 역시 인간이기에 그런 모습을 보고 자기 내면에서 어떤 감정이 꿈틀대는 것을 느꼈는지도 모른다.

아니면 그 역시 다른 관리들처럼 '프랑스 자식들은 정말 어쩔 수 없는 놈들이라니까! 도대체 마음만 내키면 못하는 짓거리가 없단 말씀이야!' 이렇게 생각했는지도 모르겠다. 아니, 어쩌면 그런저런 생각도 하지 않았는지도 모른다. 사람의 마음속에 파고 들어가 그가 생각하는 것을 하나하나 남김없이 들춰본다는 건 불가능한 일이니 말이다.

마침내 그는 부과장이 살고 있는 아파트에 도착했다. 부과장은 호화스럽게 살고 있었다. 계단에는 등불이 환하게 밝혀져 있고 침실은 2층에 있었다. 현관 마룻바닥에는 여러 켤레의 고무덧신이 죽 줄지어 있었다. 그 너머 응접실에서는 사모바르 차가 하얀 김을 내뿜으며 끓고 있었다. 벽에는 외투와 레인코트가 가지런히 걸려 있고, 그 중에는 수달피와 비로드 가죽을 댄 것도 있었다.

벽 건너편 방에서는 떠들썩한 소리가 들려왔다. 그때 마침 문이 열리며 하인이 빈 컵이며 크림 접시, 비스킷들이 담긴 쟁반을 들고 밖으로 나오는 바람에 소리가 더욱 크게 들렸다. 동료 관리들이 모인 지가 꽤 된 모양이다. 그래서 벌써 차 한 잔씩은 마신 것 같았다. 아카키 아카키예비치는 자기 손으로 외투를 걸어놓고 방으로 들어갔다.

그 순간 아카키 아카키예비치의 눈에는 여러 개의 촛불과 관리들, 담배 파이프, 트럼프 놀이 탁자들이 한꺼번에 확 들어왔다. 그리고 사방에서 왁자지껄 떠들며 얘기하는 소리와 의자를 잡아당기는 소리들이 한꺼번에 귀를 때렸다. 그는 어찌할 바를 모르고 어색한 모습으로 방 한가운데 서 있었다. 그러자 동료들은 곧 그를 발견하고 환성을 올리며 환영했다.

그들은 현관으로 몰려나가 그 외투를 다시 한 번 구경했다. 아카키 아카키예비치는 약간 낯이 간지럽기는 했지만 워낙 순진한 성격이었기 때문에 사람들이 다들 자기 외투를 칭찬하는 얘기를 듣고 기뻐하지 않을 수 없었다. 그러나 얼마 후에는 모두들 아카키 아카키예비치나 그의 외투 따위는 내버려두고 다시 트럼프 놀이 탁자에 둘러앉았다.

방 안의 떠드는 얘기 소리, 북적거리는 사람들……. 이 모든 것이 아카키 아카키예비치에게는 무척 낯설게 느껴졌다. 무엇을 해야 좋을지, 손발이나 몸 전체를 도대체 어디에 두어야 좋을지 알 수가 없었다. 생각 끝에 그는 놀고 있는 사람들 옆에 가 앉아서 트럼프 패를 들여다보기도 하고 이 사람 저 사람 얼굴을 바라보기도 했다. 하지만 얼마 지나지 않아 하품이 나오기 시작했다. 여느 때 같으면 침대에 들어갈 시간이 훨씬 지났으니 당연한 일이었다.

그는 주인한테 인사를 하고 돌아가려고 했으나 다른 사람들이 그를 붙잡고 새 외투가 생긴 것을 축하하는 의미에서 꼭 샴페인을 마셔야 한다고 우기며 놓아주지 않았다. 한 시간 정도 지나서야 밤참이 나왔다. 채소샐러드와 쇠고기 요리, 고기만두와 파이, 거기에 샴페인이 곁들여 나왔다.

아카키 아카키예비치도 사람들의 권유를 뿌리치지 못하고 커다란 유리컵으로 두 잔이나 마셨다. 술을 마시고 나니 방 안이 더욱 밝아진 기분이었다. 하지만 벌써 열두 시가 넘었으니 집에 돌아갈 시간이 지났다는 생각을 털어버릴 수가 없었다. 그는 주인이 말릴까봐 아무도 몰래 살그머니 방을 빠져 나왔다.

현관에서 외투를 찾아보니 마룻바닥에 떨어져 있었다. 그는 약간 기분이 언짢았다. 그는 외투를 흔들어 먼지를 잘 털어내고는 어깨에 걸쳐 입고 계단을 내려와 거리로 나갔다.

거리는 여전히 밝았다. 하인들이나 그 밖의 하층민들이 모여드는 구멍가게들은 아직 문을 열어놓고 있었다. 덧문을 닫아 건 상점들의 문틈으로 불빛이 아직 길게 새어나오고 있는 것으로 봐서 그 안의 단골손님들은 아직 돌아갈 생각을 하지 않고 있는 모양이다.

그 안에는 근처의 하녀들과 하인들이 모여들어 자기를 찾고 있을 주인 생각 따위는 까맣게 잊고 온갖 잡담을 나누느라 정신이 팔려 있으리라……

아카키 아카키예비치는 전에 없이 들뜬 기분으로 거리를 걸었다. 까닭 없이 어떤 귀부인의 뒤를 쫓아가보려는 생각까지 했다. 그 귀부인은 번개처럼 그의 옆을 스쳐 지나갔다. 마치 온몸에 율동이 넘치는 듯한 움직임이었다.

그는 곧 발걸음을 멈추고 자기가 왜 그녀를 쫓아 달려가려고 했는지 스스로 의아하게 생각하고는 다시 천천히 걸음을 옮기기 시작했다. 얼마 걷지 않아 다시 인적이 드문 텅 빈 거리에 이르렀다. 이곳은 낮에도 별로 기분이 좋지 않은 곳인데 밤이면 한층 더 심했다.

게다가 지금은 더욱 적막하고 음산하며 불이 켜 있는 가로등도 점점 줄어들고 있다. 아마 가로등의 기름이 점점 떨어지고 있기 때문이겠지. 목조건물과 울타리가 앞으로 쭉 이어져 있는데 어디를 보아도 사람의 그림자는 눈에 띄지 않는다.

길 위에 깔린 눈만이 하얗게 반짝일 뿐, 지붕이 납작한 거리의 집들은 모두 문을 걸어 잠그고 거무튀튀하게 서글픈 빛을 띠고 잠들어 있었다. 이윽고 그는 광장에 도착했다. 거리는 여기서 끝니고 저편의 집들은 보일 듯 말 듯 아득하게 멀다. 광장은 마치 무서운 사막처럼 보였다.

경찰 초소의 등불이 멀리서 깜박이고 있었다. 그러나 그곳은 아득히 멀리, 마치 지평선 저 끝에 서 있는 것 같다. 여기까지 오니 아카키 아카키예비치의 흥겨웠던 기분도 갑자기 가라앉았다. 무언가 불길한 예감에 그는 두려움을 느끼며 광장으로 걸어갔다. 그는 뒤를 돌아보고, 다시 좌우를 둘러보았다. 마치 바다 한가운데에서 떠도는 느낌이다.

'아니, 차라리 아무 것도 보지 않는 게 낫겠어.'

그는 이렇게 생각하고 눈을 감은 채 걸었다. 이제 거의 광장을 다 지났겠지 하고 눈을 뜬 순간, 바로 코앞에 수염을 기른 사내들이 버티고 서 있었다. 도대체 어떤 녀석들인지 분간할 틈조차 없었다. 눈앞이 캄캄해지고 가슴이 방망이질 치듯 두근거렸다.

"야, 이건 내 외투잖아!"

그 가운데 한 놈이 그의 멱살을 움켜쥐며 마치 장독 깨지는 것 같은 소리를 질렀다. 아카키 아카키예비치가 "사람 살려!" 라고 소리치려 하는데 다른 한 놈이 마치 머리통만한 주먹을 그의 입에 들이대며,

"소리치면 알지?"

하며 을러댔다. 아카키 아카키예비치는 외투가 벗겨지고 무릎을 차인 것까지는 알았으나 그 뒤에는 눈 위에 나동그라진 채 아무것도 느끼지 못했다.

몇 분이 지나서야 그는 정신을 차리고 일어섰다. 그러나 이미 사람의 그림자는 보이지 않았다. 광장이 몹시 춥고 자기의 외투가 사라졌다는 사실을 비로소 알아차리고는 뒤늦게 고함을 지르기 시작했다. 그러나 그 소리는 광장 저 끝까지 미치지 않는 것 같았다. 그는 죽을힘을 다해 미친 듯이 부르짖으며 광장을 가로질러 경찰 초소로 달려갔다.

초소 앞에는 경관 한 명이 장총에 몸을 기대고 서서, 도대체 어떤 놈이 저렇게 소리를 지르며 달려오나 하고 호기심어린 눈으로 바라보고 있었다. 아카키 아카키예비치는 경관 앞으로 달려가서 숨을 헐떡이며 경찰이 감시는 하지 않고 졸고 있으니까 지금 강도들이 날뛰고 있지 않냐고 고함을 질렀다.

그러나 경찰은 광장 한가운데에서 사내 둘이 그를 불러 세우는 것은 보았지만 그의 친구들일 거라고 생각해서 그다지 눈여겨보지 않았다고 대꾸했다. 그리고는 자기한테 공연히 욕만 퍼붓지 말

고 내일 파출소장을 찾아가 사정 얘기를 하면 외투를 찾아줄 것이라고 했다.

아카키 아카키예비치는 실성한 사람처럼 집으로 돌아왔다. 관자놀이와 뒤통수에 조금 남아 있던 머리카락이 이리저리 헝클어져 있었다. 옆구리와 가슴팍, 바지에는 온통 눈투성이였다. 하숙집 노파는 요란하게 문을 두드리는 소리에 화들짝 자리에서 일어나 슬리퍼를 한 짝만 걸치고 문을 열어주러 나왔다. 한 손으로 잠옷 앞섶을 가리고 있었다.

노파는 문을 열고 아카키 아카키예비치의 꼬락서니를 보더니 기겁을 하고 뒤로 한 걸음 물러섰다. 그에게 자초지종을 듣고는 몹시 놀라면서 그렇다면 직접 경찰서의 서장을 찾아가야 한다고 했다. 파출소장 따위는 말로만 약속을 할 뿐이지 뒤에서는 딴 짓을 하기 일쑤니 바로 경찰서장을 찾아가는 것이 최고라는 것이다.

다행히 자기는 서장을 잘 안다고 할 수 있는데 그 이유는 전에 자기 집 하녀로 있던 핀란드 여자 안나가 현재 서장 댁의 유모로 있다는 것이었다. 뿐만 아니라 자기도 서장이 집 앞을 지나가는 걸 여러 번 본 일이 있으며, 그는 일요일마다 어김없이 교회에 나오는데 거기서도 누구에게나 상냥한 표정을 짓는 것을 보면 틀림없이 마음씨 좋은 사람임에 틀림이 없다는 얘기였다.

아카키 아카키예비치는 쓰라린 마음으로 자기 방으로 돌아왔다. 그가 그날 밤을 어떻게 지새웠는지에 대해서는 다소나마 다른 사람의 심정을 헤아릴 수 있는 사람이라면 충분히 상상이 갈 것이다.

이튿날 아침 일찍 그는 서장을 찾아갔다. 서장이 아직 자리에서 일어나지 않았다고 해서 열 시쯤 다시 가보았다. 그러나 이번에도 "주무십니다."라는 대답을 들었다. 그래서 열 한 시에 다시 갔더니 이번에는 "출타하셨습니다."하는 것이었다. 하는 수 없이 점심 시간에 다시 찾아가 보니, 이번에는 서장 비서가 그를 가로막고 들여보내려 하지 않았다.

무슨 일로 왔느냐, 도대체 무슨 사건이냐는 둥 귀찮게 캐묻는 것이다. 아카키 아카키예비치도 이제는 더 이상 참을 수 없었다.

나는 서장을 직접 만나야 할 필요가 있어서 찾아온 것이다, 그러니 너희들이 나서서 나를 못 들어가게 할 수는 없다, 나는 관청에서 공무 때문에 찾아온 사람이다, 그러니 너희들이 나를 막는다면 상부에 보고를 할 수밖에 없다, 알아서 하라고 한바탕 을러댔다.

태어나서 처음으로 자신이 뭔가 만만치 않은 인간이라는 것을 보여준 셈이었다. 그가 이렇게 나오자 비서들도 아무 소리 못하고 그 중 한 명이 서장에게 보고하러 들어갔다. 서장은 외투를 강탈당했다는 얘기를 아주 이상한 의미로 받아들였다.

그는 사건의 요점 따위에는 전혀 관심도 기울이지 않고 오히려 아카키 아카키예비치에게 무엇 때문에 그렇게 늦게야 집으로 돌아갔느냐, 어디 점잖지 못한 곳에 가서 자빠져 있었던 게 아니냐는 둥 엉뚱한 질문만 해댔던 것이다.

아카키 아카키예비치는 그만 헷갈려서 서장을 찾아온 것이 외투를 되찾는 데 도대체 무슨 효과가 있었는지 또는 효과가 전혀 없었는지조차 알지 못한 채 그냥 물러나오고 말았다.

그날 하루 종일 그는 관청에 나가지 않았다. — 이런 일은 그의 일생을 통해서 처음이었다.

이튿날 그는 전보다 훨씬 더 을씨년스러워 보이는 그 헌 '싸개'를 걸치고 핼쑥한 얼굴로 출근했다. 물론 이런 때조차 아카키 아카키예비치를 조롱하려 드는 친구들도 있기는 했지만 사람들은 대부분 외투를 강탈당했다는 얘기를 듣고 충격을 받았다.

동료들은 그 자리에서 그를 돕기 위한 성금을 모으기로 했다. 그러나 정작 모인 금액은 얼마 되지 않았다. 그렇잖아도 관리들은 여기저기 뜯기는 돈이 많았기 때문이다. 국장의 초상화를 사 주기도 하고 과장의 친구라는 사람이 쓴 책을 신청하라는 권유를 받기도 하는 것이다.

동료 가운데 한 사람은 아카키 아카키예비치를 동정하고 그를 돕고 싶어서 친절하게 조언을 해주었다. 조금이나마 힘이 되어주고 싶었던 것이다. 그는 아카키 아카키예비치에게 서장 따위를 찾아가 봤자 아무 소용이 없다고 했다. 가령 서장이 상부에 잘 보이려고 기를 쓰고 외투를 다시 찾아낸다 하더라도 아카키 아카키예비치에게는 별로 도움이 되지 않는다는 것이었다. 그 외투가 자기 것이라는 법적인 증거를 내놓지 못하면 결국 외투는 경찰서에 보관하게 된다는 얘기였다.

즉 이 사건을 해결하기 위해서는 고위 관리에게 부탁하는 게 가장 좋은 방법이라고 했다. 그러면 그가 경찰서의 사건 담당자에게 편지를 보내 사건을 원만하게 처리할 수 있을 것이라는 설명이었다.

특별히 더 좋은 방법도 없었으므로 아카키 아카키예비치는 동료가 알려준 그 고관을 찾아가기로 마음먹었다. 그 고관이 누구인지 어떤 지위에 있는 사람인지는 밝혀지지 않았다. 다만 참고로 말하자면 그가 그 지위에 오른 것은 아주 최근의 일이며, 그 전까지는 별볼일없는 사람이었다는 점이다. 게다가 지금의 지위라는 것도 다른 중요한 지위에 비하면 하잘것없는 것이라고 말할 수 있다.

그러나 다른 사람들이 보기에 별로 대단치 않은 지위라도 스스로는 아주 대단한 것으로 여기는 인간들이 세상에는 늘 있는 법이다. 게다가 그 고위 관리는 여러 가지 수단을 동원해서 자신의 지위를 더욱 높여 보려고 애를 쓰는 중이었다. 이를테면 자기가 출근할 때 부하 직원들이 모두 현관에까지 마중을 나오게 한 것도 그런 노력 가운데 하나였다.

또한 어떤 사람도 자기 방에 직접 들어오지 못하게 하고, 관련된 업무를 엄격하게 정해진 규칙과 순서에 따라 처리하도록 하는 것과 같은 내부 규칙을 만들기도 했다. 다시 말해서 십사 등관은 십이 등관에게, 십이 등관은 9등관이나 그 밖의 등관에게 보고하는 식으로 모든 안건이 엄격하게 순서를 밟아 자신에게 올라오도록 만들어 놓았던 것이다.

우리의 신성한 나라 러시아는 모든 일이 주로 흉내 내는 것으로 이뤄진다. 그래서 누구나 자기 상관이 하는 것을 그대로 흉내 냈다.

심지어 이런 얘기도 있다. 어떤 9등관이 작은 독립 관청의 책임자로 임명되자 즉시 사무실 한쪽을 막아 자기 방으로 정하고 ‘집무실’이란 팻말을 내건 다음 붉은 깃에 금테 장식을 단 수위를 문 앞에 세워두고 사람이 올 때마다 일일이 문을 여닫게 했다는 것이다. 그런데 그 집무실이란 것이 책상 하나를 겨우 들여놓을 정도였다는 것이다.

앞서 얘기한 이 고관의 태도나 습관 역시 거만하고 위엄이 가득했다. 그렇다고 아주 복잡했던 것은 아니었지만 일하는 체계는 한마디로 엄격했다. ‘엄격하게, 더욱 엄격하게, 모든 것을 엄격하게!’ 하는 것이 그의 입버릇이었다. 그는 이렇게 뇌까리면서 잔뜩 거드름을 피운 얼굴로 노려보는 것이다.

그러나 그렇게까지 할 필요는 없었던 것이 이 관청에서 일히고 있는 수십 명의 관료들은 그렇잖아도 항상 두려움에 사로잡혀 있었기 때문이다. 그 고위 관료가 멀리서 나타나기만 해도 그들은 벌떡 일어나 그가 사무실을 지나갈 때까지 꼼짝도 않고 서 있을 정도였다.

그와 부하들과의 일상적인 대화도 마찬가지였다. 그가 사용하는 말은 단 세 가지로 엄격하게 한정되어 있었다. 곧 ‘자네가 감히 그렇게 할 수 있나?’와 ‘자네는 지금 누구와 얘기하고 있는지 알고 있나?’ 그리고 ‘지금 자네 앞에 있는 사람이 누구인지 알고 있나, 모르고 있나?’ 하는 것이 그것이었다.

하지만 그도 역시 본심은 착한 인간이었다. 친구도 잘 사귀었고 남의 일도 잘 보살펴주는 편이었다. 오직 칙임관(勅任官)이라는 직책이 그를 그렇게 만들었던 것이다. 칙임관에 임명되자 그는 이

성을 잃고 흥분했다. 그래서 자기가 어떤
태도를 취해야 할 것인지 헷갈렸던 것
뿐이다.

　그래도 자기와 대등한 지위의 사람
을 상대할 때는 의젓한 태도를 취할
수도 있었다. 또 여러 가지 점에서 제법
총명한 구석도 있었다. 그러나 자기보다 단
한 계급이라도 낮은 사람들 앞에서는 당장 굳은 표정으로 입을 다
물어버렸다.

　그러면서도 속으로는 사람들과 재미있는 시간을 보낼 수도 있
을 텐데 하는 생각을 가지고 있었다. 때문에 그의 현재 상태는 더
욱 가엾은 것이었다. 그래서인지 그도 가끔 재미있는 대화나 놀이
에 끼어들고자 하는 강한 욕구를 눈빛에 드러내기도 했다.

　그러나 그럴 때마다 스스로 너무 지나친 행동을 하는 것은 아닌
지, 아랫사람에게 너무 허물없이 구는 것은 아닌지, 그래서 결국
자기의 위신이 깎이는 것은 아닌지 하는 두려움이 그를 가로막았
다. 이런 생각 때문에 그는 결국 어디서나 침묵을 지켰다. 어쩌다
가 가끔 입을 연다 해도 야릇한 외마디 소리를 지를 뿐이어서 주
변 사람들 모두가 그를 따분하기 짝이 없는 인간으로 여겼다.

　아카키 아카키예비치가 찾아간 고관은 이런 인물이었다. 게다
가 하필 가장 좋지 않은 때 그를 찾아갔다. 하지만 이것 역시 아카
키 아카키예비치에게 좋지 않았다는 의미일 뿐, 그 고관에게는 오
히려 아카키 아카키예비치가 때맞춰 찾아와준 셈이었다.

　그 고관은 마침 자기 서재에 앉아 몇 년 만에 찾아온 어릴 적 친

구를 맞아 이야기꽃을 피우고 있던 참이었다. 하필이면 바로 이런 때에 바쉬마치킨이라는 작자가 자기를 찾아왔다는 보고를 받은 것이었다.

"도대체 그 작자는 뭐하는 친구야?"

그는 퉁명스럽게 비서에게 물었다.

"어느 관청에 근무하는 공무원이라고 합니다."

비서는 이렇게 대답했다.

"그래? 지금은 바쁘니 조금 기다리라고 그래."

고관은 말했다. 하지만 고관의 이 말은 완전히 거짓말이라는 것을 분명히 해둘 필요가 있다.

그와 그의 어릴 적 친구는 이미 할 얘기는 거의 다 하고, 이제는 지루한 침묵 가운데서 이따금 서로의 무릎을 두드리면서 "글쎄 말일세, 이반 아브라모비치!"라거나, "그게 그렇게 됐단 말인가, 스테판 바를라모비치!" 하는 식으로 같은 말만 되풀이하고 있었기 때문이다.

그럼에도 불구하고 그 고관이 자기를 찾아온 관리를 일부러 기다리게 한 것은, 이미 오래 전에 공직에서 물러나 시골에 틀어박힌 자기 친구에게 뭔가를 보여주고 싶었기 때문이었다. 곧 자기를 찾아온 관리들이 대기실에서 적지 않은 시간을 기다려야 자신을 만날 수 있다는 사실을 보여주고 싶었던 것이다.

마침내 두 사람은 이야기 거리도 다 떨어져 등받이가 달린 푹신한 소파에 푹 기대고 앉아 담배를 피우고 있었다. 방에는 기나긴 침묵이 흘렀다. 이때 고위 관리는 문득 생각이라도 난 것처럼 보고 서류를 들고 문 옆에 서 있는 비서에게 말했다.

"아 참, 무슨 관리인가 하는 친구가 밖에서 기다린다고 했지? 이제 들어와도 좋다고 해주게."

아카키 아카키예비치의 온순한 생김새와 낡아빠진 제복을 보고 고관은 고개를 돌리며 툭툭 끊어지는 냉정한 말투로 대뜸 물었다.

"용건이 뭐요?"

이것은 그 고위 관리가 칙임관이라는 직책을 받고 부임하기 일 주일 전부터 자기 방에 틀어박혀 거울 앞에서 연습한 듯한 그런 말투였다. 아카키 아카키예비치는 방에 들어오기 전부터 겁을 집어먹고 있던 터라 이 말에 더욱 당황했다. 그래도 잘 돌아가지 않는 혀를 억지로 움직여 말을 끄집어냈다.

"실은, 저 그게 그러니까……."

이런 말을 연신 섞어가며 그는 자기가 새로 맞춰 입은 외투를 얼마 전에 야만적인 강도들에게 빼앗겼다는 것, 그래서 경찰국장이나 그밖의 적당한 지위에 있는 사람들에게 몇 자라도 적어 주시면 외투를 찾는 데 무척 힘이 될 것이라는 얘기를 무척 어렵게 끄집어냈다.

그런데 정확한 이유는 모르지만 그 고관은 아카키 아카키예비치의 말하는 투가 무척 예의에 벗어난 것이라고 판단한 모양이었다.

"뭐라고?"

고관은 예의 그 딱딱한 말투로 말했다.

"자네는 일의 순서라는 걸 전혀 모르고 있나? 지금 어딜 찾아온 거야? 관청의 사무라는 게 어떤 순서를 밟아서 진행되는지 알고 있을 것 아닌가? 이런 문제라면 관련 창구를 찾아 탄원서를 제출

하는 게 우선이지! 그러면 서류가 계장, 과장을 거쳐 비서한테 넘겨지고 그 다음에 비로소 비서관이 내게 그 문제를 가져오게 되어 있단 말이야!"

"하지만, 각하!"

아카키 아카키예비치는 온몸에 진땀을 흘리며 마지막 남은 기력을 쥐어짜서 이렇게 말했다.

"제가 이렇게 감히 외람되게 각하께 직접 부탁을 드리는 것은……, 저 다름이 아니옵고, 실은 저 비서관들이 도무지, 믿을 수가 없는 사람들이어서……."

"뭐, 뭐라고?"

그 고관은 소리쳤다.

"도대체 어디서 그따위 생각을 머릿속에 집어넣은 거야? 어디서 그따위 사상을 배워왔느냐 말이야? 요즘 젊은 사람들 사이에 상관에 대해 지극히 불손한 태도가 만연되어 있어 정말 큰일이라니까!"

아마 그 고관은 아카키 아카키예비치가 이미 쉰 고개를 넘은 사람이라는 사실을 미처 깨닫지 못한 모양이다. 아카키 아카키예비치를 젊은 사람이라고 부른다면 그건 일흔 살 먹은 노인이나 할 수 있는 애기일 것이다.

"자네는 지금 누구를 상대로 그런 소리를 하는 건지나 알고 있나? 지금 자네 앞에 있는 사람이 누구인지나 알고 있느냐 말이야, 응? 알아, 몰라?"

그는 이제 아주 발까지 구르며 설혹 아카키 아카키예비치 같은 사람이 아니더라도 겁을 집어먹지 않을 수 없을 만큼 목소리를 높여 고함을 쳤다. 아카키 아카키예비치는 거의 넋을 잃고 비틀비틀 두어 걸음 물러섰다.

그는 온몸이 후들거려 더 이상 서 있기조차 힘들었다. 수위가 재빨리 방에 달려 들어와 부축해주지 않았다면 그대로 방바닥에 쓰러지고 말았을 것이다. 그는 거의 인사불성이 되어 밖으로 끌려 나왔다.

고관은 자기의 태도가 기대했던 것 이상의 효과를 거둔 데 만족했다. 그는 자기의 말 한마디가 상대방을 기절까지 시킬 수도 있다는 사실에 도취되었던 것이다.

그는 자기 친구가 이 모습을 어떻게 보고 있는지 알고 싶어서 곁눈으로 힐끔힐끔 친구의 눈치를 살폈다. 친구 역시 얼이 빠진 듯하였고 공포감마저 느끼는 눈치였다. 고관은 친구의 이런 모습을 보고 마음이 무척 흡족했다.

어떻게 계단을 내려오고 큰길로 나왔는지 아카키 아카키예비치는 아무것도 기억할 수 없었다. 팔이나 다리에도 전혀 감각이 없었다. 여태까지 자기 상급자한테, 그것도 다른 부처의 높은 사람한테 그렇게 호되게 꾸중을 들은 적이 한 번도 없었던 것이다.

그는 입을 딱 벌린 채 자꾸만 인도 밖

으로 발걸음이 빗나가면서 거리에서 휘몰아치는 눈보라 속을 걸
어갔다.

페테르부르크에서는 원래 그렇지만 이날도 바람은 사방팔방에
서 골목골목으로 휘몰아쳤다. 그는 대번에 편도선염에 걸려 집으
로 간신히 돌아왔을 때에는 말 한마디 할 수조차 없었다.

그는 곧장 잠자리로 기어 들어갔다. 상관의 별것 아닌 꾸지람
한마디가 이렇게 엄청난 위력을 발휘하기도 하는 것이다!

이튿날 그는 엄청난 고열에 시달렸다. 페테르부르크의 날씨는
그의 병세를 예상보다 훨씬 빠르게 악화시켰다. 의사가 진맥을 하
러 와서는 맥을 한번 짚어보았을 뿐, 이제 어떻게 해볼 도리가 없
다고 고개를 저었다. 그저 병자가 아무 치료도 받지 못하고 죽었
다는 말을 듣지 않도록 찜질이라도 해주라는 말뿐이었다.

의사는 그가 기껏 하루나 하루 반나절밖에 더 살지 못할 것이라
며 하숙집 주인 노파에게 이렇게 말했다.

"할머니, 뭐 더 기다려보고 말고 할 것도 없어요. 지금 곧 소나
무 관이라도 하나 주문하세요. 참나무 관은 너무 비쌀 테니까요."

자기 운명에 대한 이런 말들이 아카키 아카키예비치의 귀에도
들렸는지 어쨌는지는 알 수 없다. 설사 들었다 하더라도 그것이
그에게 얼마나 충격을 주었는지, 그가 자기의 비참한 일생을 슬퍼
했을지 하는 것은 전혀 알 도리가 없다. 왜냐하면 그는 줄곧 혼수
상태에 빠져 헛소리만 하고 있었기 때문이다.

그의 눈앞에는 끊임없이 괴이한 환상이 나타났다. 재봉사 페트
로비치가 눈앞에 나타난 것을 보고는 침대 밑에 도둑놈이 숨어 있
는 것 같으니 그 놈을 잡기 위해 올가미가 달린 외투를 하나 만들

어 달라고 부탁하는가 하면, 이불 속에서 도둑놈을 끌어내 달라고 하숙집 노파를 소리쳐 부르기도 했다. 그러다가 새 외투가 있는데 왜 낡아빠진 '싸개'가 저기 걸려 있느냐고 묻기도 했다.

그러다가 자기가 칙임관 앞에서 꾸지람을 듣고 있다고 생각했는지 "죄송합니다, 각하!" 하며 사과를 하기도 했다. 그러다가 입에 담기도 어려운 무서운 욕설을 마구 퍼부어댔다. 그렇게 무서운 욕설을 들어보지 못한 주인 노파는 성호를 긋기까지 했다. 그런 욕설이 '각하'라는 말 뒤에 잇달아 튀어나왔으니 노파로서는 겁을 먹는 것이 당연했다.

나중에는 전혀 의미 없는 말을 중얼거리기 시작했다. 그 말은 아무도 알아들을 수 없었지만 그것이 외투라는 물건을 중심으로 맴돌고 있었다는 것만은 짐작할 수 있었다. 이리하여 결국 가엾은 아카키 아카키예비치는 숨을 거두고 말았다.

그가 죽은 뒤에 그의 방이나 소지품을 봉인하지는 않았다. 우선 유산 상속인이 아무도 없었고 또한 유산이라고 할 만한 것이 아무 것도 없었기 때문이다. 거위 깃으로 만든 펜이 한 묶음, 관청에서 쓰는 백지 한 권, 양말 세 켤레, 바지에서 떨어져 나온 단추 세 개, 그리고 독자들도 이미 잘 알고 있는 그 '싸개'뿐이었다. 이런 물건들이 누구의 손에 들어갔는지는 알 수 없다. 또 솔직히 말해 필자 자신도 그런 데에는 흥미가 없다.

아카키 아카키예비치의 시체는 묘지로 실려 나가 매장됐다. 그리고 아카키 아카키예비치가 사라진 후에도 페테르부르크는 여전히 그 모습 그대로였다. 마치 그런 인간은 처음부터 존재하지도 않았던 것 같았다.

　　이리하여 그 누구의 도움도 받지 못하고 누구에게도 소중히 여겨지지 않았으며, 누구의 흥미도 끌지 못하고 — 흔해빠진 파리도 핀으로 꽂아 현미경으로 관찰하는 생물학자의 주의조차 끌지 못하고 — 관청에서 온갖 비웃음을 순순히 참아내면서 이렇다 할 업적 하나 이루지 못한 채 그의 존재는 이 세상에서 영영 사라져버린 것이다.

　그 역시 비록 생애가 끝나기 직전이기는 했지만 외투라는 기쁜 손님이 환한 모습으로 나타나 초라한 인생에 잠시나마 활기를 불어넣기도 했다. 그리고는 곧바로 이 세상의 힘센 존재들도 예외 없이 피하지 못할 불행이 그에게 닥쳐오고야 만 것이다.

　그가 죽은 지 3,4일 지나자 즉각 출근하라는 국장의 명령을 전하러 관청의 수위가 하숙집을 찾아왔다. 수위는 돌아가서 그가 두 번 다시 출근할 수 없게 되었다는 보고를 했다. "어째서?"라는 질문에 수위는 이렇게 대답했다.

　"어째서구 뭐구 그 사람은 죽었습니다. 벌써 사흘 전에 장사를 치렀더군요."

　이렇게 해서 관청에서도 아카키 아카키예비치가 죽었다는 사실을 알게 되었다.

　이튿날 아카키 아카키예비치의 후임이 그 자리에 앉았다. 키도 훨씬 더 크고, 그다지 반듯하지 않게 비스듬히 기울어진 필체로 글씨를 쓰는 사나이였다.

　그런데 아카키 아카키예비치에 관한 이야기는 여기서 끝나는 것이 아니었다. 아무에게서도 인정받지 못한 인생에 대한 보상이라도 받으려는 듯, 그는 죽은 뒤 며칠 동안 요란한 소동을 일으켰던 것이다.

그가 죽은 뒤에 이런 이상한 생존을 계속할 운명이었다는 것은 아무도 상상하지 못했다. 하지만 정말 그런 일이 현실에서 일어나 이 서글픈 이야기는 뜻밖에도 환상적인 결말을 맺게 된다.

페테르부르크에는 갑자기 이상한 소문이 쫙 퍼졌다. 즉 칼리긴 다리와 그 근처 여기저기서 관리 옷차림을 한 유령이 매일 밤 나타난다는 것이었다. 그 유령은 자기가 외투를 도둑맞았다며 관등이나 신분을 가리지 않고 지나가는 사람의 외투를 자기 것이라고 우기면서 빼앗아 간다고 했다.

고양이 가죽이나 담비 가죽, 깃이 달린 외투, 솜을 누빈 외투, 여우나 너구리, 곰 가죽으로 만든 외투 등 사람의 몸을 감싸는 물건이라면 가죽이든 털이든 종류를 가리지 않고 모조리 벗겨간다는 소문이었다.

어느 관리는 그 유령을 자기 눈으로 직접 보았다고 했다. 그는 첫눈에 그 유령이 아카키 아카키예비치라는 것을 알아봤지만 소름이 끼치고 겁이 나서 죽을힘을 다해 도망쳤는데 멀리서 유령이 손가락을 치켜세우고 자기를 위협하더라는 것이다.

여기저기서 외투 강도 사건이 빈발하여 9등관은 말할 것도 없고, 7등관들까지도 어깨와 잔등이 추위에 얼어붙을 지경이라는 호소가 잇달아 접수되었다. 이렇게 되니 경찰에서도 더 이상 문제를 두고 볼 수 없게 되었다. 그래서 살아 있는 것이든 또는 유령이든

무슨 일이 있어도 반드시 체포하여 극형에 처하도록 하라는 명령이 떨어졌다.

사실 이 명령은 거의 성공할 뻔했다. 어느 경찰이 키루쉬킨 골목에서 그 유령의 범행 현장을 덮친 것이다. 마침 그 유령은 한때 플루트를 연주하던 전직 악사의 외투를 빼앗는 중이었다.

경찰은 그 유령의 멱살을 틀어쥐고 자기 동료 두 사람을 소리쳐 불러 유령을 붙잡고 있으라고 했다. 그러고 나서 자기는 장화 속에서 자작나무 껍질로 만든 코담배 상자를 꺼내어 그동안 무려 여섯 번이나 동상에 걸렸던 코를 잠시나마 담배 연기로 따뜻하게 하려고 했던 것이다.

그런데 그 담배 냄새가 너무 지독해서 유령조차 견딜 수 없었던 모양이다. 경관이 오른쪽 콧구멍을 손가락으로 누르고 왼쪽 콧구멍으로 담배를 들이마시는 순간 유령이 너무 세게 재채기를 하는 바람에 유령을 잡고 있던 경관 세 사람의 눈에 담배 가루가 들어가고 말았다. 그들이 눈을 비비는 사이에 유령은 자취도 없이 사라져버렸다. 경관들은 그래서 자기들이 정말 유령을 잡았었는지조차 의심스러워졌다.

그때부터 경관들은 유령을 두려워하게 되어 살아 있는 사람조차 붙잡기가 무서워 그저 멀리서 고함만 질러댈 뿐이었다.

"이봐, 뭘 꾸물거리는 거야? 빨리 갈 길이나 가라구!"

덕분에 그 관리 옷차림을 한 유령은 칼리긴 다리 너머에까지 쏘다니게 되었다. 이제 어지간히 대담한 사람이 아니고는 그 근처를 함부로 다니기를 꺼렸다.

우리는 앞서 얘기했던 그 고관에 대해서는 그동안 까맣게 잊고 있었던 것 같다. 솔직히 말하자면 그 고관이야말로 이 거짓 없는 실화가 환상적인 분위기를 띠게 만든 장본인이라고 할 수 있다. 공정을 기하기 위해 이 고관이 느낀 심정을 먼저 얘기해야 할 것 같다.

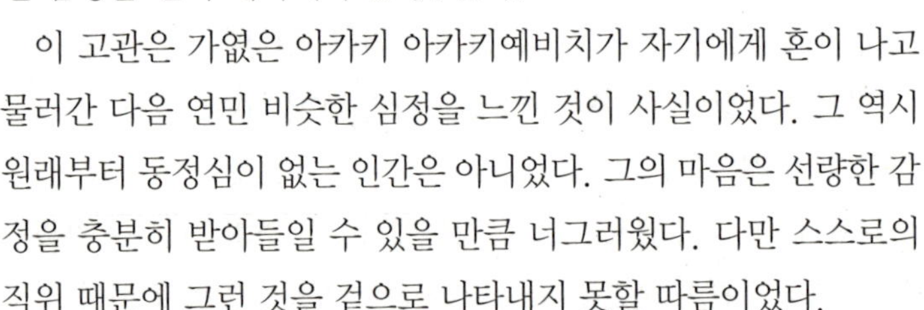

이 고관은 가엾은 아카키 아카키예비치가 자기에게 혼이 나고 물러간 다음 연민 비슷한 심정을 느낀 것이 사실이었다. 그 역시 원래부터 동정심이 없는 인간은 아니었다. 그의 마음은 선량한 감정을 충분히 받아들일 수 있을 만큼 너그러웠다. 다만 스스로의 직위 때문에 그런 것을 겉으로 나타내지 못할 따름이었다.

그때 찾아 왔던 친구가 사무실을 나가자마자 그는 곧 불쌍한 아카키 아카키예비치에 대해 생각이 미쳤다. 그리고 그 후 거의 날마다, 그리 대단치 않은 꾸중조차 견뎌내지 못하던 아카키 아카키예비치의 창백한 얼굴이 눈앞에 어른거렸다. 그 불쌍한 관리를 생각하기만 해도 마음이 괴롭고 불안했다.

그래서 일주일 후 그는 부하 직원을 보내서 그가 어떤 사람이며 그 후 어떻게 지내고 있는지, 그리고 실제적으로 도울 방법이 어떤 것인지 등을 알아보게 했다. 그러나 아카키 아카키예비치가 갑자기 열병으로 죽고 말았다는 보고를 받고 그는 무척 충격을 받았다. 그는 그날 하루 종일 양심의 가책에 시달려야 했다.

어느 날 밤, 그는 울적한 마음을 조금이라도 풀고, 여러 가지 불쾌한 생각들을 잊어버리려고 친구가 연 파티에 참석했다. 거기에는 점잖은 사람들이 모여 있었다. 특히 다행인 것은 모인 사람들 대부분이 자기와 같은 관등에 있는 사람들이어서 마음에 거리낄 것이 없었다는 점이다. 이것이 그의 정신 상태에 놀랄 만한 효과를 나타냈다.

그는 완전히 마음이 풀려 친구들과도 유쾌한 기분으로 대화를 할 수 있었다. 그는 그날 밤을 무척 즐겁게 보낸 것이다. 밤참이 나왔을 때는 샴페인도 두 잔이나 마셨다. 알다시피 술은 마음을 흥겹게 하는 데 상당한 효과가 있다.

샴페인을 마시고 나니 그는 좀더 과감한 행동을 하고 싶은 생각이 들었다. 다름이 아니라, 곧장 집으로 돌아가지 않고 전부터 가까이 지내던 카롤리나 이바노브나라는 여자에게 들르기로 한 것이다. 독일 출신으로 보이는 이 여성에 대해 그는 매우 친근한 감정을 갖고 있었다.

여기서 말해둘 것은, 이 고관이 이미 젊다고는 할 수 없는 나이였다는 점이다. 가정에서도 충실한 남편인 동시에 훌륭한 아버지의 역할을 잘 해내고 있었다. 두 아들 가운데 하나는 벌써 관청에 근무하고 있었고 좀 들창코이긴 하지만 그래도 꽤 귀여워 보이는 예쁘장한 딸 역시 올해 열여섯 살이었다.

이 자녀들은 날마다 그에게 아빠, 안녕! 하며 프랑스 말로 인사를 했다. 그리고 아직도 생기가 넘치는, 그다지 밉상이 아닌 그의 아내는 남편더러 자기 손에 키스를 하도록 시킨 다음, 그 손을 그대로 뒤집어 자기도 남편의 손에 키스를 했다.

이 고관은 이렇게 행복한 가정을 갖고 있었고 또 스스로도 그 생활에 지극히 만족하고 있으면서도 다른 한편으로는 시내의 다른 지역에 여자 친구를 두고 사귀는 것을 무척 당연하게 생각하고 있었다. 이것이야말로 그저 교제에 불과하다는 것이었다.

여자 친구라고 해도 그의 아내보다 별로 젊거나 아름답지도 않았다. 하지만 이런 일이야 세상에 워낙 흔해빠진 것 아닌가. 그러니 우리가 굳이 이러니저러니 따지고 들 일은 아닌 셈이다.

그는 친구네 집 계단을 내려와 마차에 올라타고는 마부에게 말했다.

"카롤리나 이바노브나 집으로 가게!"

그는 마차 안에서 따뜻한 외투로 몸을 감싸고, 러시아 사람 특유의 즐거운 기분에 빠져들었다. 곧 일부러 무얼 생각하지 않아도 머릿속에 끊임없이 달콤한 상념이 떠올라 기분 좋고 편안한 그런 상태 말이다. 그는 더없이 기분이 흡족했고, 방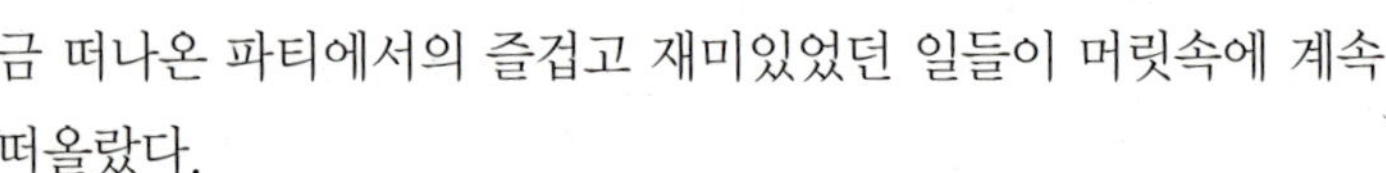금 떠나온 파티에서의 즐겁고 재미있었던 일들이 머릿속에 계속 떠올랐다.

그는 자기가 익살을 부려 친구들이 배를 잡고 웃게 만들었던 일을 생각해내고는 그 익살을 혼자 입속으로 되풀이해 보았다. 다시 생각해도 역시 그 익살은 재치 있고 사람을 웃길 수밖에 없었어. 그는 자기 자신도 친구들과 함께 큰 소리로 웃어댄 것은 아주 당연한 일이라고 생각했다.

그러나 이따금 들어오는 찬바람이 그의 달콤한 기분을 방해했다. 바람은 어디서 불어오는지도 알 수 없게 불어닥쳐 차디찬 눈가루를 얼굴에 흩뿌렸다. 그리고 외투 깃을 마치 돛처럼 펄럭이게 만들고 그의 얼굴을 사정없이 후려치는 것이었다.

문득 고관은 누군가 뒤에서 자기의 외투 깃을 무서운 힘으로 움켜잡는 것을 느끼고는 뒤를 돌아보았다. 거기에는 다 떨어진 낡은 제복을 입은 작달막한 사나이가 있었다. 고관은 그가 바로 아카키 아카키예비치라는 것을 알아차리고 가슴이 덜컥 내려앉았다. 그의 얼굴은 눈처럼 창백해서 당장 겉으로 보기에도 죽은 사람, 곧 유령이라는 것을 알 수 있었다.

유령은 입을 일그러뜨리고 송장 냄새를 내뿜으며 말했다.

"음, 이제야 네놈을 만났구나! 드디어 네놈을 잡았어! 난 외투가 필요하다! 나를 도와주기는커녕 나에게 호통을 쳤었지! 자, 이젠 네놈이 외투를 내놓을 차례야!"

고관은 완전히 공포에 사로잡혀 거의 숨이 멎을 것 같았다. 그는 평소 부하들 앞에서는 언제나 늠름하고 위엄이 있는 모습을 보이려고 애를 썼다. 또 그의 그런 모습을 본 사람들은 누구나 "참 위풍당당한 사람이로군!" 하고 감탄하곤 했다. 하지만 지금 이 상황에서는 -호걸다운 풍모를 지닌 사람들이 대부분 그런 경향이 있지만- 극도의 공포에 사로잡혀 당장 발작이라도 일으키지 않을까 싶을 정도였다.

그는 허겁지겁 자기 손으로 외투를 벗어 던지고 겁에 질린 목소리로 마부에게 외쳤다.

"지금 당장 집으로 가자! 빨리!"

마부는 이 소리를 듣고 채찍을 사정없이 휘둘러 쏜살같이 말을 몰았다. 그리고 만일의 경우에 대비해 두 어깨 사이에 목을 잔뜩 웅크린 자세를 취했다. 왜냐 하면 주인의 이런 목소리는 뭔가 어떤 긴급한 순간에 나왔으며 대개의 경우 목소리보다 훨씬 격렬한 어떤 행동이 뒤따르는 경우가 태반이었기 때문이다.

기껏 6분 정도 지났을까, 고관은 벌써 자기 집 현관 앞에 도착했다. 외투를 잃고 겁에 질려 얼굴이 창백해진 그는 카롤리나 이바노브나를 찾아가는 대신 자기 집으로 곧장 달려왔던 것이다. 그는 이루 말할 수 없는 불안에 떨며 그날 밤을 꼬박 샜다.

그래서 이튿날 아침 차를 마실 때 딸로부터 이런 말을 들었다.

"아빠, 오늘은 안색이 좋지 않아요."

그러나 그는 아무 대답도 하지 않았다.

그는 어제 저녁에 어디를 갔었는지, 어디를 가려고 했는지, 그리고 자기한테 무슨 일이 일어났는지에 대해서 단 한마디도 입 밖에 꺼내지 않았다. 이 사건은 그에게 엄청난 충격을 주었다.

그는 이제 부하 관리들에게 "자네가 감히 그렇게 할 수 있단 말인가? 지금 자네 앞에 있는 사람이 누군지나 아나?" 하는 말을 전보다 훨씬 덜 사용하게 되었다. 설사 그런 말을 하는 경우라 해도 우선 상대방의 사정부터 들어보고 나서 하게 되었다.

그러나 더욱 중요한 사실은, 그날 밤 이후로 그 관리 옷차림을 한 유령이 두 번 다시 나타나지 않게 되었다는 점이다. 아마 그 고관의 외투가 유령에게 딱 맞았던 모양이다. 하여튼 이제 어디서 누군가가 외투를 빼앗겼다는 소문은 더 이상 들려오지 않았다.

그러나 소심하고 성격이 지나치게 꼼꼼한 친구들은 아무래도 안심이 되지 않았는지, 아직도 변두리에서는 그 유령이 등장한다고 수군대고 있었다.

사실 콜로멘스코에의 어떤 경관은 어느 집 모퉁이에서 그 유령이 나타난 것을 직접 눈으로 본 일도 있다고 했다. 하지만 이 경관은 원래가 형편없는 약골이었다.

언젠가 한번은 돼지새끼 한 마리가 민가에서 달려 나오며 그의 다리를 들이받는 바람에 그 자리에 벌렁 나자빠져 근처에 있던 영업마차 마부들이 배를 움켜쥐고 웃어댄 일도 있었다. 그때 그는 마부들이 자기를 모욕했다며 한 사람에 1코페이카씩 강제로 거둬들이기까지 했다.

이렇게 약골이라 유령을 보고도 차마 불러 세울 용기가 없이 그대로 어둠 속을 뒤따라갔다. 그러나 유령은 얼마쯤 걷다가 우뚝 멈춰 서더니 뒤를 돌아보고는,

"넌 도대체 뭐야?"

하고 물었다. 그러면서 사람의 것이라고는 도저히 믿기 어려울 만큼 커다란 주먹을 경관에게 불쑥 내밀었다. 그 바람에 경관은,

"아니, 아무 것도 아닙니다!"

하고 대답하고는 얼른 되돌아왔다. 그러나 그 유령은 키도 훨씬 더 크고 콧수염까지 큼직하게 기르고 있었다. 그 유령은 오브호프 다리 쪽으로 걸어가는 것 같더니 이윽고 밤의 어둠 속으로 완전히 사라져버렸다.

안톤 체호프 <귀여운 여인>

안톤 체호프(1860–1904) 러시아 소설가, 극작가

안톤 체호프는 러시아 남부의 항도 타간로크에서 잡화상의 아들로 태어났다. 16세 때 아버지의 파산으로 중학을 고학으로 마쳤다. 모스크바 대학에서 의학을 공부했으며 1880년대에 단막 소극 〈청혼〉과 〈곰〉으로 극작 활동을 시작하였다. 1884년에 대학을 졸업하고 의사가 된다.

1890년에는 단신으로 죄수들의 유형지인 사할린 섬으로 여행을 가면서 제정 러시아의 감옥제도의 실태를 조사한다. 폐결핵 증세가 악화되어 1899년에 결핵 요양을 위하여 크림반도의 얄타 교외로 옮겨간다. 이곳에서 농민들을 치료해 주기도 하고 콜레라에 대한 예방대책을 세우며 사회사업에 힘을 쓴다.

1900년 학술원 명예회원으로 선출된 후 1901년 올리가 크니페르와 결혼한다. 1884년부터 앓게 된 폐결핵이 더 심해져 1904년 6월 15일 마흔네 살의 나이로 독일의 요양지 바덴바덴에서 생을 마감한다.

대표작으로는 장막극 《이비노프》《갈매기》《바냐 아저씨》《세자매》《벚꽃 동산》 5편과 《다락방이 있는 집》《관리의 죽음》《카멜레온》《18등불》《지루한 이야기》《사할린 섬》《유형지에서》《6호실》《귀여운 여인》 외 다수의 작품이 있다.

귀여운 여인

안톤 체호프

귀여운 여인

　톨스토이의 격찬을 받은 이 작품은 주인공 올렌카의 사랑 없이는 살아갈 수 없는 사랑스러운 여인의 전형을 창조하는 데 성공한 작품이라고 볼 수 있다.

　두 번의 사별과 스미르닌과의 이별 이후 사랑할 대상이 없어지고 난 후 올렌카는 금방 늙어버린다. 그러다 스미르닌의 아들 사샤에게 모성애적인 사랑에 빠져들어 다시 삶의 힘과 기쁨을 얻게 된다.

　체호프가 표현한 귀여운 여인은 남성의존적인 여인이라고 평할 수밖에 없을 것이다. 자신은 없고 그저 남성들에게 희생하고 따르는 여인의 삶을 통해 귀여운 여인이란 어떤 모습이라야 할 것인가에 대해 생각해 보도록 하고 있다.

올렌카는 남편의 일이나 남편이 곧 자신이라는 생각으로 일과 교회생활을 열심히 하며 평화롭게 살았다. 그러다 어느 해 겨울 남편 바니카예프는 감기로 세상을 떠났다. 사랑을 잃어버린 올렌카는 외출도 하지 않고 수녀처럼 지내다 건넌방에 세 들어 살던 수의관 스미르닌과 가까워진다. 그에게는 자식이 하나 있었으나 바람난 부인과 이혼을 한 남자였다. 이런 그와의 행복도 오래 가지 못하고 스미르닌의 군대가 먼 곳으로 이동하게 되자 다시 외톨이가 된 올렌카는 먹고 마시는 것조차 귀찮아하며 우울한 나날을 보낸다. 그녀는 더 이상 사랑스러운 여자가 아닌 늙고 추한 늙은이가 되어버렸다. 그러던 어느 날 스미르닌이 자신의 자식과 부인을 데리고 세를 찾는 중이라며 찾아왔다. 외로웠던 올렌카는 그 가족을 흔쾌히 받아들였고 스미르닌의 아들 사샤에게 자식과도 같은 애정을 쏟는다. 그 소년으로 인해 또 다른 자기를 갖게 되는 것이다. 그녀의 삶은 온통 소년으로 꽉 차 있었고 지금까지와는 다른 모성을 느끼고 그 어떤 누구보다 큰 애정과 사랑을 기울이지만 소년을 떠나보내야 하는 상황에 또 다시 불안해한다. 그녀에게는 오직 자신의 마음과 이성 전부를 붙들고 자기의 사상과 생활의 방향을 제시해 줄 애정이 필요했던 것이다.

핵심정리

갈래: 단편 소설

구성: 사실적

시점: 전지적 작가 시점

배경: 19세기 러시아 전원 풍경

주제: 희생과 조건 없는 여인의 순수한 사랑

귀여운 여인

　8등관으로 퇴직한 프레마니코프의 딸인 올렌카(올리가의 애칭)는 정원으로 내려가는 좁은 계단에 앉아 골똘히 생각에 잠겨 있었다. 무더운 날씨에 파리까지 성가시게 달려들었지만 이제 곧 선선한 저녁이 다가올 것을 생각하니 마음이 흐뭇했다. 동쪽 하늘에서는 검은 비구름이 몰려오고 가끔씩 습한 바람이 불어왔다.

　유원지 '치볼리'의 소유주이며, 별채에 세 들어 살고 있는 쿠킨이라는 남자가 안뜰 한복판에 서서 하늘을 쳐다보고 있었다.

　"이런, 또 비야!"

　그는 내뱉듯 말했다.

　"또 비가 올 모양이군! 하루라도 안 내리곤 못 배기나. 마치 일부러 그러는 것 같아. 정말 목을 매고 죽으라는 것과 다를 게 없잖아. 파산하라는 것과 마찬가지야. 매일 엄청난 손해를 보고 있으니!"

　그는 두 손을 마주쳐 손뼉을 치더니 올렌카를 향해 말을 걸었다.

　"바로 이런 거예요, 올리가 세묘노브나. 우리가 살아간다는 건 말입니다. 정말 울고 싶어요! 일하고, 정성들이고, 끙끙대며 밤잠

도 안 자고 조금이라도 나은 것을 만들어내기 위해 온갖 생각을 다 하는데, 그런데 결과는 어떤가요? 첫째, 저 구경꾼들은 교육도 못 받은 야만인들이랍니다. 나로서는 온갖 정성을 다해 오페레타니, 몽환극이니, 훌륭한 가요곡의 명가수니 하고 내보내지만, 과연 그들이 원하는 것이 그것일까요? 그들이 원하는 것은 유랑극단의 신파극이라구요! 게다가 이 날씨를 보세요. 밤에는 꼭 비가 오거든요. 5월 십 일부터 두 달 동안 비가 계속 내리다니, 정말 어처구니없어요! 구경꾼은 거의 오지 않는데 나는 토지 임대료를 꼬박꼬박 바치고 있고, 배우들한테도 출연료를 지불하고 있잖습니까?"

다음날 저녁에도 비구름이 몰려오자 쿠킨은 미친 듯이 웃으며 말했다.

"도대체 어떻게 된 거야? 어디 한번 멋대로 쏟아져보라고! 차라리 유원지 전체를 물바다로 만들어버려라! 차라리 나를 물속에 집어넣어봐. 이 세상의 행복, 아니 저 세상의 행복이 어떻게 되든 알 게 뭐야! 배우들도 나를 고소하고 싶으면 고소해보라고 해! 재판소가 뭐야? 시베리아로 유배를 보내도 상관없어! 단두대도 사양하지 않겠어! 하하하!"

그 다음날도 마찬가지였다.

올렌카는 잠자코 쿠킨의 말을 듣고 있었다. 때로는 그녀의 눈에 눈물이 맺힌 적도 있었다. 그리고 마침내 그녀는 쿠킨의 불행에 연민을 느낀 나머지 그를 사랑하게 되었다. 그는 키가 작고 마른 몸집이고, 누런 안색에 구렛나룻을 매끈하게 쓰다듬어 붙인 모습이었다. 목소리는 답답하고 가는 음성이고 말할 때는 입이 비뚤어지는 버릇이 있었다. 그의 얼굴은 늘 절망의 빛을 띠고 있었지만 오히려 그것이 그녀의 가슴에 깊은 감동을 가져다주었다.

그녀는 언제나 누군가를 사랑하고 있었다. 아니, 사랑 없이는 한순간도 견디지 못하는 여인이었다. 예전에는 아버지를 무척 좋아했지만 그는 지금 병들어 어둡고 침침한 방의 안락의자에 앉은 채 괴로운 나날을 보내고 있다. 한때 숙모를 몹시 좋아한 적도 있었다. 그녀는 2년에 한 번 정두 브란크스에서 찾아오곤 했다. 그보다 훨씬 전인 여학생 때에는 프랑스어 선생님을 무척 좋아한 적도 있었다.

그녀는 조용하고 온순하며 정이 많은 아가씨로, 다정하고 부드러운 눈매를 가진 건강한 처녀였다. 그녀의 도톰한 장밋빛 뺨이나 까만 점이 하나 있는 목덜미, 그리고 즐거운 이야기를 들을 때 그녀의 얼굴에 떠오르는 귀여운 미소 등을 바라보며 남자들은 마음속으로 '아주 참하다' 고 생각하며 덩달아 미소를 짓곤 했다. 또한 여자들은 그녀의 귀여움에 감탄해서 이야기 도중에 갑자기 손을 잡고 기쁨에 넘쳐 정신없이 이렇게 말하곤 했다.

"정말 귀여운 아가씨야!"

그녀가 태어났고 현재도 살고 있는 이 집은 아버지의 유언장에 적혀 있는 것처럼 그녀의 소유였고 근처에 집시 마을이 있으며,

'치볼리' 유원지에서도 그리 멀지 않았다. 매일 초저녁부터 밤늦게까지 유원지에서는 음악과 폭죽 소리가 들려왔는데 그것은 마치 쿠킨이 자신의 운명과 싸우면서 그가 노리는 힘겨운 적(저 냉담한 구경꾼들)을 향해 돌격하고 있는 것처럼 여겨졌다. 이른 새벽녘, 그가 돌아오면 그녀는 침실의 창문을 조용히 두드리며 커튼 사이로 얼굴을 내밀어 정답게 미소를 보내주었다.

결국 그는 청혼을 했고 두 사람은 결혼했다. 그리고 그 역시 그녀의 목덜미와 아담한 어깨를 보며 자기도 모르게 손뼉을 치면서 이렇게 중얼거렸다.

"귀여운 여자야!"

그는 행복하다고 느꼈지만 공교롭게도 결혼식 날에도 비가 왔고 밤이 이슥해서도 비가 그치지 않자 그의 얼굴에서는 내내 우울한 빛이 사라지지 않았다.

그래도 두 사람은 즐거운 나날을 보내고 있었다. 그녀는 남편의 사무실에 앉아 유원지 안을 살펴보거나 장부를 기입하고 급료를 주는 일을 맡아 했다. 그녀의 장밋빛 뺨과 사랑스럽고 귀여우면서도 마치 후광과도 같은 미소는 방금 사무실에서 보였는가 하면 어느덧 무대 뒤에서 나타나고, 또 금방 가설극장의 식당에 나타나는 등 언제나 그 부근을 배회하고 있었다.

그녀는 이젠 낯이 익어 친근해진 사람들에게 이 세상에서 가장 훌륭하고 가장 소중하면서도 필요한 것은 바로 연극이라고 말하곤 했다. 그리고 그녀는 진정한 위안을 얻고 교양과 인정이 많은 사람이 되는 길은 오로지 연극에서만 찾을 수 있다고 덧붙였다.

그러나 그녀는 "구경꾼들이 그것을 제대로 알 수 있을까요?" 하고 걱정스러운 표정으로 말했다.

"그 사람들이 원하는 것은 유랑극단의 신파극이랍니다! 어제〈파우스트〉를 상연했는데 객석이 텅텅 비어 있더군요. 하지만 만약 뭔가 저속한 것을 상연했다면 틀림없이 극장은 대만원이었을 거예요. 내일은 우리 남편 바니치카가〈지옥의 오르페우스〉를 상연할 거예요. 꼭 와주세요, 네?"

그녀는 이렇게 연극이나 배우에 대해 쿠킨이 말한 것을 그대로 흉내내곤 했다. 그녀 역시 남편과 마찬가지로 관람객이 예술에 냉담하고 무식하다면서 업신여겼고, 대사를 고치고 악사들의 동작을 간섭하면서 무대 연습에 참견했다. 지방 신문에서 자기들의 연극에 대해 혹평을 하면 그녀는 눈물을 뚝뚝 흘리며 신문사로 달려가 담판을 짓곤 했다.

하지만 배우들은 그녀를 잘 따랐고, '또 하나의 바니치카' 혹은 '귀여운 여인'이라는 애칭을 붙여주었다. 그녀 역시 그들을 잘 보살펴주고 가끔씩 돈을 빌려주기도 했다. 간혹 속는 경우가 있어도 그녀는 남몰래 혼자서 울 뿐, 남편에게도 하소연을 하지 않았다.

그해 겨울도 두 사람은 즐겁게 지냈다. 한겨울 내내 시내의 극장을 빌려 우크라이나인 극단이나 마술사, 혹은 지방의 아마추어 극단에게 다시 빌려주었다. 올렌카는 점점 살이 찌고 머리끝에서부터 발끝까지 기쁨과 행복의 빛으로 빛나고 있었다. 그러나 쿠킨은 점점 안색이 누렇게 되어 그해 겨울에는 사업에 크게 성공했는데도 엄청난 손해를 보았다고 투덜거렸다. 게다가 그는 밤마다 기

침을 심하게 했다. 그래서 올렌카는 그에게 딸기즙이나 보리수 꽃
즙을 먹이거나 오드콜로뉴로 찜질해주며 따뜻한 옷으로 감싸주었
다.

"당신은 너무 좋은 분이에요!"

그녀는 쿠킨의 머리카락을 쓰다듬으며 진심으로 그렇게 말했
다.

"당신은 정말, 정말 좋은 분이에요!"

그러던 어느 날 그가 사순절에 극단을 모집하려고 모스크바로
떠나느라 집을 비우게 되었다. 남편이 없으면 잠을 잘 자지 못하
는 그녀는 줄곧 창가에 앉아서 별들만 쳐다보며 지냈다. 그 순간
그녀는 자신이 마치 수컷이 없으면 밤새도록 자지 않고 걱정하는
암탉과 같은 생각이 들었다. 쿠킨은 모스크바에서의 일정이 늦어
져 부활절 무렵에나 돌아온다는 편지를 보내왔다. 아울러 '치볼
리' 유원지에 관한 여러 가지 지시할 것도 써 보냈다.

그런데 수난주(부활절에 앞서는 일주일간) 바로 전날인 월요일
밤 늦게 갑자기 문 밖에서 불길한 노크 소리가 들려왔다. 누군가
가 대문을 마치 물통이라도 두드리듯 쿵쿵 두드리고 있었다. 잠이
덜 깬 하녀가 맨발로 물웅덩이를 철벅거리면서 달려나갔다. 밖에
서 거칠고 굵은 목소리가 들렸다.

"죄송하지만 문 좀 열어주시오. 전보가 왔습니다!"

올렌카는 전에도 남편으로부터 전보를 받은 적이 몇 번 있었지
만 이번에는 웬일인지 가슴이 두근거리기 시작했다. 그녀는 부들
부들 떨리는 손으로 전보의 봉투를 뜯어 읽었다.

'이반 페트로비치 오늘 급서, 내참 지시 바람, 장례식 화요일.'

그 전보에는 '장례식'이라는 낯선
단어와 무슨 뜻인지 알 수 없는 '내
참'이라는 단어가 적혀 있었다. 서명은
오페라단의 감독 이름으로 되어 있었다.

"아아, 쿠킨!"

올렌카는 그의 이름을 부르며 울기 시작했다.

"사랑하는 나의 쿠킨! 왜 나는 당신을 만났을까요? 왜 당신을
알고 사랑했을까요? 이제 당신은 이 가련한 올렌카를, 이 가련하
고 불행한 여자를 버렸으니 난 도대체 누구를 의지해야 하나요?"

쿠킨의 장례식은 화요일에 모스크바의 바가니코프 묘지에서 거
행되었다. 수요일에 집으로 돌아온 올렌카는 방에 들어가자마자
침대 위에 엎드려 큰 소리로 울음을 터뜨렸다. 그 울음소리는 거
리와 이웃집까지 들릴 정도였다.

"가엾어라!"

이웃 여인들이 성호를 그으면서 말했다.

"귀여운 올리가 세묘노브나가 저렇게 슬퍼하고 있군요!"

그로부터 석 달이 흐른 어느 날, 올렌카는 낮 미사를 마치고 상
복을 입은 채 쓸쓸히 집으로 돌아오고 있었다. 그때 우연히 그녀
와 나란히 걷게 된 사람은 역시 교회에서 돌아오던 바실리 안드레
이치 푸스토발로프라는 이웃집 남자였다. 그는 바바카예프의 큰
원목 도매상의 관리를 맡고 있었는데, 밀짚모자를 쓰고 흰 조끼에
금줄을 늘어뜨리고 있어 장사꾼이 아니라 마치 지주처럼 보였다.

"어떤 일에든 운명이라는 것이 있습니다, 올리가 세묘노브나."

그는 의젓하게 동정어린 말을 건넸다.

"그러니까 누군가 가까운 사람이 죽었다 하더라도 그것은 하느님의 뜻이므로 우리는 마음을 굳게 먹고 참아내야만 합니다."

그는 올렌카를 집까지 바래다 주고 작별 인사를 한 다음 돌아갔다. 그 후 그녀의 귓가에는 그의 의젓한 음성이 맴돌았고, 잠시만 눈을 감아도 당장 그의 새까만 수염이 어른거렸다. 그를 좋아하게 된 것이다. 뿐만 아니라 그녀 역시 상대방의 가슴에 깊은 인상을 남겨준 듯했다.

그로부터 며칠 후 평소에 그다지 친하게 지내지 않던 어느 중년 부인이 커피를 마시러 와서는 식탁에 앉자마자 곧 푸스토발로프의 얘기를 꺼냈다. 그 사람은 진실하고 좋은 사람이다, 그 사람이라면 어떤 여자라도 기꺼이 시집을 갈 것이다라고 늘어놓았던 것이다.

그리고 사흘 후에 푸스토발로프가 직접 찾아왔다. 그는 십 분 정도 머물렀을 뿐 몇 마디 말도 하지 않았지만 올렌카는 그를 사랑하게 되었다. 그것은 보통 사랑이 아니어서 그날 밤을 뜬눈으로 새우며 마치 열병에라도 걸린 것처럼 몸과 마음이 활활 타올랐다. 그래서 날이 새기가 무섭게 그 중년 부인을 불러오라며 심부름꾼을 보내는 소동을 벌였다. 그리고 마침내 약혼 예물을 교환하고 두 사람은 결혼식을 올리게 되었다.

푸스토발로프와 올렌카는 행복하게 살았다. 그는 대부분 점심

때까지는 원목 도매상에서 일하고 그 후에는 밖으로 일을 보러 나갔다. 그러면 올렌카는 저녁때까지 사무실에 앉아서 계산서를 작성하거나 상품을 보내는 일을 했다.

"요즘은 목재 값이 해마다 이십 퍼센트 정도 오르고 있어요."

그녀는 고객들에게 이렇게 말하곤 했다.

"우리는 예전엔 이 지방의 목재를 취급했지만, 요즘엔 목재를 사러 모길료프 현까지 가야 한답니다. 정말 운임이 얼마나 많이 드는지 몰라요!"

이렇게 말하고 그녀는 소름이 끼치는 것처럼 두 손으로 볼을 감쌌다.

그녀는 자기가 이 세상에서 가장 오랫동안 목재상을 해온 듯한 기분이 들어, 이 세상에서 가장 소중하고 필요한 것은 목재라고 여길 정도였다. 도리목, 통나무, 얇은 판자, 각목, 윗가지, 대목, 배판 등과 같은 말들에서 왠지 친근하고 다정함을 느낄 수 있었다. 밤마다 그녀의 꿈에 나타나는 것은 두껍고 얇은 판자 더미가 몇 개나 쌓이고, 끝없이 길게 늘어선 짐마차 행렬이 목재를 멀리 운반해 가는 장면이었다. 또 일곱 치 굵기에 길이가 서른 자 가까이나 되는 통나무가 한 무리를 이루어 깃발과 북소리도 당당하게 원목 도매상으로 들어오는 광경이나 통나무와 도리목, 배판이 서로 부딪쳐 뱃속까지 울릴 듯한 소리를 내며 한꺼번에 쓰러졌다 일어나고 겹쳐 쌓이는 모습도 그려졌다. 올렌카가 꿈을 꾸다 놀라 비명을 지르면 푸스토발로프가 토닥거려주며 다정하게 말을 건넸다.

"올렌카, 왜 그래, 응? 성호를 그어요!"

남편이 생각하고 느끼는 것은 동시에 그녀도 생각하고 느꼈다. 그가 방이 너무 덥다고 생각하거나 요즘은 경기가 나쁘다고 생각하면 그녀 역시 그렇게 생각했다. 남편이 구경하러 다니는 것을 좋아하지 않는 성격이라 쉬는 날이면 그녀도 집에서 지냈다.

"아주머니는 늘 집 아니면 사무실에만 계시는군요. 귀여운 아주머니, 가끔 극장이나 곡마단에도 가고 그러세요."

이웃 사람들이 그렇게 말하곤 했다.

그러면 그녀는 정색을 하며 대답했다.

"우리는 구경 갈 틈이 없어요. 우리같이 장사를 하는 사람한테는 그런 여유가 없어요. 연극이 뭐 그리 좋은가요?"

토요일이 되면 푸스토발로프와 그녀는 반드시 밤 미사에 참석하고, 주일에는 아침 미사에 나갔다. 교회에서 돌아올 때는 언제나 사이좋게 어깨를 나란히 하고 행복한 표정으로 걷곤 했는데, 그럴 때면 그녀의 비단옷이 경쾌하게 바스락거렸다.

집에 돌아오면 차를 마시고 맛있는 빵에 여러 가지 잼을 발라 먹은 뒤 사이좋게 고기만두를 나눠 먹었다. 매일 점심때가 되면 정원은 물론 문 밖의 거리까지 야채수프와 함께 양고기와 오리구이 등의 맛있는 냄새가 풍기고, 육식을 금하는 날은 생선 요리 냄새가 그 집 앞을 지나는 사람들을 유혹했다. 사무실에서는 찾아오는 손님에게 언제나 둥근 빵과 차 대접을 했다. 두 사람은 일주일에 한 번씩 목욕탕에 갔는데 돌아오는 길에는 얼굴이 빨갛게 상기되어 행복에 젖었다.

"덕분에 행복한 생활을 하고 있어요."

올렌카는 아는 사람을 만날 때마다 이렇게 말했다.

"고마운 일이죠. 정말 여러분도 우리 남편과 나처럼 지내시기 바래요."

그러던 어느 날, 푸스토발로프가 모길료프 현으로 목재를 사러 떠나자, 그녀는 몹시 쓸쓸해하며 며칠이고 잠도 자지 않고 눈물만 흘렸다. 이따금 저녁 무렵, 그녀의 집 별채를 빌려 쓰고 있는 스미르닌이라는 젊은이가 놀러오곤 했다. 부대에 근무하는 수의사인 그는 여러 가지 이야기를 들려주거나 트럼프 놀이 상대가 돼주어 그녀의 기분도 좋아졌다.

그중에서도 특히 재미있는 것은 그의 가정생활 이야기였다. 그에게는 아내와 아들이 있었지만 아내가 바람을 피우는 바람에 이혼을 했다. 그는 아내를 미워하면서도 매월 아들의 양육비로 사십 루블을 보내주고 있었다. 이런 이야기를 들으며 올렌카는 한숨을 쉬면서 그를 마음속으로 동정했다.

"그럼, 안녕히 주무세요."

시간이 늦자 그녀는 촛불을 들고 계단까지 나와 그를 배웅했다.

"고맙습니다. 당신 덕택에 기분이 한결 좋아졌어요. 안녕히 주무세요."

그녀는 남편의 흉내를 내며 의젓하고 침착하게 말했다. 그리고 수의사의 모습은 벌써 문 밖으로 사라졌는데도 그녀는 다시 한 번 그의 이름을 부르면서 이렇게 말했다.

"스미르닌, 부인하고 화해하시는 것이 좋겠어요. 아드님을 위해 부인을 용서하세요! 아드님도 이젠 철이 들 나이가 되었으니까요."

　푸스토발로프가 돌아오자 그녀는 조용히 수의사와 그의 불행한 가정 생활에 관한 이야기를 들려주었다. 두 사람은 함께 한숨을 짓거나 고개를 저어가며 그의 아들은 아마도 아버지를 그리워하고 있을 거라고 말했다. 그런 다음 성상 앞에 무릎을 꿇고 땅에 이마를 대고는, "하느님, 제발 우리도 아기를 갖게 해주십시오." 하고 기도를 했다.

　이런 식으로 푸스토발로프 부부는 서로 사랑하면서 정답게 6년의 세월을 보냈다. 그런데 어느 겨울날, 푸스토발로프는 사무실에서 뜨거운 차를 잔뜩 마신 다음 모자도 쓰지 않은 채 목재를 내주려고 밖에 나갔다가 감기에 걸려 자리에 눕게 되었다. 그리고 용하다는 의사들의 치료에도 불구하고 4개월 동안 앓다가 죽고 말았다. 올렌카는 또다시 혼자 남게 된 것이다.

　"이렇게 나만 홀로 두고 가시면 도대체 누구를 의지하고 살라는 말인가요, 여보?"

　그녀는 남편의 장례식을 치르고 나서 혼자 흐느껴 울었다.

　"당신이 돌아가셨으니 나는 앞으로 어떻게 살아가야 하나요? 이 불쌍하고 불행한 나는 어떻게 살아야 되나요? 이 세상 어느 곳에도 친척 하나 없는데."

　그녀는 줄곧 검은 옷에 상장을 달고 다닐 뿐, 이제 모자와 장갑은 사용하지 않기로 했다. 외출하는 것도 가끔 교회와 남편의 묘지에 가는 것이 고작이었고, 마치 수녀처럼 집안에 틀어박혀 지냈다. 그렇게 6개월이 지나자 그녀는 겨우 상장을 떼고 창의 덧문도 열어놓게 되었다. 아침나절에 가끔 하녀를 데리고 식품 가게로 나가는 그녀의 모습이 눈에 띄었으나, 집안 형편과 생활이 어떤지는 짐작으로밖에 알 도리가 없었다. 예를 들면 그녀가 정원에서 수의사와 차를 마시거나 그가 그녀에게 신문을 읽어주는 광경을 누군가 목격했다거나, 또는 우체국에서 그녀가 누군가에게 다음과 같은 말을 했다는 식의 추측과 소문만 무성했다.

"우리 동네에서는 수의사가 가축 검사를 제대로 하지 않기 때문에 여러 가지 전염병이 생기는 거예요. 사람들은 항상 우유를 마시고 병이 생겼다든가, 말이나 소에서 병이 전염되었다는 식으로 말하죠. 정말 가축의 건강이란 사람의 건강 못지않게 조심하지 않으면 안 돼요."

그녀가 말하는 것은 바로 수의사의 생각 그대로였으며, 이제는 무슨 일이든지 그와 똑같은 의견을 가지고 있었다. 그녀는 누군가에게 열중하지 않고는 1년도 살 수 없는 여자였고 이제 자신의 새로운 행복을 자기 집 별채에서 찾아낸 것이 확실했다. 다른 여자였다면 마땅히 세상 사람들의 비난을 받았을 이 사건도 올렌카였기에 어느 누구도 나쁘게 생각하지 않았다. 그녀에 대한 것이라면 무엇이든 당연하게 받아들였던 것이다.

그들 사이에 일어난 변화에 대해서 두 사람은 누구에게도 말하지 않기로 약속했다. 하지만 그 비밀의 약속은 꼭 깨져버리고 말았다. 그 까닭은 올렌카는 비밀이라는 것과 도무지 어울리지 않는 여자였기 때문이다. 부대의 동료가 그를 찾아오면, 그녀는 차와 저녁을 대접하면서 소나 양의 페스트에 관한 이야기며 결핵에 관한 이야기, 그 마을의 도살장에 관한 이야기 등을 거침없이 하곤 했다. 그 때문에 당황한 수의사는 손님이 돌아간 뒤 그녀의 손을 붙들고 화를 냈다.

"자기가 알지 못하는 얘기를 해서는 안 된다고 몇 번이나 부탁하지 않았나요? 우리 수의사들끼리 말할 때에는 제발 참견하지 말아요. 쓸데없는 얘기니까 말이오!"

그러면 그녀는 깜짝 놀라 두려운 눈으로 그를 쳐다보며 이렇게 물었다.

"브로지치카(스미르닌의 이름인 블라디미트의 애칭), 그럼 나는 어떤 얘기를 하면 좋겠어요?"

그리고 그녀는 눈물을 글썽거리며 그의 품에 안겨 제발 화내지 말라고 부탁하는 것이었다. 그래도 두 사람은 행복했다.

하지만 그 행복도 잠깐이었다. 수의사가 부대를 따라 가버렸던 것이다. 그것도 영원히. 왜냐하면 그 부대가 어딘가 아주 먼 곳으로 이동했기 때문이다. 그래서 올렌카는 또 홀로 남게 되었다.

이번에야말로 그녀는 정말로 혼자가 되었다. 아버지는 이미 오래 전에 세상을 떠났고 생전에 그가 애용하던 팔걸이 의자는 다리 하나가 떨어져 나간 채 먼지 투성이가 되어 다락방에 처박혀 있었다. 그녀는 많이 야위고 얼굴도 초췌해졌다. 거리에서 마주치는 사람들도 이제는 예전처럼 그녀를 유심히 보거나 미소를 보내주지 않았다. 꽃다운 시절은 지나가고 이젠 추억거리가 되어버린 것이다. 이제는 온통 혼란스러운 생활, 세심하게 생각하지 않는 것이 오히려 나을 것 같은 생활이 시작되려는 듯했다.

올렌카는 저녁마다 정원으로 이어진 계단에 앉아 '치볼리'에서 연주하는 음악과 폭죽 터지는 소리를 들었다. 그녀는 꿈을 꾸듯

멍한 눈길로 텅 빈 자기 집
정원을 바라보았다. 먹는
것도 마시는 것도 마지못
해 하는 것이었다.

그중에서도 가장 슬픈
일은 이젠 그녀에게 자기
의견이 전혀 없다는 것이
었다. 눈으로는 주위에 있
는 사물들이 보이기도 하
고 주변에서 일어나는 일
들을 이해할 수 있었지만,
어떤 일에 내해서도 자기
의견을 내세울 수가 없었

고 어떤 말을 해야 할지 도무지 분간할 수 없었다.

아무런 자기 의견이 없다는 것은 얼마나 무서운 일인가? 이를
테면 병이 하나 놓여 있거나, 비가 오거나, 또는 농부가 짐마차를
타고 가는 것을 보아도, 그 병이라든가 비라든가 농부가 무엇 때
문에 있는 것이고 무슨 의미가 있는지 말할 수가 없었다. 가령 누
군가 1천 루블을 주겠다고 해도 아무 대답을 할 수 없었을 것이다.
쿠킨이나 푸스토발로프와 함께 살았을 때나 수의사와 함께 있었
을 때에는, 올렌카가 설명할 수 없는 것은 아무것도 없었다.

그리고 어떤 문제가 생겼을 때 자기 의견을 말하는 데 머뭇거림
이 없었는데, 이제는 깊은 고민과 생각을 해도 마음속에는 마치
자기 집의 정원처럼 크고 허망한 공간이 생겼다. 말할 수 없이 기

분이 언짢고 입맛이 쓴 느낌은 마치 쑥을 먹을 때와 다를 바 없었
다.

　이제는 집시 마을에도 거리 이름이 붙었고, '치볼리' 유원지와
목재 하역장이 있던 부근에도 주택과 골목이 가지런히 들어서 있
었다.

　세월은 빨리도 흘러갔다. 올렌카의 집은 그을음에 찌들고 지붕
은 녹슬고 헛간은 기울었다. 정원에는 키가 큰 잡초와 가시가 가
득한 쐐기풀이 무성했다.

　올렌카도 이젠 늙어서 볼품이 없어졌다. 여름철이 되면 그녀는
변함없이 그 계단에 앉아 있었지만 그녀의 가슴속은 여전히 텅 비
어 무료하기가 쓰디쓴 쑥 맛과 같았다. 겨울에는 창가에 앉아 멍
청하게 밖을 내다보는 것이 일과였다. 그러다가 봄의 숨소리가 설
핏 스치거나 바람결에 교회의 종소리가 전해 오면, 갑자기 과거의
추억이 한꺼번에 밀려와 가슴이 저려오고 눈에서는 하염없이 눈
물이 흘러내렸다. 하지만 그것도 순간적인 일일 뿐, 가슴속은 다
시 텅 비어버리고 무슨 보람으로 살고 있는지 정말 알 수 없는 지
경이 되었다. 재롱을 부리는 검은 고양이 브리스카가 목구멍에서
부드럽게 골골 소리를 내도 고양이 따위의 재롱은 조
금도 달갑지 않았다.

그녀가 원하는 것은 사랑이었다. 사랑 중에서도 자
기의 온몸과 영혼을 다하는 사랑, 있는 그대로의
영혼과 이성을 송두리째 전해주는 그런 사랑,
자기에게 이상과 생활의 방향을 이끌어주는
그런 사랑, 늙어가는 피를 따뜻하게 해주는 그

런 사랑이었다. 그래서 그녀는 옷자락에 매달린 브리스카를 뿌리치며 이렇게 소리쳤다.

"저쪽으로 가, 저쪽으로. 여긴 아무것도 없어!"

이런 식으로 날이 거듭되고 해가 거듭되었다. 아무런 기쁨도, 아무런 의견도 없이 그녀는 하녀 마브라가 하는 대로 내버려 두었다.

그러던 7월의 어느 더운 날 해질 무렵이었다. 마을의 가축 떼가 거리를 지나가며 정원 가득히 먼지를 날리고 있었다. 그 순간 대문을 두드리는 소리가 들렸다. 문을 열어주러 나간 올렌카는 얼핏 밖을 내다보고는 소스라치게 놀라 멍하니 그 자리에 얼어붙고 말았다. 문 밖에 수의사 스미르닌이 서 있었던 것이다. 머리카락은 희끗희끗했고 옷차림은 평범했다. 그녀는 한꺼번에 모든 추억이 되살아나 울음을 터뜨리며 아무 말도 못하고 그의 가슴에 얼굴을 파묻었다. 너무 흥분한 나머지 어떻게 안으로 들어와서 테이블에 마주 앉게 되었는지 모를 정도였다.

"정말 반가워요!"

그녀는 기쁨으로 몸을 떨면서 중얼거렸다.

"브로지치카! 도대체 어쩐 일로 여기까지 오셨나요?"

"실은 이곳에 아주 정착하려고 왔습니다."

그는 계속해서 말을 했다.

"군대를 그만두고 이렇게 이 마을로 온 것은 자유의 몸이 되어 운을 시험해보고도 싶고, 또 한 군데 뿌리를 박고 살아보려고 마음먹었기 때문입니다. 게다가 아들도 이제 중학교에 갈 나이구요. 많이 컸지요. 그리고 실은 아내와 화해를 했답니다."

"그럼 부인은 지금 어디 계세요?"

올렌카가 물었다.

"아들과 함께 여관에 있어요. 나는 새 집을 구하러 다니고 있는 중이죠."

"그러시다면 우리 집으로 오세요! 이래 보여도 얼마든지 살 수 있어요. 정말, 그게 좋겠군요. 그리고 난 집세를 한푼도 받지 않겠어요."

올렌카는 흥분한 나머지 또다시 눈물을 흘렸다.

"가족과 함께 여기서 살아주세요. 나는 저쪽 별채에서 살아도 좋아요. 아아, 정말 기뻐요!"

그렇게 해서 이튿날 안채 지붕에는 페인트가 칠해졌고 벽도 새롭게 단장됐다. 올렌카는 두 손을 허리에 올려놓고 정원을 이리저리 오가면서 지휘를 했다. 그녀의 얼굴에는 옛날의 미소가 빛나고 있었고 생생하게 활기를 띤 모습은 마치 기나긴 잠에서 깨어난 사람 같았다.

수의사의 아내도 왔다. 그녀는 바짝 마르고 못생긴 데다 짧은 머리에 고집이 있어 보이는 여자였다. 함께 따라온 사샤라는 어린 애는 나이에 비해 키는 작았지만(아이는 열 살이었다.) 토실토실한 체격에 아름답고 파란 눈동자와 양쪽 볼에 보조개가 있는 귀여운 아이였다. 소년은 정원으로 들어서자마자 곧 고양이를 뒤쫓아 다니며 놀았다. 그리고 금방 집안에는 소년의 쾌활하고 즐거운 목소리가 울려 퍼졌다.

"아줌마, 이거 아줌마네 고양이에요?"

소년이 올렌카에게 물었다.

“이 고양이가 새끼를 낳으면 우리에게도 한 마리 주세요, 네?
엄마는 쥐를 몹시 싫어하거든요.”

올렌카는 소년과 이야기를 하기도 하고 차를 마시면서 심장이
금세 따뜻해지고 달콤하게 저려오는 것을 느낄 수 있었다. 마치
이 소년이 자기가 낳은 아들이나 되는 것 같았다. 그리고 밤이 되
어 소년이 식당에 앉아서 공부를 하기 시작하자, 그녀는 감동과
동정 어린 눈길로 뚫어지게 소년을 바라보면서 이렇게 속삭였다.

“정말 귀엽고 잘생긴 아이야. 어쩜 저렇게 똑똑하고, 살결이 희
고 깨끗할까.”

“섬이라는 것은.”

소년은 큰 소리로 책을 읽었다.

“뭍의 일부로서 사면이 바다로 둘러싸여 있는 것을 말한다.”

“섬이라는 것은 뭍의 일부로서……”

그녀도 소년을 따라 중얼거렸는데, 이 말이야말로 그녀가 오랜
세월에 걸친 침묵과 공허를 깨고서 확신을 가지고 말한 최초의 의
견이었다.

그렇게 자기의 의견이라는 것이 생기자 그
녀는 저녁식사 때 사샤의 부모를 상대로 요즘
중학교 고전이 꽤 어려워졌지만 역시 고전 교
육이 실과 교육보다 훌륭하다고 말할 수 있게
되었다. 그리고 중학교를 나오면 어느 방면이
든 자기 희망에 따라 의사도 될 수 있고 기사
도 될 수 있기 때문에 중학교 교육이 중요하다
고 이야기를 늘어놓았다.

사샤는 중학교에 다니게 되었다. 하지만 그의 어머니는 하르코프에 있는 언니에게로 간 뒤 돌아오지 않았다. 아버지는 매일같이 어딘가로 가축 검역을 하러 떠나기 일쑤여서 때로는 사흘 동안이나 집을 비우는 일도 있었다. 올렌카는 사샤가 부모로부터 버림받아 집안에서 쓸모없는 인간으로 굶어 죽을 것 같은 생각이 들었다. 그래서 그녀는 소년을 자기가 사는 별채로 데리고 와 작은 방 하나를 마련해주었다.

그리고 사샤가 그녀의 별채에 살게 된 지도 어느덧 반년이 다 되었다. 매일 아침 올렌카가 소년의 방에 들어설 때면 그는 한쪽 팔을 베고 숨소리 하나 내지 않고 깊이 잠들어 있었다. 그 모습을 보며 그녀는 소년을 깨우는 것이 가엾다는 생각이 들었다.

"사센카."

그녀는 슬픈 듯이 소년을 불렀다.

"일어나거라, 애야! 학교 갈 시간이야."

소년은 일어나서 옷을 입고 하느님께 기도한 뒤 자리에 앉아 차를 마셨다. 차를 석 잔 마시고 커다란 비스킷 두 개와 버터 바른 프랑스 빵 반 조각을 먹었다. 그는 아직도 잠이 덜 깨어 기분이 나빠 보였다.

"사센카, 너 아직 동화시를 완전히 외우지 못했지?"

그렇게 말하며 올렌카는 마치 그를 먼 여행이라도 떠나보내는 듯한 눈길로 가만히 지켜보았다.

"말썽꾸러기로구나. 정말 잘해야 돼. 공부도 잘하고 선생님 말씀도 잘 들어야 한다."

하지만 사샤는 소리쳤다.

"괜찮아요! 좀 내버려두세요, 제발!"

그리고 그는 학교를 향해 거리를 걸어갔다. 사샤는 꼬마에게 어울리지 않는 커다란 모자를 쓰고 묵직한 책가방을 둘러메고 있었다. 올렌카는 그 뒤를 소리 없이 따라갔다.

"잠깐 기다려, 사센카!"

그녀가 그를 불러 세웠다.

소년이 뒤를 돌아보면 그녀는 그의 손에 대추나 사탕을 쥐어 주었다. 하지만 학교가 있는 골목길로 접어들면 소년은 키가 큰 뚱뚱보 아주머니가 자기 뒤를 따라오는 것이 부끄러워 홱 돌아서서 이렇게 말했다.

"아줌마는 집으로 돌아가세요. 이제 혼자 갈 수 있으니까."

그래도 그녀는 걸음을 멈춘 채 눈도 깜박거리지 않고 소년의 뒷모습이 교문 안으로 사라질 때까지 바라보고 있었다. 아아, 그녀에게 아이가 얼마나 귀엽게 느껴졌을까.

그녀가 지금까지 기억하고 있는 애착 가운데 이보다 깊은 것은 없었다. 날이 갈수록 가슴속에 모성애가 세차게 불타올랐다. 지금만큼 아무 분별도 없이, 욕심과 이해 관계를 떠나서 마음속으로 자기의 영혼을 바칠 생각을 한 적은 한 번도 없었다. 그녀에게는 전혀 남남인 이 소년, 양쪽 볼의 보조개, 그의 커다란 모자, 이런 것들을 위해서라면 자기 목숨을 버려도 아깝지 않을 것 같았다. 오히려 기쁨에 넘쳐 감동의 눈물을 흘리면서 목숨을 바칠 것 같았다. 무슨 이유로? 그러나 그 이유를 누가 알겠는가?

사샤를 학교까지 바래다 준 그녀는 참으로 만족스럽고 흐뭇해져서 여유 있고 애정이 넘쳐흐르는 기분으로 천천히 집을 향해 걷고 있었다. 그녀의 얼굴도 최근 반년 동안에 다시 젊어져 줄곧 미소를 띠고 있었고 눈동자는 밝게 빛났다. 거리에서 만나는 사람들도 그녀의 얼굴을 유심히 쳐다보고는 자신도 모르게 흐뭇해져서 이런 말을 건넸다.

"안녕하세요, 귀여운 올리가 세묘노브나 아주머니! 기분은 어떠세요?"

그러면 그녀는 이렇게 대답했다.

"요즘엔 중학교 공부도 상당히 어려워졌어요. 정말 보통 일이 아녜요. 어제만 해도 1학년 학생에게 동화시를 암기하고 라틴어 번역과 또 다른 숙제가 나왔었지요. 꼬마들한테 그래도 괜찮은 건가요?"

그리고 그녀는 선생님들에 대한 소문, 수업 이야기, 교과서 이야기와 전부터 사샤에게 들은 이야기를 그대로 늘어놓았다.

방과 후 2시쯤부터 그들은 함께 점심식사를 하고 밤에는 함께 예습을 하면서 즐겁게 지냈다. 그리고 사샤를 침대에 뉘어주면서 오랫동안 그를 위해 성호를 긋거나 나지막한 소리로 기도문을 외우곤 했다. 그것을 마치면 자기도 침대에 들어가서 먼 장래에 관한 일(사샤가 대학을 나와 의사나 기사가 되어 셋집 아닌 자기의 커다란 저택을 가지고, 말과 멋진 마차를 갖추어 신부를 맞이하고 아기를 낳는 등등)에 대해 공상을 했다.

자면서도 같은 것만을 생각했다. 문득 그녀의 눈에서 눈물이 흘러나와 양쪽 뺨을 적시고 떨어졌다. 그리고 검은 고양이가 그녀의 겨드랑이에 안겨 자면서 자꾸 목구멍에서 소리를 내고 있었다.

"골골골……."

그때 갑자기 대문을 쾅쾅 두드리는 소리가 났다. 올렌카는 벌떡 일어나 무서움에 벌벌 떨었다. 심장이 터질 듯했다. 삼십 초쯤 후에 또다시 두드리는 소리가 들려왔다.

'하르코프에서 전보가 온 모양이야.'

그녀는 온몸을 덜덜 떨면서 생각했다.

'저 아이의 어머니가 사샤를 하르코프로 불러들이려고 하는 거야. 아아, 어찌면 좋아.'

그녀는 정신이 나간 기분이었다. 머리와 손발이 싸늘해지고 자기만큼 불행한 사람은 세상에 한 명도 없다는 생각이 들었다. 그후 1분쯤 지나자 말소리가 들려왔다. 수의사가 클럽에서 돌아온 것이었다.

'아아, 다행이야.'

그러자 심장의 고동이 가라앉으며 다시 편안한 기분이 되었다. 그녀는 다시 누워서 사샤에 대한 생각을 했다. 사샤는 옆방에서 쿨쿨 자면서 이따금 이런 잠꼬대를 했다.

"어디 두고 보자! 저리 가지 않으면 가만두지 않겠어!"

막심 고리끼 <2인조 도둑>

막심 고리끼(Aleksei Maksimovich Peshkov 1868~1936) 러시아 작가.

본명 알렉세이 막시모비치 페슈코프는 현재 고리끼시로 불리는 볼가강 연안의 니주니 노브고로트에서 태어났다. 일찍이 양친을 여의고 외할머니와 가난하게 살면서 정규교육을 받지 못하고 제화점의 도제와 볼가강 증기선의 접시닦이 등 하층 계급의 생활을 한다. 이에 절망하여 자살을 기도하기도 했다. 작가가 된 후에 그 당시 밑바닥 생활의 경험이 중요한 소재가 된다. 1892년 단편소설 《마까르 추드라》로 문단에 데뷔하고, 1895년 《첼까쉬》를 발표해 문단의 호평을 받고, 코롤렝코와 체호프 등과 사귀게 된다. 그 후 제정 러시아의 하층민들의 생활을 묘사하여 프롤레타리아 문학의 대가가 된다. 1901년 학사원 회원에 추대된 후에 혁명운동에 참여했다는 이유로 지위를 박탈 당한다. 1905년 혁명으로 투옥된 뒤 외국으로 망명한 후, 그곳에서 《레토피시》지를 발간한다. 1912년 《어머니》가 모스크바의 그리보예도프상을 받는다. 1913년 대사령으로 러시아로 귀국한 후 1932년 소비에트 작가동맹 제1차 대회 의장으로 추대된다. 그는 10월 혁명 후에 사회주의 리얼리즘인 소비에트 문학의 기수가 된 후 1936년 6월 8일 폐렴으로 69세로 일생을 마친다.

작품으로는 《유년시대》 《사람들 속에서》 《나의 대학》 《어머니》와, 서사시 《클림 사므긴의 생애》와, 희곡 《밤 주막》 등이 있다.

2인조 도둑

막심 고리끼

2인조 도둑

　우포바유시치와 플라시 노가라는 두 사람의 솔직한 내면과 순수하면서도 프롤레타리아의 아픈 삶을 보여준 작품이었다. 현실적인 플라시 노가와 조금은 이상적이며 마음이 여린 우포바유시치의 모습이 대비되어 나타난다. 현 체제를 지켜나가는 플라시와 현존 사회 제도의 부조리와 부정에 항거하며 인간의 개성을 위해 반항하는 영웅인 우포바유시치의 대립을 그린 것이다.

　자신들이 구성하고 있는 사회에 자신을 의탁할 수 없는 신세. 그래서 함께 소외당한 친구에게 의지할 수밖에 없는 사람들의 현실이 가슴 아프게 다가온다.

　인간이란 불쌍한 존재라고 하며 동업자의 죽음 앞에서 그토록 당당하던 플라시가 난 이제 어디로 가야 하나, 어떻게 살아가야 하나 하는 하소연을 하면서 동업자가 죽고 더 이상 의지할 대상이 사라지자 택할 수밖에 없었던 죽음의 길에서 어느 사회에서나 있을 수 있는 소시민에 대해 생각하게 된다.

우포바유시치와 플라시 노가는 인근 마을에서 무엇이든 훔쳐내어 살아가는 2인조 도둑들로서 마을 사람들은 모두 그들을 알고 있다.

겨울 내내 굶주림을 참고 따뜻한 봄이 오기를 기다리다 바싹 마른 망아지 한 마리를 훔치게 되었다. 우포바유시치는 망아지 주인의 마음을 짐작하기에 돌려주자고 하고 플라시 노가는 우리가 굶지 않으려면 훔쳐다 팔아야 한다고 갈등을 일으킨다.

결국 우포바유시치는 결핵으로 세상을 떠나고 플라시 노가는 슬픔과 분노로 결국 흙더미와 함께 굴러 떨어지고 만다.

핵심정리

갈래: 단편 소설

구성: 현실적

시점: 3인칭 전지적 작가 시점

배경: 눈이 녹은 숲 속과 들판

주제: 가난하고 순박한 도둑의 우정

2인조 도둑

한 사람은 플라시 노가(춤추는 발), 또 한 사람은 우포바유시치(희망을 가진 사람)라고 하는 이 둘은 도둑이었다.

그들은 읍내를 벗어나 외딴 곳에 살고 있었다. 산골짜기처럼 푹 패어 들어간 언저리에 개흙과 나무토막을 반반씩 쉬어 처덕처덕 엮어 놓은 초라한 오두막들이 마치 조개탄 따위를 내동댕이친 것처럼 이리저리 흩어져 있었는데 그 중의 한 채가 두 사람의 거처였다.

그들의 일터는 주로 읍내 밖이었는데, 읍내에서는 도둑질하기 힘들었고 그렇다고 해서 자기네들의 거처 가까운 부락에서는 눈에 띄게 훔칠 만한 것이 없었기 때문이다.

두 사람 다 조심성 있는 인간들이었다. 훔쳐 내는 것이라곤 헝겊 나부랭이라든가 낙타털 외투라든가 또는 도끼, 마구(말에 쓰는 기구), 양복저고리가 아니면 닭 따위가 고작인데 뭐든 '집어내기'만 하면 그 부락에는 당분간 나타나지 않기로 되어 있다.

그런데 그토록 원칙을 잘 지키고 있건만 읍내 밖 변두리의 농민들은 그 둘을 잘 알고 있어서 기회만 오면 반 주검으로 만들어 놓겠다고 단단히 벼르고 있었다. 그러나 그와 같은 기회는 끝내 주어지지 않았다. 기실 농민들의 끊임없는 협박을 당하는 것은 어언 여섯 해가 되어 가건만 아직 두 사람의 뼈대가 온전하게 남아 있는 점으로도 알 수가 있다.

플라시 노가는 키가 후리후리하고 굽은 등에 마른 몸매지만 근육과 뼈대가 다부진, 사십 세는 되어 보이는 사내였다. 걸을 때면 고개를 숙이고 긴 팔로 뒷짐을 진 채로 점잖게 뚜벅뚜벅 발을 옮겨 놓지만 언제나 빈틈없이 눈을 불안스레 껌벅이며 사방팔방으로 두리번거리곤 한다. 머리를 짧게 깎았으며 턱수염을 밀어냈다. 입술까지 내리덮인 희끄무레한 수염은 얼굴에 노기를 띤 것같이 사나워 보이게 한다.

왼쪽 다리는 아마 삐었거나 부러졌거나 했던 것이 어긋난 채로 나아버렸는지 오른쪽 다리보다도 길었다. 그래서 걸어갈 때 왼발을 들어 올리면 그것이 허공에 떠올라 제풀에 방향을 바꾼다. 걸을 때의 이런 모습이 바로 '춤추는 발'이란 별명이 생긴 유래였다.

우포바유시치는 짝패보다는 너덧 살이나 더 먹었을까, 키는 짝패보다 작지만 어깨는 훨씬 더 넓었다. 광대뼈가 나오고 보기 좋게 반백의 턱수염이 나 있는 얼굴은 병자처럼 누렇게 떠 있었다. 게다가 자주 힘없이 쿨룩거리곤 한다. 커다랗고 검은 눈동자는 잘못을 사과하는 양 부드럽게 빛난다. 길을 갈 때면 다소 성난 듯이 입술을 깨물며 슬픈 노랫가락을 휘파람으로 부는데 언제나 같은 노래뿐이었다.

어깨에 걸치고 있는 것은 여러 가지 색깔의 누더기 조각을 모아서 만든 짤막한 옷으로 솜을 넣은 양복저고리처럼 보인다. 이와는 반대로 플라시 노가의 옷은 허리띠로 졸라맨 기다란 회색의 농사

꾼 외투 한 벌로 지냈다.

우포바유시치는 농사꾼이었으며 짝패는 성당지기의 아들로서 심부름꾼이라든가 당구장 사환 따위를 지낸 적이 있었다.

그들은 일 년 열두 달을 꼭 붙어 다녔다. 그래서 농부들은 이들의 모습을 보기만 하면 으레 이렇게 빈정거렸다.

"또 겨리(소 두 마리가 끄는 쟁기) 짝이 나타났군. 저 보라니까, 둘이 꼭 붙어 버렸어!"

이 인간 겨리는 날카로운 눈빛으로 어느 곳을 막론하고 사방을 휘저으며 남과 마주치는 것을 피해 시골길을 오갔다. 우포바유시치는 기침으로 쿨룩거리면서도 습관처럼 그 노래를 휘파람으로 불곤 했다. 짝패의 왼발은 허공에서 춤을 추었는데, 그 발은 마치 자기 주인 나리를 위험한 길목에서 다른 데로 이끌어 가려는 길잡이를 하고 있는 것 같았다. 때로는 어느 숲가나 밀밭이라든가 골짜기 구석 같은 곳에서 두 사람이 나란히 나자빠진 채로, 먹기 위해서는 어떻게 도둑질해야 하는가를 조용히 의논하고 있을 때도 있었다.

겨울이 되면 늑대까지도 — 이 두 친구의 경우와는 달리 생존을 위한 싸움에는 훨씬 더 유리한 조건들이 베풀어져 있다- 그 늑대까지도 굶주림에 허덕였다. 바싹 말라 뼈대가 드러날 정도로 굶주림에 지치고 허기가 져서 눈을 부라리고 냄새를 맡으며 길을 따라 쏘다닌다.

늑대에게는 제 몸을 지키기 위한 발톱과 이빨이 있다. 더구나 늑대의 야성은 아무하고도 타협하지 않는다. 이 아무하고도 타협하지 않는다는 점은 인간에게 있어서도 중요한 것이다. 왜냐하면 생존을 위한 싸움에서 이겨내려면 인간은 많은 지혜를 지니고 있어야 하지만 그것이 없다면 야수의 본성이라도 가져야 하기 때문이다.

겨울이 되자 두 친구의 형편은 더욱 나빠졌다. 해질 무렵이면 둘이 함께 자주 읍내의 네거리로 가서 경관의 눈에 띄지 않도록 조심스럽게 오가는 사람들의 소맷자락에 매달리곤 했다.

겨울에 도둑으로 지내기란 여간 해서는 어렵다. 이 마을 저 마을을 여기저기 쏘다니기란 귀찮기도 하거니와 견딜 수 없이 추운 데다가 눈 위에 발자국이 역력히 남게 된다. 그뿐만 아니라 온갖 물건이 모두 눈으로 덮여 버리므로 부락으로 가 보았자 허탕을 칠 것은 뻔한 노릇이다.

그래서 겨울이 되면 이 겨리 짝은 허기와 싸우느라 기운을 잃어가면서 오직 봄이 오기만을 애타게 기다렸다. 아마도 이 두 사람처럼 미칠 듯이 봄을 애타게 기다리는 사람은 또 없을 거라고 여겨질 만큼…….

겨우 봄이 다가왔다. 바싹 여위어서 병자처럼 보이는 그들은 골짜기에 있는 오두막집에서 기어 나와 그야말로 기쁜 듯 들판을 바라보았다. 들판에서는 날이 갈수록 빠른 속도로 눈이 녹으면서 여기저기 검붉은 해토(얼었던 땅이 풀림)가 드러났다. 물웅덩이가 거울처럼 반짝거렸고 개울에서는 졸졸거리는 맑은 소리가 들렸다. 태양은 따스한 애무의 손길을 땅 위로 내려 보냈다. 햇살은 만

물의 힘을 솟아나게 한다. ─녹은 땅
이 완전히 마르려면 얼마나 지나야 한
다든가, 언제쯤 마을로 '사격' 하러 갈
수 있겠는가 하는 식으로……

　우포바유시치는 때마침 불면증에
걸려 밤을 새웠으므로 날이 밝아올 무
렵이면 짝패를 두드려 깨우면서 매우 즐거운
듯이 이렇게 일러 준 일도 한두 번이 아니었다.

　"여보게! 어서 일어나게. 그리치(까마귀의 일종)가 날아왔다네!"
　"날아왔다니?"
　"암! 저것 보게나. 울음소리가 들리지 않나?"

　오두막을 나신 그들은 이 봄을 알리는 빛깔이 검은 새가 큰 울
음소리로 대기를 뒤흔들면서 바쁜 듯이 새로운 보금자리를 찾거
나 묵은 둥지를 고치는 모습을 오랫동안 질리도록 쳐다보고 있었
다.

　"이번엔 종달새 차례일세."

　낡아서 삭아 문드러진 그물을 손질하면서 우포바유시치가 말했
다.

　종달새가 나타났다. 그들은 들판으로 나가 눈 녹은 땅에다 그물
을 쳐 놓는다. 그들은 젖어서 진창이 되어 들판을 뛰어 돌아다니
면서, 멀리서 날아와 지치고 허기진 새가 눈 밑에 겨우 드러나기
시작한 질퍽한 들판에서 부지런히 먹이를 찾고 있는 것을 그물 속
으로 몰아넣는다. 새를 잡으면 한 마리에 5코페이카, 아니면 십 코
페이카씩 받고 시장에 내다 팔았다. 다음에는 봄나물이 돋아났다.

그들은 그것을 뜯어 시장 채소 가게로 가져갔다.

봄은 날마다 이 두 사람에게 새로운 것을 베풀어 주었다. — 비록 보잘것없지만 어쨌든 새로운 돈벌이가 생겼다. 그들은 무엇이든 닥치는 대로 써 먹을 수 있었다. 버들가지, 승아, 샴피니온(버섯의 일종), 딸기, 버섯 등 그 무엇이든 간에 이 두 사람의 눈길을 벗어날 수는 없었다. 군인들의 사격 연습이 끝나면 둘은 참호 속으로 숨어 들어가서 탄알을 주워 모아 한 푼트에 십이 코페이카씩 팔아 넘겼다.

하지만 이런 일들 정도로는 아사지경의 이 겨리 짝들이 포식의 기쁨을 마음껏 즐기기엔 아직도 부족하다고 하겠다. 포만감이나 먹은 음식을 소화시키려는 활발한 밥통의 움직임, 두 사람이 그런 느낌을 즐길 여유라곤 거의 없었던 것이다.

4월의 어느 날, 나뭇가지에는 바야흐로 새싹이 움트고 숲은 아직 짙은 남색의 희미한 새벽빛으로 감싸였으며, 햇볕을 속속들이 쬔 갈색의 기름진 들판에 곡식의 싹들이 목을 내밀 무렵, 우리의 두 친구는 넓은 길을 걷고 있었다. 길을 걸으면서 손수 만든 하치 담배의 궐련을 풁풁 피우며 줄곧 애기를 주고받는다.

"자네 기침 소리가 더 거칠어지는 것 같군그래."

플라시 노가가 조용히 건넨 말이다.

"뭐 이 정도야……. 아무 것도 아닐세. 이렇게 햇볕을 쬐면 이내 나을 거야."

“음, 하지만 말일세. 병원에 한번 가보는 게 좋지 않겠나?”

“에잇, 여보게. 병원에 간들 뭘 하겠다고? 죽을 팔자라면 결국 죽겠지.”

“그야 그렇지만…….”

그들은 큰길의 자작나무 사이를 걷고 있었다. 자작나무는 무늬진 잔가지의 그늘을 두 사람에게 드리우고 있었다. 참새가 길 위로 뛰어다니며 힘 있게 짹짹거린다.

잠시 말을 멈추었다가 플라시 노가가 뒤늦게 깨달은 듯 친구에게 물어보았다.

“걸으면 더 나빠지겠지?”

“그야 숨을 마음대로 쉴 수 없으니까…….”

우포바유시치가 실명을 해 주었다.

“요즘엔 공기가 너무 탁한데다가 습기가 많지 않은가……. 그러니까 숨을 들이마시기가 힘겹지.”

그는 걸음을 멈추고 쿨룩거린다.

플라시 노가는 나란히 서서 담배를 피우며 걱정스레 짝패를 바라보았다. 우포바유시치는 기침 때문에 몸을 비비 꼬며 가슴을 쥐어뜯었다. 얼굴이 새파랗게 질렸다.

“암만해도 목에 구멍이 나겠군.”

연달아 기침을 하면서 그는 이렇게 뇌까렸다.

참새들을 몰면서 앞으로 나아갔다.

“우선 무히나 집 뒤꼍을 뒤져보세. 그러고 나서 시프초비야 숲 곁에 사는 구즈네치하 집을 훑어보고 그 다음에 말코프카 집을 둘러보세. 그게 끝나거든 돌아오기로 하지.”

"그럼 삼십 베르스타 가량 걷는 셈이 되겠군그래……."

우포바유시치의 대꾸였다.

"하지만 빈손으로 돌아가지는 않겠지."

길 왼쪽으로 숲이 있었다. 거무스레한 숲은 어쩐지 마음이 내키지 않았다. 헐벗은 나무들의 가지에는 눈을 즐겁게 해 줄만한 푸른 무늬가 하나도 보이지 않았기 때문이다.

숲을 벗어난 언저리에 솜털이 보송보송 돋은 망아지가 서성거리고 있었다. 옆구리가 푹 들어가고 갈비뼈가 그대로 불거져 흡사 나무통에 천을 씌운 것 같은 꼬락서니다. 두 친구는 발길을 멈추고서 망아지를 한동안 바라보고 있었다. 망아지는 땅바닥에 코쭝배기를 짓누르며 느릿느릿 발을 옮겨 가면서 다 자라지 않은 이빨로 샛노란 싹을 입에 물고 잘근잘근 씹고 있었다.

"저놈도 삐쩍 말랐군 그래……."

우포바유시치가 중얼거렸다.

"이리 와! 우어, 워!"

플라시 노가가 손짓을 했다.

망아지는 소리 나는 쪽을 흘끗 보더니 싫다는 듯이 목을 흔들고는 다시 땅으로 목을 축 늘어뜨렸다.

"자네는 싫다네."

망아지의 그런 모습을 보고 우포바유시치가 말했다.

"해치우세! 저놈을 말이야……. 타타르 사람들한테 끌고 가면 7루블쯤 문제없겠네. 어때?"

궁리 끝에 플라시 노가가 제안을 했다.

"그렇게는 안 줄걸. 그만한 값어치가 없으니 말일세!"

"하지만 가죽이 있지 않나?"

"가죽? 그래, 가죽 값으로 그렇게 준다는 건가? 아마 고작해야 가죽 값으로 3루블쯤 주겠지."

"고것밖에 안 될까?"

"생각해 보게나! 도대체 무슨 놈의 망아지 가죽이 저런가? 가죽이라기보다는 꼭 누더기 삼베로 만든 감발 같군."

플라시 노가는 망아지를 바라보더니 걸음을 멈추면서 중얼거린다.

"그럼 어떡한단 말인가?"

"힘들겠는데!"

주저하는 말투로 우포바유시치가 내뱉았다.

"무엇 때문에?"

"역시 발자국이 남지 않겠나? 땅이 아직도 이렇게 질퍽거리니……, 망아지의 행방이 곧 탄로 날걸……."

"저놈의 망아지한테 짚신을 신겨 보면 어떨까?"

"그래? 그렇다면……."

이걸로 결정은 났것다!

"우선 망아지를 숲속으로 몰아넣고 골짜기에 숨어서 밤까지 기다리기로 하세. 밤이 되거들랑 끌어내서 타타르 사람들 마을로 끌고 가면 되지. 멀지도 않아, 겨우 3베르스타쯤 되니까……."

"잘 될까?"

우포바유시치가 고개를 갸웃거렸다.

"어쨌든 해치우세! 5루블은 들어오겠지. 그저 들키지만 않도록
하세."

플라시 노가가 자신 있게 말했다.

두 사람은 주변을 둘러보고는 길을 가로질러 수풀로 향했다. 망
아지는 그들을 보자 콧소리를 내며 꼬리를 쳐들었으나 여전히 성
긴 싹을 뜯어먹고 있었다.

숲 속의 깊은 골짜기는 공기가 서늘하고 고요하며 어슴푸레하
다. 시냇물의 애수를 띤 속삭임 소리가 정적을 꿰뚫으며 들려온
다. 가파른 벼랑에서는 호두나무, 카리나, 인동 따위의 마디진 가
지들이 늘어져 있다. 흙벽을 힘없이 뚫고 모습을 나타내고 있는
것은 눈이 녹은 물에 씻겨 드러난 나무뿌리인가 보다. 그것보다도
한층 더 괴괴한 것은 숲이다. 황혼의 어슴푸레한 빛이 죽음과도
같은 그 단조로운 색채를 더욱 짙게 하며, 언저리에 서려 있는 침
묵은 숲을 마치 묘지처럼 음산하고 엄숙한 적막으로 물들이고 있
는 것이다.

골짜기 구석의 커다란 흙더미 옆 괴괴하게 습기 찬 어둠 속 한
무더기의 백양나무 그늘에 두 친구가 자리를 잡은 지는 꽤 되었
다. 그들 사이에는 모닥불이 빨갛게 타고 있었다. 이는 모닥불이
끊임없이 활활 타올라 연기가 나지 않도록 하기 위해서였다. 그곳
으로부터 아주 가까운 곳에 망아지가 서 있었다. 우포바유시치의
누더기 옷에서 찢어낸 소맷자락을 망아지 머리에 씌워 가리고 나
무줄기에 고삐를 매어 놓은 것이다.

우포바유시치는 편안히 자리를 잡고 앉아 감상에 젖은 듯 불꽃

을 바라보거나 휘파람을 불
고는 한다. '춤추는 발'은
버들가지를 한 다발 베어
다가 부지런히 바구니를 짜
고 있다. 너무나 바빠서 입
도 떼지 않는다.

　슬픈 듯한 시냇물의 멜
로디와 불행한 사나이의 차
분한 휘파람 소리만이 황
혼과 숲과의 고요 사이를
하염없이 감돌고 있었다.
때때로 모닥불 속에서 나
뭇가지가 소리를 냈다. 톡
톡거리며 튀기도 하고 한
숨이라도 쉬는 듯 '쉬잇' 소리를 내기도 했다. 흡사 불속에서 사
라져 가는 자기네들보다도 훨씬 더 괴로운 이 두 사람의 삶에 깊
은 동정을 베풀기라도 하는 것처럼.

　"그만하고 슬슬 움직여 볼까?"

　우포바유시치가 물었다.

　"아직 이르네. 더 어두워진 다음에 떠나기로 하세."

　일손을 멈추지 않고 친구를 거들떠보지도 않으면서 플라시 노
가가 대답했다.

　우포바유시치는 한숨을 내쉬며 다시금 기침을 시작한다.

　"왜 그러나. 추운가? 응?"

한참 후에야 짝패가 물어본 말이었다.

"그렇지는 않아……. 어쩐지 처량해지면서 넋이 빠져버린 것만 같아……."

"아픈 탓이겠지."

"그럴지도 모르겠네만……, 하지만 다른 원인일지도 모르지."

그러자 플라시 노가가 타이른다.

"자네 말일세, 생각을 너무 많이 하지 않는 편이 좋겠네."

"뭘 말인가?"

"뭐라니? 뭐든 말일세."

"그건 아니지."

우포바유시치는 갑자기 기운을 내어 말한다.

"난 생각을 하지 않으면 못 견디는 성미라서 말이야. 이를테면 저런 걸 봐도……."

하며 망아지를 가리켰다.

"곧 이런 생각을 하지. '어쩌자고 저렇듯 궁상맞게 생겼을까. 하지만 살림하는 데는 꽤 쓸모가 있지!' 라고 말일세. 나도 예전엔 버젓한 살림을 꾸려 본 적이 있다네. 그 무렵엔 정말 부지런했었지."

"그럼 무슨 벌이를 했단 말인가?"

냉정하게 플라시 노가가 되묻는다.

"자네한테서 그런 쓸데없는 소리는 듣고 싶지 않네. 휘파람을 불고 한숨을 쉬어 봤댔자 이제 와서 그게 무슨 소용이란 말인가?"

우포바유시치는 그 말에는 대꾸도 하지 않고서 잘게 꺾은 한 움큼의 마른 가지를 모닥불에 던지고는 불꽃이 타올라 습기 찬 대기

속으로 사라져 가는 것을 눈여겨보고 있다. 눈을 껌벅이는 얼굴에는 어두운 그림자가 스쳐 간다. 이윽고 그는 망아지가 매여 있는 쪽으로 고개를 돌리고는 유심히 그 모습을 훑어보고 있다. 망아지는 땅에서 솟아나기라도 한 것처럼 꼼짝도 않고 있다.

"무슨 일이든 단순하게 생각하게."

타이르듯 플라시 노가가 거칠게 말했다.

"우리의 생활이란게 다 이런 거야. 낮이 가고 밤이 오면 하루가 끝나지. 먹을 것이 있으면 다행이고 없으면……, 훌쩍훌쩍 울다가 하루가 끝나면 모든 게 끝이다 이런 말일세. 이런 걸 자넨 괜히 어렵게만 생각을 하니. 자네의 생각은 듣기도 싫단 말일세. 그건 모두 자네 병 탓이지."

"그렇게 말하면 병 탓인지도 모르겠네만……."

우포바유시치는 고개를 끄덕이며 덧붙인다.

"하지만……, 맘이 약한 탓인지도 모르겠네."

"그 맘이 약하다는 것도 병 때문일세."

플라시 노가는 단호하게 말했다.

그는 작은 가지를 이빨로 물어 끊어 그것을 핑핑 휘둘러 대기를 가르며 야무지게 내뱉는다.

"보게나, 난 건강한 몸이라! 그 따위 맘 약한 생각은 하지 않는다네."

망아지가 발을 굴러 나뭇가지가 부러지는 듯한 소리가 나더니, 흙덩이가 개울로 떨어지면서 그 고요하던 숲에 새로운 음향을 울렸다.

그러자 어디선가 두 마리의 산새가 날아올라 걱정스레 우짖으며 골짜기를 뒤로하고 날아가 버렸다.

우포바유시치는 산새가 날아가는 곳을 눈으로 뒤쫓으며 낮은 소리로 입을 뗀다.

"저게 무슨 새일까? 뜸부기라면 숲속에 있어 봤댔자 별 수 없을 테고……, 그렇다면 저건 스윌리스테리일까?"

"아냐, 때까치일 걸세."

플라시 노가가 대답했다.

"때까치라면 아직 제철이 아니잖나? 더구나 때까치는 소나무 숲에 처박혀 있는 법이니까 이런 데로 올 리가 없네. 그러니 저건 확실히 스윌리스테리에 틀림이 없네."

"그렇다고 해 두지."

"틀림없다니까."

우포바유시치는 크게 고개를 끄덕였으나 웬일인지 한숨을 푹 내쉬었다.

플라시 노가의 두 손이 날쌔게 움직이고 있었다. 이미 바구니 밑바닥은 완성이 되었고 이젠 허리통이 그럴싸하게 되어 가고 있었다. 칼로 알맞게 줄기를 자르고 이빨로 끊어 다듬어서는 손가락을 잽싸게 놀려 굽히거나 얽거나 한다. 콧구멍으로 숨을 내쉴 적마다 콧수염이 하늘거린다.

우포바유시치는 친구의 이런 손놀림을 바라보거나 머리를 떨구고 화석처럼 굳어버린 망아지를 바라보거나 혹은 하늘을 쳐다보았다. 하늘은 거의 어둠에 싸여 있었으나 별은 보이지 않았다.

"농사꾼이 말을 찾으러 와서 말일세."

그는 갑자기 들뜬 목소리로 입을 열기 시작한다.

"없어진 걸 알게 되면……, 이리저리 가 보고 찾아 봐도 망아지가 사라져 버린 걸 알게 된다면 어쩐다지?"

우포바유시치는 두 손으로 찾는 시늉을 해 보였다. 어쩐지 멍한 표정이면서도 눈만은 연신 빛을 내며 반짝거리고 있었다.

"재수 없게 왜 그런 말을 끄집어내는가?"

사나운 기세로 플라시 노가가 나무랐다.

"뭐 예전 일이 생각났기 때문일세."

변명이라도 하듯이 우포바유시치가 대답했다.

"어띤 일?"

"무슨 일이냐 하면 바로 말을 도둑맞았다는 얘기네……. 우리 집 미하일라라고 부르던 마부가 말일세. 이렇게 덩치가 크고 얼굴은 곰보딱지였지……. 어느 날은 말을 도둑맞지 않았겠나? 풀을 먹이려고 말을 풀어 놓았더니 그만 없어졌네그려! 미하일라란 놈은 말이 없어졌다는 걸 알고는 글쎄, 땅바닥에 꽝하고 쓰러지더니 엉엉 울며 한바탕 소란을 피웠지. 응, 여보게. 그때 놈이 얼마나 통곡을 했는지 아나? 쓰러진 채로 발목을 꺾어 놓은 것처럼 그런 꼬락서니로 언제까지나 통곡을 했네만……."

"그래서 자넨 그게 어쨌단 말인가?"

우포비유시치는 짝패의 날카로운 질문을 받자 무의식중에 뒤로 물러나면서 더듬거리며 대답을 늘어놓는다.

"그래서 그런 일이 생각났다는 걸세. 말하자면……, 말을 잃어

버린다는 것은 농사꾼에게 팔을 잘리는 거나 진배없다는 얘기를 말일세."

"난 자네한테 다시 한 번 다짐해 두겠네만."

우포바유시치를 쏘아보면서 플라시 노가는 꾸짖듯 뒷말을 잇는다.

"그런 소린 절대로 하지 말게. 아주 내색도 하지 말아 주게! 그런 엉터리 수작이 도움이 되는 일은 절대로 없을 테니……. 알겠나! 마부나 미하일라나 떠들어 봤댔자 다 쓸데없는 노릇일세!"

"하지만 불쌍하지 않은가?"

어깨를 으쓱하며 우포바유시치가 대들었다.

"불쌍하다고? 흥, 우리들은 불쌍하지 않단 말인가?"

"아니, 그저 말해 본 것 뿐이네."

"그렇다면 이제부터는 쓸데없는 소릴랑 그만두게! 좀 있다가 곧 떠나야겠으니."

"곧 말인가?"

"그래."

우포바유시치는 모닥불 곁으로 다가앉아 나뭇가지로 불더미를 쑤시면서 다시금 바구니를 엮는 플라시 노가를 곁눈으로 흘끗 쳐다보더니 조용히 부탁한다.

"망아지를 풀어 주는 게 좋을 것 같은데……."

"자네가 그토록 비겁한 인간인 줄은 꿈에도 몰랐네!"

생각할수록 분한 듯 플라시 노가는 외쳤다.

"나쁜 짓을 하자는 게 아닐세!"

낮은 목소리였으나 상대를 설득하듯이 우포바유시치는 뒷말을 잇는다.

"생각해 보게나. 여간 위험한 짓이 아니야. 4베르스타나 끌고 가서 애먹은 끝에 타타르 사람들이 안 사겠다고 나오면 어떡할 셈인가? 그때 가선 어떻게 된다지?"

"그렇게 된다면 내가 책임지기로 하지!"

"그래도……, 풀어 주는 게 좋을 것 같은데……. 저런 더럽고 말라빠진 말을!"

플라시 노가는 아무 대답도 않은 채 손끝만 더욱 재빠르게 놀리고 있었다.

"저 따위 것에 누가 목돈을 내놓겠냐고."

낮은 소리로, 그러나 끈질기게 우포비유시치는 늘어놓는다.

"이러고 있을 게 아니라 벌써 적당한 시간이 됐으니까……. 보게나, 곧 어두워질 걸세……. 그러니 우리도 여기를 떠나 두본카 쪽으로 가보지 않겠나? 응, 여보게, 좀더 적성이 맞는 일에 손을 대 보는 편이 낫겠네."

우포바유시치의 끈질긴 주장이 시냇물 소리에 뒤섞이면서 부지런히 손끝을 놀리고 있는 플라시 노가를 들쑤시기 시작했다. 그는 입술을 짓씹으며 말이 없었다. 잘 걸려들지 않던 가지가 손끝에서 뚝하고 부러졌다.

"지금쯤은 아낙네들도 마전터로 나갔을 게고……."

망아지가 길게 울더니 머리를 빼내려고 안간힘을 쓴다. 누더기에 싸여서인지 더욱 참혹하고 가련한 모습이었다. 플라시 노가는 망아지가 서 있는 쪽을 흘끗 돌아보고는 불더미에다 퉤, 하고 마른 침을 뱉었다.

"망아지도 묶여 있는 게 싫다고 몸부림을 치고 있군."

"자네 넋두린 언제나 끝나겠나?"

"사실대로 말하는 걸세……. 그렇게 화낼 일이 아닐세. 응, 스테판……. 망아지일랑 숲속으로 쫓아버리세. 나쁜 짓을 하자는 게 아니니까."

"자네 오늘은 배가 안 고픈 모양이로군?"

플라시 노가가 소리쳤다.

"그럴 리가 있나……."

친구의 화난 목소리에 질겁한 우포바유시치가 어물어물 대꾸했다.

"그렇다면 잔소리 말게. 그러다간 이쪽이 굶어 죽을 테니까. 난 아무것도 겁날 게 없으니까 말일세."

우포바유시치는 그렇게 말하는 짝패를 말없이 쳐다보았다. 짝패는 버들가지를 한데 그러모아 동여매어 다발을 만들고 있었다. 숨소리가 거칠다. 불꽃에 비춰 윤곽이 드러난 텁석부리 얼굴이 벌겋게 달아올랐다. 우포바유시치는 옆으로 눈길을 돌리면서 괴로운 듯 한숨짓는다.

"잘 들어 두게. 난 결코 겁내지 않네. 내 맘 먹은 대로 할 테니까."

분명히 거친 물소리로 플라시 노가가 말을 꺼낸다.

"다만 경고하지만 자네가 그렇게 꼬리를 사리겠다면 그걸로 벌써 나와는 손을 끊은 셈일세! 그렇게 하는 편이 차라리 나을지도 모르겠네. 나는 자네를 잘 알고 있지. 말하자면……,"

“말하자면……, 변덕쟁이란 말이지…….”

“맞아!”

우포바유시치는 몸을 굽히며 쿨룩거리기 시작했다. 기침의 발작이 가라앉자 후, 하고 한숨을 내쉬면서 입을 뗀다.

“그것 때문만이 아닐세. 오늘 밤에는 뭔가 잘못될 것만 같아. 망아지하고 함께 있다가는 어쩐지 당할 것 같은 생각이 들어…….”

“그만 해 두게!”

플라시 노가가 버럭 소리쳤다.

그는 버들가지의 다발을 집어 어깨에 메고는 아직 다 엮지 못한 바구니를 겨드랑이에 끼더니 벌떡 일어섰다.

우포바유시치도 따라 일어서며 짝패 쪽을 흘끔 쳐다보고는 조용한 걸음으로 망아지한테 다가갔다.

“워, 워! 괜찮아……, 걱정할 것 없단다.”

우포바유시치의 말소리가 음산한 골짜기로 메아리쳐 갔다.

“똑바로 서 보렴. 자, 가자! 음, 그렇지!”

망아지 머리에서 누더기를 벗겨 주면서 오래도록 그 옆에서 꾸물거리는 우포바유시치를 보고 있던 플라시 노가는 윗수염을 씰룩거렸다.

“빨리 서두르지 않고 뭘 하는 거야!”

발걸음을 내디디며 플라시 노가가 소리쳤다.

“곧 다 되네.”

우포바유시치의 대답이었다.

이윽고 두 사람은 떨기나무가 우거

진 곳을 헤쳐 나아가며 골짜기를 따라 들어찬 어두운 그늘을 뚫고 말없이 걸어갔다.

망아지도 역시 그들의 뒤를 따르고 있었다.

한참 후에 뒤에서 시냇물의 리듬을 깨뜨리고 풍덩하는 물소리가 들려왔다.

"아뿔싸, 저놈의 망아지 좀 봐! 개울에 빠져버렸군!"

우포바유시치의 말이었다.

플라시 노가는 밉살스럽다는 듯이 코를 벌름거렸다.

골짜기의 어둠 속으로, 내리덮이는 침묵 속으로, 여기에서는 상당히 멀어진 숲 언저리에서 소리 없이 산들거리는 떨기나무들의 바람결이 조용히 흘러온다. 바로 그 옆에는 모닥불의 남은 불꽃이 땅 위에 빨갛게 비치고 있어 마치 성내거나 조롱하는 도깨비의 눈알 같다.

달이 떠올랐다.

투명한 달빛이 연하(煙霞, 안개나 노을)와도 같이 뽀얀 광채를 골짜기에 넘쳐흐르게 해 주어 어디서나 그림자가 드리워졌다. 숲은 더욱더 짙어가고 정적은 점점 더 깊어지면서 한층 음울해져 갔다. 달빛에 은색으로 빛나는 자작나무의 하얀 줄기가 참나무, 느릅나무 그 밖의 잡목들의 검은 그림자를 배경 삼아 촛불처럼 윤곽을 드러내고 있었다.

두 친구는 산골짜기를 묵묵히 걸어갔다. 길이 험해서 발길을 옮겨놓기가 힘들었다. 미끄러지거나 수렁에 깊이 빠지곤 했다. 우포바유시치는 쉴 새 없이 쿨룩거리고 있었다. 가슴 속에서 피리 소리가 울리는가 하면 씩씩거리기도 하고 때로는 비명에 가까운 신음 소리를 내기도 한다. 플라시 노가가 앞서 가느라 그의 큰 몸뚱이의 그림자가 우포바유시치 위로 떨어진다.

"정신 차리게, 응, 여보게!"

별안간 플라시 노가가 나무라듯, 화라도 난 듯한 말투로 입을 열었다.

"도대체 어디로……, 가는 거야? 무얼 찾는 거야?"

우포바유시치는 한숨을 몰아쉬면서 겨우 물었다.

"요새는 밤이 참새 주둥이보다도 짧다네. 밝을 녘까지는 마을에 돌아가야겠는데……, 그래 기지고야 어디 가겠나? 그야말로 마님네 행차 같군."

"괴로워서 그래, 여보게!"

나직한 소리로 우포바유시치가 중얼거렸다.

"괴롭다니?"

비꼬는 듯이 플라시 노가가 소리친다.

"왜?"

"숨을 쉬는 게 여간 힘들어야지……."

병든 도둑의 대답이었다.

"숨을 쉬는 게? 왜 숨 쉬는 게 힘들담?"

"병든 탓이겠지……."

"허튼 소리 말게! 자네가 넋이 빠진 탓이지."

플라시 노가는 그 자리에서 발걸음을 멈추고 짝패를 향해 돌아서더니 그의 코끝에 손을 대며 이렇게 덧붙인다.

"자네가 넋이 빠져 있으니 숨도 제대로 못 쉬지. 그렇잖은가?"

우포바유시치는 머리를 수그리며 사과라도 하듯이 중얼거렸다.

"알았네……."

그는 좀더 말을 하고 싶었으나 그때 다시 기침이 나기 시작했다. 우포바유시치는 두 손으로 나무줄기를 부여잡고 그 자리에서 발을 구르며, 머리를 흔들흔들 치올리고 입을 딱 벌린 채로 연달아 쿨룩거렸다.

플라시 노가는 피골이 상접한 짝패의 얼굴을, 달빛에 비쳐 창백하게 보이는 그 얼굴을 아무 말 없이 쳐다보았다.

"그렇게 쿨룩거리면 숲 속의 온갖 화상들이 다 잠을 깨겠네그려!"

참다못해 그가 쥐어박듯 내뱉은 말이었다.

그러나 우포바유시치가 기침의 발작을 멈추고 머리를 흔들어대면서 큰 숨을 들이쉬고 내쉬자, 플라시 노가도 어쩔 수 없이 명령조의 말투로나마 짝패한테 권했다.

"자, 좀 쉬었다 가세."

두 사람은 축축한 땅바닥에 주저앉았다.

우거진 떨기나무의 그늘로 가려져 있는 곳이었다. 플라시 노가는 잎담배를 종이에 말아 피우더니 그 불꽃을 눈여겨보며 천천히 말을 건넨다.

"그래도 집에 뭐든 먹을 것이라도 있다면야 우리들도 집으로 돌아갈 수 있는데……."

"그야 말할 나위도 없지!"

우포바유시치가 맞장구를 쳤다.

플라시 노가는 흘끗 이마 너머로 짝패를 쳐다보며 말을 잇는다.

"그놈의 집구석에는 낟알 한 톨 없으니 별 수 없이 갈 때까지는 가 봐야 하지 않겠나?"

"음……."

우포바유시치의 한숨 소리였다.

"그래 봤자 역시 어쩔 수 없을지도 모르지. 뭐 이렇다할만한 좋은 곳이 있는 것도 아니니 말일세……. 따지고 보면 우리들 넋이 빠진 탓이지! 얼마니 넋 빠진 놈들인지 어이가 없네만!"

플라시 노가의 흥분한 음성이 공기를 가르는 듯했다. 그 기세에 불안을 느낀 우포바유시치는 몸을 비틀며 큰 숨을 몰아쉬다 연달아 목구멍에서 씩씩거리며 기묘한 소리를 내곤 했다.

"하지만 먹지 않고 살 수가 있어야지……. 오히려 더 먹고 싶고 더 배가 고프단 말이야. 못 견딜 정도로 배가 고파 뱃속에서 쪼르륵 소리가 난단 말일세!"

플라시 노가의 투덜거리는 말소리가 여기서 멈췄다. 우포바유시치는 새롭게 결심을 한 듯 벌떡 일어섰다.

"어딜 가려고?"

플라시 노가가 물었다.

"자, 가세."

"자네 어쩌려고 그러는 건가? 그렇게 갑자기 나서다니……."

"가 보는 거야!"

플라시 노가도 따라 일어섰다.

"갈만한 곳도 없는데."

"상관있나 될 대로 되라지!"

우포바유시치는 절망적으로 손을 내저었다.

"터무니없이 신명이 났군!"

"당연하지 않겠나? 자네한테 마냥 구박을 받은 데다가 된서리
까지 맞았으니 말일세……. 제기랄!"

"하지만 갑자기 왜 그런 생각이 들었나?"

"왜냐고?"

"그래, 갑자기 왜 그러냐고."

"아마 불쌍한 생각이 들어서 이겠지."

"풰! 누가 말이야?"

"인간이 말일세! 인간이란 게 불쌍해서……."

"인간이?"

플라시 노가가 느릿하게 되물으며 친구에게 말했다.

"헛헛……. 나서시지 손을 잡고서 냄새를 맡고 그러고는 버려
보시지, 하란 말씀이군! 음, 자넨 어쩌자고 그런 도인이 됐단 말인
가? 도대체 그 인간이란 놈들이 자네한테 무얼 해 주었나? 인간이
란 놈들은 말일세, 자네 목덜미를 움켜잡고서 그야말로 벼룩을 잡
듯이……, 손톱으로 깨뜨리는 놈들이라네! 그래도 자넨 그 인간들
이 가엾다는 건가? 그렇다면 자네는 그야말로 바보 수작을 일부
러 내보이는 거나 다름없지. 이쪽에서 선심을 베풀면 인간이란 놈
들이 무엇으로 보답해 주는 줄 아나? 온 집안 식구를 못살게 할 따

름이야! 내가 내 손으로 오장육부를 긁어내고 난도질을 해서 뼈에 붙은 살점을 뜯어내는 셈이지. 여보게……, 불쌍한 건 자네야! 그런 생각이라면 신령님께 부탁하는 게 낫지. 새삼스레 자비심은 일 없으니까 당장에 죽여주옵소서 하고 말일세. 그것으로 안심입명(安心立命 삶과 죽음을 초월함)이 될 테지! 응, 내 말이 어때? 그렇잖으면 억수 같은 빗물에 녹여 없애 달라고 부탁하든지! 불쌍하다니 무슨 소리야! 제기랄."

플라시 노가는 완전히 흥분해 버렸다. 그의 날카로운 목소리는 짝패에 대한 비난과 멸시로 가득 차 숲속에 메아리쳐 갔다. 그러자 나뭇가지들의 나직한 속삭임으로 부스럭거리는 것이 마치 이 통쾌하고 신념에 넘치는 말에 동감의 뜻을 나타내는 것 같았다.

우포바유시치는 소맷자락에 손을 쑤셔 넣고는 가슴께까지 머리를 푹 숙인 채로 떨리는 다리에 힘을 주어 겨우겨우 발걸음을 옮기고 있었다.

"기다려 주게."

우포바유시치가 입을 열어 친구를 불렀다.

"이젠 틀린 걸까? 마을에라도 도착하면 괜찮아질지도 모르지만……, 거기까지 가서……, 혼자 가서……, 자넨 안 오는 게 좋겠네. 뭐든 닥치는 대로 집어내면……, 집으로 갈 테니까……. 빨리 가서……, 한숨 자야겠네. 난 도저히 못 견디겠어……."

거기까지 말했는데 벌써 숨이 차서 가슴 속에서는 씩씩거리는 소리가 들끓고 있었다. 플라시 노가는 수상쩍게 짝패를 훑어보더니 -걸음을 멈추고 무슨 말인가 하려 했다. ― 그러나 손을 내젓더니 아무 말도 하지 않고 다시금 걷기 시작했다.

그 후로 말없이 꽤 걸어갔다. 어디선가 새 소리가 나고 멀리서는 개 짖는 소리가 들려온다. 얼마 후에는 구슬픈 야경의 종소리가 멀리 마을 성당에서 흘러와서는 숲의 침묵 속으로 파묻혀 버린다. 희뿌연 달빛 속에 어디선가 날아온 커다란 새가 거대한 그림자처럼 공중에 떠 있다가 듣기 싫은 날갯짓 소리를 내며 산골짜기를 날아갔다.

"부어론인가……. 아니면 그라치란 놈일까?"

플라시 노가가 한눈을 팔았다.

"안 되겠어……."

우포바유시치가 땅바닥에 털썩 쓰러지면서 말했다.

"자네, 난 상관 말고 먼저 가게. 난 여기 남아 있을 테니까……. 이젠 더 이상 못 걷겠어. 숨이 탁탁 막히고 눈이 아물거려서……."

"흥, 또 시작인가?"

플라시 노가가 불만스레 뇌까렸다.

"정말 못 걷겠단 말인가?"

"못 걷겠어."

"낭패로군! 흥!"

"아주 지쳐버렸네……."

"조금만 더 가면 되는 걸! 우물쭈물하다가는 또 아침부터 밥 한 술 못 먹고 싸다녀야 하네."

"난 안 되겠네. 이걸로 인제……, 난 끝장일세. 이것 보게, 피가

이렇게 나오는 걸."

　이렇게 말하는 우포바유시치는 플라시 노가의 얼굴 앞에 거무스레한 것으로 더럽혀진 손바닥을 내밀었다. 짝패는 그 손을 곁눈으로 흘겨보면서 목소리를 낮추며 묻는다.

　"그럼 어떡하란 말인가?"

　"자네 먼저 가게……. 난 남아 있을 테니까……. 인제 여기서 일어나지 못할 걸세, 아마……."

　"나 먼저 가라니, 내가 어디를 간단 말인가? 나 혼자 마을로 가서 마을 놈들한테……, 인간들에게 걸려 봤댔자 신통한 일이 없을 건 뻔하지 않나?”

“그야 눈에 띄기만 하면 맞아 죽을 판이지…….”

“도대체 이건……, 어떻게 해야 좋담. 이대로 있다간 마을 놈들
한테 들킬 게 뻔하고.”

둔한 기침 소리와 함께 입에서 핏덩어리를 토하면서 우포바유
시치는 뒤로 나자빠져 버렸다.

“피가 나오나?”

플라시 노가가 물어 보기는 하지만 눈은 딴 데 두고 곁에 버티
고 서 있을 따름이었다.

“굉장히 많이 나와!”

우포바유시치는 들릴락 말락 속삭이고는 또다시 쿨룩거렸다.
플라시 노가는 면박이라도 주듯 일부러 큰소리로 말한다.

“의원이라도 부르면 좋겠구먼!”

“의원을?”

가냘픈 소리로 우포바유시치가 입을 열었다.

“하지만 그 전에 자네, 일어나서 좀
걸어 보지 않겠나? 아주 천천히
걸어도 좋으니까.”

“도저히 가망이 없네…….”

플라시 노가는 짝패의 머리맡
에 쭈그리고 앉아 두 손으로 무릎
을 감싸고는 근심스레 그의 얼굴을 들여다보았다.
우포바유시치의 가슴은 힘겹게 물결치고 씩씩거리는 둔한 소리에
눈망울이 푹 꺼지고 입술은 괴상하게 늘어나 말라붙은 것처럼 보

인다.

피가 뺨으로 실올처럼 흘러내렸다.

"아직도 계속 나오나?"

플라시 노가는 짝패를 걱정하는 말투로 조용히 물어 보았다.

우포바유시치의 얼굴은 씰룩거렸다.

"나오는데……."

가냘프고 죄어드는 소리가 들렸다. 플라시 노가는 두 무릎 사이로 머리를 처박은 채 그대로 말이 없다.

두 사람의 머리 위로는 골짜기의 벼랑이 솟아 있다. 벼랑에는 눈이 녹아내려 깊어진 물길이 몇 갈래 나 있었다. 벼랑 위에도 산발한 머리처럼 더부룩한 나무가 달빛을 받아 산골짜기를 기웃거리고 있다. 한층 가파른 다른 쪽 벼랑은 온통 떨기나무로 뒤덮였다. 그 시꺼먼 떨기 숲에는 군데군데 흰 나무줄기가 뻗쳐 있고 그 메마른 가지에는 그라치의 둥우리가 또렷하게 드러나 보였다. 비가 내리듯 달빛이 내리덮고 있는 골짜기는 흡사 인생의 색채를 잃은 멋쩍은 꿈결 같다. 더구나 조용히 흘러내리는 시냇물 소리에 그 적막한 분위기가 한결 더 강렬했다.

"이젠 이별일세……."

처음에는 가까스로 알아들을 만한 작은 목소리로 우포바유시치가 말했으나 곧이어 큰 소리로 뚜렷하게 되풀이한다.

"이젠 이별이란 말이야, 스테판!"

플라시 노가의 온몸이 부르르 떨렸다. 그는 뜻밖에 비틀거리고 숨소리마저 거칠어졌다. 그렇지만 무릎 사이에 처박은 머리를 들고는 낮은 목소리로 말을 더듬으며 입을 연다.

"자네, 무슨 쓸데없는 소리를 하나……. 여보게! 걱정할 거 없어."

"예수님!"

우포바유시치가 괴롭게 숨을 몰아쉬었다.

"아무렇지도 않은 걸 가지고 그래."

짝패의 얼굴을 들여다보면서 플라시 노가가 중얼거린다.

"조금만 더 참으면 가라앉을 거야……. 좀 있으면 나아질 걸 가지고 뭘 그러나."

우포바유시치는 다시 쿨룩거리기 시작했다. 가슴 속에서 이상한 소리가 났다. 마치 젖은 헝겊이 갈비뼈에 스치는 듯한 그런 소리였다. 그 소리를 들어 본 플라시 노가는 수염을 씰룩거렸다. 우포바유시치의 기침이 잠시 가라앉자 커다란 소리를 내면서 단속적인 호흡이 시작되었다. 온힘을 다하여 뛰는 듯한 그런 호흡을 한동안 계속하더니 이윽고 입을 열었다.

"용서해 주게. 응, 스테판. 왜 그렇게 난……, 망아지를 그렇게까지……, 나를 용서해 주게나. 여보게!"

"나야말로……, 자네에게 용서를 바라네!"

플라시 노가는 짝패의 말을 가로막고 잠시 후 이렇게 덧붙였다.

"난……, 대체 난 이제 어디로 가야 하나? 어떻게 살아야 하나?"

"이까짓 건 아무 것도 아닐세! 자네가 행복하게 살도록 내가……."

우포바유시치는 가벼운 숨을 몰아쉬더니 말이 채 끝나기도 전에 입을 다물었다.

그 후로 잠시 더 씩씩거리는 소리가 들렸다. 두 발이 뻗쳐지더니 한 발이 다른 쪽으로 기울어졌다.

플라시 노가는 눈도 깜박이지 못한 채 짝패를 지켜보고 있었다. 몇 분간의 침묵이 흘렀을 뿐인데 많은 시간이 지난 게 아닌가 싶을 만큼 꽤 오랜 시간으로 느껴졌다. 그때 별안간 우포바유시치가 고개를 쳐들었다. 그러다 이내 힘없이 뚝 떨어졌다.

"왜 그러나, 여보게?"

플라시 노가가 짝패한테 몸을 기울였다. 그러나 짝패는 아무 말이 없었다. 조용히 그리고 가만히 아무런 움직임이 없었다. 그로부터 한동안 그대로 친구 곁에 앉아 있었다.

이윽고 플라시 노가는 일어나 모자를 벗고 성호를 긋고 나서는 서서히 발걸음을 옮겨 골짜기 쪽으로 걸어갔다. 그는 험상궂은 표정을 싯고 있었으며 눈썹도 수염도 노기를 띠고 있었다. 한 걸음 한 걸음이 발로 땅바닥을 치는 듯한, 땅바닥을 아프게 해 주고야 말겠다는 듯한 억센 발걸음이었다.

벌써 날이 밝아오고 있었다. 하늘은 잿빛으로 흐려져 있었다. 골짜기에는 두려운 정적이 서려 있었다. 다만 시냇물만이 그 단조롭고 알아듣기 어려운 얘기를 계속하고 있었다.

별안간 큰 소리가 울렸다. 흙더미가 골짜기로 굴러 떨어지는 소리였는지도 모르겠다. 산골짜기의 찬 습기와 싸늘한 공기에 부딪친 음향도 그리 길지는 못했다. 소리가 났는가 싶더니 이내 조용해졌다……

투르게네프 〈밀회〉

투르게네프(van S. Turgenev 1818~1883) 러시아 소설가.

　1834년 페테르부르크대학 철학부 언어학과에 입학, 1838년 독일에 유학하여 베를린대학에서 헤겔철학·언어학·역사학을 공부하였다. 이듬해 귀국하여 철학박사 시험에 합격한다. 1843년 장시 《파라샤》로 등단한다. 1847년 농촌 스케치 《홀리와 카리니치》를 《현대인》지에 기고하며, 러시아 농노제도를 사실적으로 그려 문단으로부터 호평을 받는다. 그 후 《사냥꾼일기》와 첫 장편소설 《루딘》을 발표한다. 장편 《귀족 소굴》, 농노해방의 청춘남녀를 그린 장편 《그 전야》, 단편 《첫사랑》, 장편 《아버지와 아들》, 농노해방 후의 반동귀족과 급진주의자를 풍자한 장편 《연기》등을 발표한다. 1877년 나로드니키운동의 좌절을 그린 장편 《처녀지》가 진보 진영으로부터 비난을 받자 그 계기로 장편소설의 집필을 단념한 후, 1883년 9월 3일 파리 근교에 있는 비아르도 부인의 별장에서 척추암으로 세상을 떠난다.

　그 밖의 작품으로는 《충족》 《황야의 리어왕》 《봄의 물》 《푸닌과 바부린》 희곡 《시골에서의 한달》과 문학론 《햄릿과 돈키호테》 등이 있다.

밀회

투르게네프

밀회

작품 정리

　두 남녀의 이별을 바라보는 '나'는 남자를 인간미 없는 냉혈한으로, 아쿨리나를 사랑을 구걸하는 불쌍한 여자로 보고 있다.

　두 사람 다 잘못된 사랑을 하고 있다는 비판적 시각으로 자신의 연인을 노리갯감으로 여기는 남자는 물론 아쿨리나 역시 진정한 사랑이 아니라고 보는 것이다.

　'나'가 아쿨리나를 안타깝게 보는 것은 이 때문으로 상대의 내면보다는 겉모습을 중시하는 현대의 젊은이들에게도 같은 문제를 제기한다.

'나'는 숲속에 들어갔다가 우연히 한 시골 처녀를 보게 되었다. 이 여인은 사랑하는 한 남자를 기다리고 있었는데 남자는 귀족집의 하인으로 주인에게 얻어 입은 옷과 보석으로 어설프게 치장을 하고 도시사람인양 아쿨리나에게 거만을 떤다.

사랑을 구하며 꽃다발을 만들어 바친 여인에게 자신은 주인과 함께 도시로 떠난다며 냉정하고도 아무렇지도 않게 얘기를 하고 안경을 다룰 줄 모른다는 이유로 시골 처녀인 그녀를 무시하고 바보취급을 한다.

아쿨리나는 그린 남자에게 눈물을 흘리며 매달리는 어리석은 여자로서 떠나는 남자에게 따뜻한 한 마디 말을 남겨달라고 애원하지만 남자는 박절하게 뿌리치고 떠난다.

이를 지켜본 '나'는 화가 나지만 그녀마저 숲을 떠나며 그녀가 남자에게 바쳤던 꽃다발만 주워 온다.

핵심정리

갈래: 성장 소설

구성: 비판적

시점: 1인칭 관찰자 시점

배경: 10월 중순의 숲 속 자작나무 아래

주제: 순박한 처녀의 지고지순한 사랑과 이별

 밀회

　　시월 중순 어느 날, 나는 자작나무 숲 속에 앉아 있었다. 아침부터 보슬비가 내리는가 싶더니 때때로 따뜻한 햇살이 비치기도 하는 매우 고르지 못한 날씨였다. 엷은 흰 구름이 온통 하늘을 뒤덮다가 군데군데 구름이 흩어지며 맑게 개어 반가운 파란 하늘이 구름 사이로 간간히 비치기도 했다.

　　나는 나무 그늘에 앉아 주위를 바라보며 귀를 기울이고 있었다. 머리 위에서 산들거리는 나뭇잎 소리만 들어도 계절을 짐작할 수 있었다. 그것은 즐거운 듯 속삭이는 봄의 웃음소리도 아니고 부드러운 여름의 속삭임도 아니며 불안한 늦가을의 싸늘한 외침도 아니었다. 마치 들릴락 말락 꿈속에서 중얼거리는 소리와 같았다. 산들바람이 살며시 나뭇가지를 스치고 지나갔다.

　　비에 젖은 숲은 구름 속의 태양이 드러나고 숨는 데에 따라 변화무쌍하였다. 숲 속의 나무들은 번갈아 미소 짓듯이 찬란하게 비치고, 드문드문 서 있는 가느다란 자작나무가 흰 명주처럼 반짝이기도 했다. 키가 크고 구불구불한 아름다운 양치풀 줄기는 뒤엉킨 채 무르익은 포도 알처럼 가을 햇빛에 물들어 눈앞에 투명하게 드러나 보였다. 그러다가 푸른빛을 띠었던 숲의 선명한 빛깔이 순식간에 사라지고 하얀 자작나무가 빛을 잃은 채 싸늘하게 비치며 녹지 않은 겨울눈처럼 하얀 모습을 하고 있었다.

이윽고 속삭이듯 보슬비가 소리 없이 내렸다. 자작나무 잎은 눈에 띄게 빛을 잃었지만 아직은 푸른 편이었다. 여기저기 서 있는 어린 자작나무는 비에 씻긴 나뭇가지 사이로 반짝이며 온통 빨갛거나 노랗게 물들어, 나뭇잎 사이로 햇볕이 스며들면 마치 불타오르듯 아름다운 모습을 드러내고 있었다.

사방은 고요했다. 낯선 사람을 비웃는 듯 때때로 박새의 울음소리가 방울처럼 울려 퍼졌다. 나는 이 자작나무 숲으로 오기 전에 개를 데리고 사시나무 숲을 지나 왔다. 나는 사시나무를 별로 좋아하지 않는다. 연보라빛 줄기의 녹회색 금속성을 띤 나뭇잎이 높이 치솟아 흔들리는 부채처럼 너울너울 공중에 펼쳐 있는 모습도 싫거니와, 그 기다란 줄기에 둥글고 지저분한 나뭇잎들이 멋없이 건들거리는 모습도 싫었다.

그나마 나은 점이 있다면, 낮은 관목들 사이에서 우뚝 솟아 나와 붉은 석양빛을 듬뿍 받아 뿌리에서 나무순까지 적황색으로 물들며 반짝반짝 빛나는 여름날의 저녁 무렵이라든가, 바람 부는 맑은 날에는 하나하나의 나뭇잎들이 요란스레 너울거리며 푸른 하늘과 이야기를 나누는 것 같은 모습이었다. 그것은 마치 나무에서 떨어져 멀리 날아가고 싶은 열망처럼 보였다.

어쨌든 나는 이 나무를 별로 좋아하지 않으므로 사시나무 숲에서는 걸음을 멈출 생각도 않고 곧장 자작나무 숲으로 찾아왔다. 그 중 야트막하게 가지를 벌리고 있어 비를 피할 수 있는 어느 자작나

무 그늘에 자리를 잡은 후, 주위의 경치를 감상하다가 사냥꾼만이 맛볼 수 있는 조용하고 부드러운 꿈속에 잦아들어 갔던 것이다.

내가 얼마 동안이나 잠을 잤는지 알 수 없었지만 눈을 떴을 때 숲 속은 햇빛이 넘쳐 흘렀고 나무들은 즐거운 듯 속삭이며 나뭇잎 사이로 파란 하늘이 눈부시게 빛나고 있었다. 구름은 기쁨에 날뛰 듯 자취를 감추고 하늘은 맑게 개어 있었다. 공기는 오히려 쌀쌀해서 사람의 마음을 약간 설레게 했다. 그곳은 온종일 궂은 날씨가 계속된 다음 맑게 갠 고요한 저녁을 짐작케 해주는 장소인 것이다.

나는 다시 사냥이나 해야겠다고 생각하고 자리에서 일어났다. 그런데 그때 움직이지 않는 사람의 모습이 느닷없이 눈에 띄었다. 시골 처녀인 그녀는 내게서 스무 걸음쯤 떨어진 곳에서 생각에 잠긴 듯이 고개를 숙이고 두 손을 무릎 위에 얹고 다소곳이 앉아 있었다.

그녀의 한쪽 손에 안겨 있던 두툼한 꽃다발은 그녀가 숨을 쉴 때마다 조금씩 미끄러져 바둑무늬 치마 밑으로 흘러내렸다. 목과 손목에 단추를 끼운 새하얀 블라우스는 부드러운 주름을 이루어 그녀의 몸을 감싸고, 가슴에는 금빛 목걸이가 두 줄로 늘어져 있었다.

그녀는 매우 아름다웠다. 숱이 많은 아름다운 은색머리는 단정히 빗어 넘겨 상아처럼 하얀 이마 뒤로 깊숙이 동여맨 빨간 머리띠 밑에 양쪽으로 갈라져 있었다. 그녀의 피부는 매우 얇아서 황금빛으로 그을려 있었다.

그녀가 고개를 들지 않았으므로 얼굴을 똑바로 볼 수가 없었다. 그러나 가늘고 아름다운 눈썹과 기다란 속눈썹만은 똑똑히 볼 수 있었다. 그녀의 속눈썹은 젖어 있었다. 한쪽 볼에서 한 줄기 눈물이 파르스름한 입술까지 흘러내려 햇볕에 반짝이고 있었던 것이다.

그녀의 얼굴은 어느 쪽으로 보나 아름다웠다. 약간 크고 둥그스름한 턱까지도 거슬리지 않았다. 그렇지만 나의 마음을 끈 것은 무엇보다도 그녀의 얼굴 표정이었다. 몹시 서글퍼 보였지만 조금도 구김살이 없었으며 거기에는 갈피를 잡지 못하는 천진난만한 슬픔이 넘쳐흐르고 있었다.

그녀는 고개를 들어 사방을 둘러보았다. 그리고 투명하게 보이는 나무 그늘 아래에서 겁에 질린 사슴처럼 수정 같은 맑은 눈을 반짝이고 있었다. 그녀는 커다란 눈을 두리번거리며 소리가 난 쪽을 바라보고 귀를 기울이다가 한숨을 지으며 고개를 돌리곤 했다.

그녀는 조금 전보다 더 깊숙이 고개를 숙이고 천천히 꽃을 매만지고 있었다. 그녀의 눈꺼풀은 바르르 떨리고 입술은 빨갛게 물들었다. 그녀의 속눈썹 아래로 흘러내리던 눈물방울은 볼에 멎으며 햇빛을 받아 반짝거렸다.

이럭저럭 꽤 많은 시간이 흘러갔다. 그녀는 꼼짝도 않고 앉아서 가끔 괴로운 듯이 손을 움직일 뿐, 여전히 주위에 귀를 기울이고 있었다. 또다시 숲 속에서 바스락 소리가 나자 처녀는 안절부절했다. 바스락 소리가 이어지더니 뚜렷하고 믿음직스러운 발걸음 소리로 변했다. 그녀는 몸을 꼿꼿이 세우며 긴장한 빛을 감추지 못했다. 조심스런 눈초리로 주위를 둘러보았다.

숲 속에서 한 사내의 모습이 어른거리기 시작했다. 그녀는 뚫어질 듯이 그를 바라보더니 얼굴을 붉히며 즐겁고 행복한 미소를 지어 보였다. 그러다가 몸을 일으키려다 말고 털썩 그 자리에 주저앉으며 당황한 듯이 새파랗게 질리는 것이었다. 사내가 그녀 곁에 다가와 걸음을 멈추었을 때에야 그녀는 비로소 근심스러운 표정으로 고개를 들었다.

나는 나무 밑에 앉아 호기심가득한 눈빛으로 사내를 바라보았다. 그는 어느 모로 보나 부유한 지주 댁의 젊은 바람둥이 머슴으로밖에 보이지 않았다. 옷매무새는 몹시 화려하고 한껏 멋을 부렸다. 필경 주인에게서 얻었을 짧은 외투를 입고 단추를 단정히 끼웠으며, 끝이 보라색으로 물든 장밋빛 넥타이에 금테가 달린 검정 비로드 모자를 눈썹 밑까지 내려쓰고 있었다. 하얀 루바슈카(러시아 남성용 블라우스)는 두 귀를 받쳐주면서 볼 밑으로 깊숙이 파고들었으며, 풀이 빳빳한 소매는 손가락이 보이지 않을 정도로 손목을 뒤덮고 있었지만 그 손가락에는 물망초 모양의 터키석 반지를 여러 개 끼고 있었다.

벌겋고 탱탱하여 뻔뻔스러워 보이는 그의 얼굴은 사내들의 반

감을 사기에 충분했지만 유감스럽게도 여인들에게는 호감을 주는
얼굴이었다.

그는 의젓하게 보이려고 애쓰고 있었다. 원래 자그마한 잿빛 눈
을 더 가늘게 뜨면서 찌푸리기도 하고 입술을 실룩거리며 하품을
하기도 했다. 그는 탐탁지 않다는 듯이 거드름을 피우며 멋지게
구부러진 붉은 관자놀이 털을 매만지기도 하고, 두툼한 윗입술 위
의 노란 콧수염을 잡아당기기도 하는 등 한 마디로 말해서 눈을
뜨고 볼 수 없을 정도로 거드름을 부리는 것이었다.

그는 자신을 기다리고 있는 시골 아가씨를 보자 이와 같이 과장
된 몸짓으로 두 손을 외투 주머니에 찌르고서 무심하게 처녀를 바
라보더니 옆에 앉았다.

"그래, 잘 있었어?"

그는 딴전을 피우며 한쪽 다리를 흔들거리고 하품을 하면서 말
을 이었다.

"오래 기다렸어?"

그녀는 한참만에야 입을 열었다.

"네, 오래 되었어요. 빅토르 알레산드리치."

그녀는 나직한 목소리로 대답했다.

"그래?"

그는 모자를 벗고 눈썹 곁에서 자라기 시작한 곱슬곱슬한 머리
칼을 쓰다듬고 나서 거만하게 주위를 둘러본 후 다시 모자를 써서
머리를 감추어 버렸다.

"나는 깜빡 잊었었어. 게다가 비가 그렇게 쏟아지니!"

그는 다시 하품을 했다.

"일이 태산같이 밀려 자칫하면 잔소리를 듣게 돼. 그건 그렇고 우린 내일 떠나게 되었어."

"내일이라뇨?"

처녀는 이렇게 말하며 놀란 눈으로 사내를 바라보았다.

"그래, 내일……. 하지만 이러지마, 제발."

그녀가 몸을 떨며 말없이 고개 숙이는 것을 보자 그는 불쾌한 어조로 다급하게 말했다.

"제발 부탁이야, 아쿨리나. 울지 마. 내가 우는 것을 제일 싫어한다는 것을 너도 잘 알잖아?"

사내는 이렇게 말하며 뭉툭한 콧등에 주름을 모았다.

"그래도 울면 난 가겠어! 툭하면 바보같이 훌쩍훌쩍 울기나 하고!"

"네, 울지 않겠어요."

아쿨리나는 꿀꺽꿀꺽 울음을 삼키며 재빨리 말했다.

"정말 내일 떠나시는 거예요?"

그녀는 잠시 후에 다시 말을 이었다.

"그럼 이젠 언제나 만나게 될까요, 빅토르 알렉산드리치?"

"만나게 될 거야, 내년 아니면 그 후에라도……. 주인은 페테르부르크에서 일하고 싶어하는 것 같아."

그는 약간 코멘소리로 무뚝뚝하게 말을 계속했다.

"어쩌면 외국에 갈지도 몰라."

"당신은 저를 잊어버릴 테지요."

아쿨리나는 서글픈 표정으로 말했다.

"잊어버리다니, 난 잊지 않을 거야. 그렇지만 너도 좀 철이 들

어서 바보짓은 하지 말아야지. 아버지 말씀도 잘 듣고……. 어쨌든 난 너를 잊지 않을 거야……, 잊지 않고말고."

그는 이렇게 말하며 허리를 펴고 다시 하품을 했다.

"저를 잊지 말아 주세요, 빅토르 알렉산드리치."

그녀는 애원하는 어조로 말을 계속했다.

"전 어쩌다 이렇게 당신을 사랑하게 되었는지 모르겠어요. 세상의 모든 것이 당신을 위해서만 있는 것 같아요. 당신은 아버지 말씀을 들으라고 하지만……, 제가 어떻게 아버지 말씀을 들을 수가 있겠어요?"

"아니, 왜?"

그는 팔베개를 하고 누워 뱃속을 울리는 목소리로 말했다.

"그 이유는 당신도 잘 아시잖아요?"

"아쿨리나, 나도 네가 그렇게 바보는 아닌 줄 아는데."

사내는 말을 이었다.

"그런 바보 같은 소리는 하지도 마. 난 너를 위해 그러는 거야. 너도 아주 시골 촌뜨기는 아니잖아. 네 어머니도 농사꾼만은 아니었으니까. 그렇지만 넌 교육을 받지 못했으니 남이 가르쳐 주면 그 말을 잘 들어야 해."

"어쨌든 무서운 걸요."

"글쎄, 실없는 소리 마. 대체 무엇이 무섭단 말이야. 그런데 그건 뭐지?"

처녀 곁으로 다가가며 그가 말했다.

"꽃인가?"

"네, 꽃이에요."

아쿨리나는 힘없이 대답했다.

"들에서 모과 잎을 따 왔어요."

그녀는 약간 생기 있게 말했다.

"이것은 송아지에게 먹이면 좋아요. 그리고 이것은 금잔화예요. 습진에 잘 듣는대요. 자, 보세요. 얼마나 예쁜 꽃이에요? 이것은 물망초고요. 이것은 향기 나는 오랑캐꽃, 또 이것은 당신 드리려고 꺾은 거예요. 드릴까요?”

그녀는 노란 모과 잎 밑에서 가는 풀로 묶은 파란 들국화 다발을 꺼내면서 말했다.

빅토르는 천천히 손을 뻗어 이것저것 냄새를 맡은 다음 생각에 잠긴 듯한 거만한 표정으로 하늘을 바라보며 손가락으로 꽃다발을 빙글빙글 돌리기 시작했다.

아쿨리나는 사내를 물끄러미 바라보았다. 그녀의 슬픈 눈길 속에는 몸과 마음을 다 바쳐 신처럼 숭배하고 복종하겠다는 갸륵한 정성이 깃들어 있었다. 그녀는 작별해야 할 사내를 두려워하면서도 슬금슬금 바라보았다. 그러나 사내는 술탄처럼 거드름을 피우며 드러누워서는 내려다보는 그녀의 눈길을 외면한 채 깊은 생각에 잠긴 표정을 하고 있었다.

나는 치밀어 오르는 화를 참으며 그 불그죽죽한 얼굴을 찬찬히 바라보았다. 그 얼굴에는 사람을 멸시하는 듯한 위장된 무표정 속에 자기만족의 자만심이 넘쳐흐르고 있었다.

그녀의 정열에 불타는 표정은 자신의 애절한 사랑을 숨김없이 호소하고 있었다. 그런데 사내는 꽃다발을 풀 위에 던져놓고 외투 주머니에서 청동 테를 두른 둥근 유리알을 꺼내어 한쪽 눈에 끼려고 했다. 그러나 아무리 눈썹을 찌푸리고 볼과 코까지 움직여 가며 끼우려고 애썼지만 안경은 자꾸 빠져나와 손바닥에 떨어지는 것이었다.

“그건 뭐예요?”

아쿨리나가 놀라워하며 입을 열었다.

“외알박이 안경이야.”

"뭘 하는 건데요?"

"더 똑똑히 볼 수 있지."

그것은 알만 있는 외짝 안경이었다.

"어디 좀 보여 주세요."

빅토르는 얼굴을 찌푸리면서 아쿨리나에게 안경을 건네었다.

"깨면 안 돼, 조심해."

"걱정 마세요, 깨지 않을 테니."

아쿨리나는 조심스레 안경을 눈으로 가져갔다.

"아무 것도 보이지 않네요."

그녀는 천진하게 말했다.

"눈을 가늘게 떠야 하는 거야."

마치 학생을 가르치는 스승과 같은 어투로 그는 말했다. 아쿨리나는 안경을 대고 있는 눈을 가늘게 떴다.

"아니, 그쪽이 아냐. 바보 같으니……. 이쪽이란 말이야."

빅토르는 이렇게 외치면서 아쿨리나가 미처 안경을 고쳐 쥐기도 전에 빼앗아 버렸다.

아쿨리나는 얼굴을 붉히며 수줍은 미소를 띤 채 고개를 돌리고 말았다.

"아무래도 나 같은 사람이 가질 것은 못 되는군요."

아쿨리나가 말했다.

"물론이지!"

가엾은 아가씨는 입을 다물고 깊은 한숨을 쉬었다.

"빅토르 알렉산드리치, 당신이 떠나버리면 전 어떡하죠?"

그녀가 물었다.

빅토르는 옷자락으로 안경을 닦은 후 다시 외투 주머니에 집어
넣었다.

"그래, 그래."

마침내 사내는 입을 열었다.

"얼마 동안은 괴롭겠지, 그래, 괴로울 거야."

빅토르는 안됐다는 듯이 그녀의 어깨를 두드렸다. 그러자 그녀
는 어깨 위의 그의 손을 살며시 잡고 입을 맞추는 것이었다.

"암, 그래야지. 넌 정말 착한 아가씨야."

그는 만족한 표정을 지으며 말을 이었다.

"그렇지만 어쩔 수 없잖아? 너도 잘 생각
해 봐! 주인 나리나 나나 여기 그대로 남
아 있을 수는 없어. 너도 알다시피 이제
곧 겨울이 될 거 아냐. 시골의 겨울이란
정말 견딜 수 없거든. 그렇지만 페테르
부르크는 달라! 그곳에 가면 모두 신기한
것뿐이지. 아마 너 같은 시골뜨기는 꿈에도 상
상하지 못할 거야. 근사한 집이며 멋있는 거리, 교양 있는 상류사
회 사람들……. 정말 눈이 돌 지경이거든!"

아쿨리나는 어린애처럼 입을 벌린 채 그의 이야기를 열심히 듣
고 있었다. 빅토르는 풀밭에서 몸을 뒤척이며 말을 계속했다.

"네게 이런 말을 한들 무슨 소용이 있겠어. 내 말을 이해하지도
못할 텐데 말이야."

"저도 알아요. 알아들어요."

"그렇다면 다행이군!"

아쿨리나는 눈을 내리떴다.

"예전 같으면 당신도 그렇게 말하지는 않으실 텐데, 빅토르 알렉산드리치."

그녀는 눈을 내리깐 채 계속 말했다.

"예전이라니……, 무슨 소리를 하는 거야? 예전이라니!"

빅토르는 성난 말투로 말했다.

그들은 잠시 말이 없었다.

"이젠 그만 가봐야겠어."

빅토르는 일어서려고 팔꿈치를 세웠다.

"조금만 더 기다려 주세요."

아쿨리나는 애원하듯이 말했다.

"뭘 기다려? 작별 인사도 끝났는데."

"잠깐만 기다려 주세요."

아쿨리나는 같은 말을 되풀이했다.

빅토르는 다시 벌렁 드러누워 휘파람을 불기 시작했다. 아쿨리나는 그에게서 눈을 떼지 않았다. 그녀가 점점 흥분하고 있다는 것이 여실히 드러났다. 입술은 바르르 경련을 일으키고 파리한 두 볼은 홍조를 띠었다.

"빅토르 알렉산드리치."

그녀는 분명한 목소리로 또박또박 말했다.

"당신은 너무해요, 정말 너무 해."

"뭐가 너무 해?"

사내는 미간을 찌푸리고 이렇게 말한 다음 약간 몸을 일으켜 세워 그녀에게로 고개를 돌렸다.

"너무해요, 빅토르 알렉산드리치. 떠나는 마당에 단 한마디라도 좀 따뜻한 말을 해주시면 안 되나요? 단 한마디라도……. 의지할 데 없는 가엾은 제게요."

"아니, 무슨 말을 하라는 거야?"

"몰라요. 그런 건 당신이 더 잘 아실 텐데요. 떠나는 마당에 한마디쯤……. 내가 왜 이런 말을 해야 한담?"

"도대체 무슨 말인지 알 수가 없군. 날더러 무슨 말을 하라는 거야?"

"단 한마디라도 좋으니……."

"같은 말만 되풀이하고!"

그는 이렇게 말하면서 벌떡 일어섰다.

"화낼 건 없잖아요. 빅토르 알렉산드리치."

그녀는 울먹이며 말했다.

"화난 건 아냐. 네가 바보 같은 소리만 하니까……. 도대체 어떻게 하란 말이야? 그렇다고 너하고 결혼할 수는 없잖아. 안 그래? 그런데 날더러 무엇을 어떻게 하라는 거야?"

그는 얼굴을 들이대고 손가락질하며 그녀를 윽박질렀다.

"전 아무것도 바라지 않아요."

그녀는 떨리는 두 손을 빅토르에게 내밀며 간신히 입을 열었다.

"그저 작별하는 마당에 한마디만이라도……."

아쿨리나의 눈에서는 눈물이 비 오듯 했다.

"또 우는군."

그녀는 두 손으로 얼굴을 가리고 흐느끼면서 말했다.

"이곳에 남을 제 심정을 헤아려 보세요. 저는 어떻게 하죠? 네? 마음에도 없는 사람에게 시집을 가야 하나요? 아아, 난 왜 이렇게 불행하죠?"

"쓸데없는 소리만 하는군!"

빅토르는 걸음을 옮기며 나직한 목소리로 중얼거렸다.

"그렇지만 단 한마디, 한 마디쯤은 말해 줄 수 있을 텐데……."

그녀는 설움이 복받쳐 올라 말을 맺지 못했다. 그녀는 풀밭에 얼굴을 파묻고 애절하게 흐느껴 울기 시작했다. 그녀는 물결치듯 온몸을 들먹거렸다. 오랫동안 참고 참아온 슬픔이 드디어 폭포처럼 터지고 만 것이다. 빅토르는 잠깐 아쿨리나를 내려다보았으나 어깨를 으쓱하고는 곧 돌아서서 성큼성큼 발걸음을 옮겨 놓았다.

잠시 후에 아쿨리나는 울음을 멈추고 고개를 들었다. 그녀는 벌떡 일어나 주위를 둘러보더니 깜짝 놀라 소리를 질렀다. 그녀는 그를 뒤따르려고 했지만 다리가 휘청거려 넘어지고 말았다. 나는 보다 못해 그녀 곁으로 다가갔다. 그러자 그녀는 어디서 그런 힘이 솟았는지 벌떡 일어나 가냘픈 비명을 지르며 나무 뒤로 황급히 자취를 감추고 말았다. 풀밭 위에는 꽃잎들이 쓸쓸히 흩어져 있었다.

나는 잠시 멍하니 서 있었다. 이윽고 그 꽃다발을 주워 들고 숲을 지나 벌판으로 나왔다. 푸른 하늘에 나직이 걸려있는 태양의 햇빛마저 파리하고 싸늘한 느낌이 감돌았다. 태양은 이제 빛을 발하고 있는 것이 아니라 푸른 바다에서 헤엄치고 있는 것 같았다. 해가 지려면 약 반 시간 가량밖에 남지 않았지만 저녁놀은 서쪽 하늘을 천천히 물들이고 있었다.

거센 바람이 추수를 끝낸 누런 밭두렁을 거쳐 정면으로 휘몰아쳤다. 그 바람에 조그마한 가랑잎 하나가 공중으로 날아오르며 내 곁을 지나 큰길을 건너 숲을 따라 날아갔다. 들판에 병풍처럼 우거진 숲은 수선스럽게 흔들리면서 저녁놀을 받아 반짝이며 물결치고 있었다.

나는 서글픈 생각이 들어 걸음을 멈추었다. 시들어가는 대자연의 슬픈 미소 속에는 우울한 겨울의 두려움이 스며들고 있는 것 같았다. 겁 많은 까마귀 한 마리가 요란스럽게 날갯짓을 하면서 머리 위로 날아 올라갔다. 까마귀는 고개를 돌려 나를 힐끗 바라보더니 날쌔게 하늘 높이 솟아올라 까악까악 우짖으며 숲 속으로 사라졌다.

정미소에 수많은 비둘기 떼들이 날아와서는 낮게 무리지어 맴돌다가 들판으로 산산이 흩어졌다. 이제는 가을빛이 완연했다. 빈 달구지를 끌고 언덕을 지나는 소리가 요란스럽게 들려왔다.

나는 집으로 돌아왔다. 하지만 그 가련한 아쿨리나의 모습은 좀처럼 내 머릿속에서 사라지지 않았다. 그녀의 들국화 꽃다발은 이미 오래 전에 말랐지만 나는 그 꽃다발을 아직까지 고이 간직하고 있다.

알퐁스 도데 <별>

알퐁스 도데(Alphonse Daudet 1840 ~1897) 프랑스의 소설가 · 극작가

도데는 1840년 프로방스의 님에서 견직물 제조업자의 아들로 태어났다. 1849년 아버지 사업이 어려워져 공장을 팔고 리옹으로 이사를 온 후 리옹의 고등중학교에 들어갔으나, 1857년 아버지의 사업이 망하는 바람에 도데는 대학 진학을 포기하고 알레스에 있는 중학교 사환으로 일했는데 6개월 만에 해고된다. 불행한 그때의 경험이 자전적 소설인《꼬마 철학자》의 소재가 된다.

1857년 형 에르네스트가 있는 파리로 가서 문학에 전념하며, 시집《연인들》을 발표해 문단에 데뷔한다. 1860년 당시의 입법의회 의장 모르니 공작에게 재능을 인정받아 비서가 된다. 그 후 보헤미안 문단과 사교계 문인들과 교류를 시작하고, 이를 계기로 남프랑스의 시인 미스트라르를 비롯하여 플로베르, 에밀 졸라, E.공쿠르, 투르게네프 등과 친교를 맺었으며 1867년 1월에 작가인 쥘리아 알라르와 결혼한다. 레옹과 뤼시앵이라는 두 아들과 에드메라는 딸 하나를 낳고 아내 쥘리와 파리에서 행복한 삶을 산다. 이후 친교를 맺은 문인들과 더불어 자연주의의 일파에 속했으나, 선천적으로 섬세한 시인 기질 때문에 시정(詩情)이 넘치는 유연한 문체로 불행한 사람들에 대한 연민과 고향 프로방스 지방에 대한 애착을 주제로 한 소설들을 발표하여 성공을 거두었으며 그 후 인상주의적인 작품으로 부귀와 명성을 누렸다.

작품으로는 《방앗간 소식》《프티 쇼즈》《쾌활한 타르타랭》《월요이야기》《젊은 프로몽과 형 리슬레르》《자크》《나바브》《뉘마 루메스탕》《전도사》《사포》《알프스의 타르타랭》《불후(不朽)의 사람》《타라스콩 항구》외 여러 소설들과, 수필집《파리의 30년》《한 문학자의 추억》이 있으며 희곡집《아를의 여인》은 유명한 음악가인 비제가 작곡을 해 더 유명해졌다.

별

알퐁스 도데

별 속의 사랑은 은은하다. 어떤 강력함이나 열정은 없지만 그 어떤 사랑보다 깊고도 넓다. 고요한 목장에서의 일상과 밤하늘에 대한 아름다운 표현, 목동의 설레는 감정과 아가씨의 순수한 행동 등이 잘 어우러진 작품이다. 아가씨에 대한 목동의 순수함이 한편의 아름다운 풍경화를 보는 듯하다.

이 작품은 도데 특유의 젊은 날의 청순한 사랑을 그리며 별 이야기를 통하여 한 목동의 젊은 날의 순수한 사랑의 감정을 간접적으로 표현하는 기법이 돋보인다.

　나는 뤼브롱산에서 양을 돌보며 사는 양치기소년이다. 그곳은 사람들의 인적이 뜸해서 양 떼들과 검둥이 사냥개와 시간을 보내며 지낸다. 두 주일에 한번 씩 미아로와 노라드 아주머니가 보름치의 양식을 실어다 준다. 그들이 올 때마다 마을의 소식 중에서 무엇보다도 주인집 딸인 스테파네트의 얘기를 기다린다.

　그러던 어느 일요일, 양식이 오기를 기다리던 소년은 뜻밖에도 스테파네트 아가씨가 양식을 싣고 목장에 오자 놀란다. 미아로와 노라드 아주머니가 사정이 있어 오지 못하고 아가씨가 대신 온 깃이나. 아가씨는 많은 것들을 묻기도 하고 즐거운 시간을 함께 보낸 후에 마을로 내려간다. 그런데 산을 내려가던 도중 소나기로 소르그 강에 물이 불어 마을로 돌아가지 못하고 목장으로 돌아온다. 아가씨의 아름다운 모습은 온데간데없고 물에 흠뻑 젖어서 불을 지펴 옷을 말려준다. 날이 저물어 소년과 아가씨는 언덕에 앉아 하늘의 별들을 보며 많은 얘기를 한다. 그러다 아가씨가 소년의 어깨에 기대어 잠이 들자 목동은 별을 보며 생각한다. '이 별들 중에서 가장 예쁘고, 아름다운 별은 내 어깨에 기대어 잠자고 있는 아가씨' 라고 생각한다.

핵심정리

갈래: 단편 소설

구성: 서정적

시점: 전지적 작가 시점

배경: 프로방스 지방 뤼브롱 산

주제: 순박한 목동의 젊은 날의 청순한 사랑

 # 별

아름다운 뤼브롱 산에서 양치기를 하던 그 시절, 나는 몇 주 동안이나 아무도 만나지 못한 채 혼자 지냈다. 내 곁을 지켜 주는 것은 오로지 라브리라는 개와 양 떼뿐이었다. 가끔씩 약초를 캐러 가는 몽 드뤼르의 수도사가 목장을 지나갔고 피에몽 산의 숯 굽는 사람이 시꺼먼 얼굴로 지나칠 때도 있었다.

그러나 그들은 세상을 등지고 살아온 탓인지 늘 조용했으며 사람들과 대화하는 데 별 흥미를 느끼지 않는 모양이었다. 그들은 산 아랫마을이나 도시의 화젯거리에 대해 관심조차 없었다.

꼬마 미아로의 쾌활한 얼굴이나 늙은 노라드 아주머니의 얼굴을 보는 것이 큰 기쁨이었다. 그러므로 보름마다 식량을 실어다 주는 주인집 나귀의 방울 소리가 들릴 때면 기뻐서 어쩔 줄 몰랐다. 나는 그들에게 아랫마을에서 일어난 이야기들을 전해 들었다. 그들은 누가 세례를 받았다느니, 누가 결혼을 했다느니 하는 등의 소식을 전해 주었던 것이다. 그러나 무엇보다 내가 궁금해하는 건, 근방에서 가장 아름다운 주인집 딸 스테파네트 아가씨의 소식이었다.

나는 아가씨에 대한 관심을 겉으로 드러내지 않으면서 그녀의
안부를 묻기도 했다. 요즘도 파티나 야유회에 자주 가는지, 또 여
전히 낯선 젊은이들이 찾아와 아가씨에게 환심을 사려고 드는지
물어보았다. 그런 것들이 보잘것없는 목동인 나와 무슨 상관이냐
고 누군가 묻는다면 나는 이렇게 대답할 것이다. 내 나이도 이제
스무 살이 되었고, 스테파네트 아가씨는 지금까지 내가 본 사람
중에서 가장 아름다운 사람이라고.

어느 일요일, 도착해야 할 보름 치 식량이 아주 늦게 도착한 일
이 있었다. 아침나절만 해도 '아마 특별 미사가 있나 보다.' 하고
생각했다. 그런데 오후가 되자 갑자기 소나기가 쏟아지기 시작했
다. 그리고 3시쯤에 나뭇잎에서 떨어지는 물방울 소리와 소나기
로 넘쳐흐르는 골짜기의 물소리에 섞여 나귀의 방울 소리가 들려
왔다. 마치 부활절에 울리는 종소리처럼 명랑하고 경쾌했다.

그런데 나귀를 몰고 온 것은 꼬마 미아로도, 노라드 아주머니도
아니었다. 그것은 다름 아닌 스테파네트 아가씨였다.

보름 치 식량 자루 사이에 반듯하게 앉아 이쪽을 향해 다가오는
스테파네트 아가씨는 산의 깨끗한 공기와 소나기가 온 뒤의 상쾌
함 때문인지 볼이 발그레 물들어 있었다.

꼬마 미아로는 병이 나서 앓아누웠고, 노라드 아주머니는 휴가
를 얻어 자식들이 있는 집으로 갔다는 것이다. 아름다운 스테파네
트 아가씨는 나귀에서 내리면서 자초지종을 말해주었다. 중간에
길을 잘못 드는 바람에 늦었다는 이야기도 덧붙였다.

그러나 꽃 모양 리본과 화려한 레이스가 달린 스커트를 입은 아
가씨를 보니, 숲 속에서 길을 헤맸다기보다는 무도회에서 춤을 추

느라 늦은 사람처럼 보였다.

아, 귀여운 아가씨! 아가씨의 모습은 아무리 바라보아도 싫증이
나지 않았다. 나는 이제껏 한 번도 이렇게 가까이에서 아가씨를
본 적이 없었다. 겨울이 되면 산에 눈이 내리기 전에 양 떼를 몰고
아랫마을로 내려간다. 그때 저녁을 먹기 위해 농장으로 돌아가는
데 방으로 급히 들어가는 아가씨를 가끔 본 적은 있다. 하인들에
게 좀처럼 말을 건네지 않는 아가씨에게서 약간 거만한 태도가 느
껴지기도 했다.

그런 그녀가 지금 내게 온 것이다. 오직 나만을 위해서 말이다.
어떻게 가슴이 울렁거리지 않을 수 있겠는가? 스테파네트 아가씨
는 자루에서 식량을 꺼낸 후 사방을 둘러보았다. 화려한 나들이옷

을 살짝 치켜들고는 오두막 안으로 들어가서 양의 털가죽을 깔아 놓은 잠자리와 벽에 걸린 외투와 지팡이, 화승총 등을 신기한 듯 쳐다보았다.

"그러니까 여기가 네 방이란 말이지? 여기서 혼자 밥도 먹고 잠도 잔다는 말이야? 얼마나 외로울까. 그래 도대체 무슨 생각을 하면서 지내고, 무슨 꿈을 꾸면서 잠이 드니?"

'아가씨, 바로 아가씨 생각을 하면서 보내요……'

나는 그렇게 대답하고 싶었다. 그것은 거짓이 아니니까. 그러나 가슴이 두근거리고 얼굴이 빨개져서 한마디도 할 수 없었다. 아가씨 역시 내 마음을 눈치 챘을지도 모른다. 그래서인지 심술꾸러기 아가씨는 짓궂게도 나를 더욱 난처하게 만들며 즐거워했다.

"그래, 가끔 마음씨 고운 여자 친구가 놀러 오니? 그 아가씨는 아마도 황금 염소 아니면 산봉우리를 뛰어다니는 산의 요정이 분명해."

그러나 머리를 뒤로 젖히며 예쁜 미소를 짓는 그녀 자신이 나타났다가는 눈 깜짝할 사이에 사라지는 요정 같았다.

"잘 있어, 목동아."

"안녕히 가세요, 아가씨."

아가씨는 빈 바구니를 나귀에 싣고 떠났다. 그녀가 산기슭 오솔길로 사라진 뒤에도 나귀 발굽이 돌멩이를 톡톡 차는 소리 하나하나가 내 심장 위에 떨어지는 것처럼 느껴졌다. 저녁이 되어 계곡에 어둠이 깔리기 시작하고, 양 떼가 울타리 안으로 돌아가려고 음매 소리를 내며 서로 몸을 부대끼고 있을 때, 언덕 아래서 누군가 나를 부르는 소리가 들려왔다.

잠시 뒤 놀랍게도 스테파네트 아가씨가 나타났다. 명랑했던 표정의 아가씨는 옷이 흠뻑 젖은 채 추위와 무서움에 와들와들 떨고 있었다. 산을 내려간 아가씨는 소나기로 물이 불어 있는 소르그 강을 건너려다 하마터면 물에 빠질 뻔한 것 같았다.

난처한 일이 아닐 수 없었다. 무엇보다 이미 어두운 밤이라 농장으로 돌아가는 것은 불가능했다. 지름길이 있기는 하지만 아가씨 혼자서는 도저히 찾아갈 수 없을 테고, 나도 양 떼 곁을 떠날 수 없었기 때문이다.

아가씨는 난처한 표정을 지었다. 산 위에서 밤을 지내면 가족이 걱정할 게 틀림없기 때문에 아가씨는 몹시 걱정했다. 나는 아가씨를 안심시키려고 애썼다.

"아가씨, 7월의 밤은 짧아요. 조금만 참으면 아침이 돼요."

나는 아가씨가 몸과 옷을 말릴 수 있도록 서둘러 불을 피웠다. 그런 다음 우유와 치즈를 아가씨 앞에 내놓았지만 불을 쬐려고도, 음식을 먹으려고도 하지 않았다. 그녀의 두 눈에선 어느새 커다란 눈물방울이 흘러내렸고 그것을 보는 나도 그만 울고 싶었다.

그러는 사이 어느덧 밤이 찾아왔다. 산 위에는 어둠이 뿌옇게 어른거렸고, 서쪽 하늘에만 햇빛이 조금 남아 있을 뿐이었다. 나는 아가씨를 오두막 안으로 데리고 들어갔다. 그러고는 새 짚단 위에 깨끗한 털가죽을 깔아 놓고 편히 쉬라는 인사를 한 뒤 밖으로 나와 문 앞에 앉았다.

아무리 애틋한 사랑의 불길이 내 피를 끓어오르게 해도 나쁜 생각은 조금도 하지 않았다. 오두막 안의 한쪽 구석에 조용히 잠들어 있는 아가씨를 신기한 듯 바라보고 있는 양 떼 바로 곁에서, 주인집 아가씨가 내 보호를 받으며 마음 놓고 쉬고 있다는 생각을 하니 무척이나 흐뭇했다. 하늘이 이렇게 곱고, 별이 이처럼 찬란하게 보인 적은 지금까지 한 번도 없었다.

바로 그 순간 문이 불쑥 열리더니 아름다운 스테파네트 아가씨가 걸어 나왔다. 아마도 아가씨는 낯선 곳에서 잠을 이룰 수가 없는 모양이었다. 양 떼가 끊임없이 움직이면서 지푸라기를 부스럭거렸고, 꿈을 꾸면서 매 하고 울어 댔으니까.

그러자 차라리 모닥불 곁에 있는 편이 낫겠다고 생각한 것이다. 나는 이불 대신 내가 덮고 있던 양의 털가죽을 아가씨 어깨에 덮어 주었다. 그리고 우리는 말없이 나란히 앉아 있었다. 한 번이라도 밖에서 밤을 새운 적이 있다면 우리가 함께하는 이 시간이 얼마나 행복한지 알 것이다. 고독과 정적 속에서 깨어나는 그 세계를…….

그 세계에서 샘물은 더욱 맑게 노래하고, 연못 위에는 작은 불꽃들이 반짝거리며 춤을 추고 산의 요정들이 이 산에서 저 산으로 뛰어다닌다. 허공에서는 바람 소리가 들려오고 귀 기울이지 않으면 잘 들리지 않는 소리들도 들린다. 마치 나뭇가지가 자라고 샘물이 솟아나는 소리를 듣는 듯하다.

낮은 살아 있는 생명의 세상이지만 밤은 사물들의 세상이다. 그런 세계에 익숙지 않으면 밤은 무섭게만 느껴질 것이다. 아가씨는 바스락거리는 소리만 들려도 몸을 파르르 떨며 내게 바싹 다가앉았다. 한번은 아래쪽 연못에서 구슬픈 노랫소리가 물결을 타고 우

리 쪽으로 울려왔다. '그 소리가 뭘까' 하고 생각하는 순간, 아름
다운 별똥별 하나가 머리 위를 미끄러지듯 스쳐갔다.

"저게 뭐야?"

스테파네트 아가씨가 나직한 목소리로 물었다.

"천국으로 가는 영혼입니다."

나는 성호를 그으며 대답했다.

그러자 아가씨도 나를 따라 성호를 그었다. 그리고 잠깐 하늘을
바라보고는 내게 다시 물었다.

"너희 같은 목동들은 요술쟁이라던데 정말인가 봐?"

"요술쟁이라니요, 아가씨. 하지만 우리는 별과 가까이 살고 있

기 때문에 산 아랫마을에 사는 사람들보다는 별에 대해 많이 알고 있지요."

아가씨는 한 손으로 턱을 괴고는 마치 하늘의 꼬마 양치기처럼 양의 털가죽을 몸에 두른 채 하늘을 바라보았다.

"어머나, 많기도 해라! 어쩌면 저렇게 아름다울까! 이렇게 많은 별은 본 적이 없어. 너는 저 별들의 이름을 아니?"

"알고말고요. 자, 보세요! 우리 머리 위에 있는 것이 성 야곱의 길 은하수예요. 은하수는 프랑스에서 스페인까지 곧장 뻗어 있어요. 샤를마뉴 대제가 사라센과 싸웠을 때, 용감한 대제에게 길을 가르쳐 주기 위해 그려 놓은 것입니다. 그 옆에 있는 것은 '영혼의 수레'라고 부르는 큰곰자리예요. 그 앞에 있는 세 개의 별은 수레를 끄는 '세 마리의 짐승'이고, 그 세 번째 별 옆의 아주 작은 별이 마부랍니다. 그 주위에 흩어져 있는 별들이 보이지요? 저것들이 바로 하느님이 하늘에 두고 싶지 않은 영혼들이에요. 좀 더 아래쪽에 있는 별은 '쇠스랑' 또는 '삼왕성'이라고 부르지요. 다른 말로 오리온이라고 하는 것입니다. 우리 양치기들에게는 시계 구실을 하는 별입니다. 저 별만 보아도 지금 자정이 지났다는 것을 알 수 있답니다.

조금 더 아래 남쪽으로 반짝이는 것이 '장 드 밀랑(시리우스)'이랍니다. 하늘의 횃불이라고 할 수 있지요. 이 별에 대해 양치기들은 이런 얘기를 합니다. 어느 날 장 드 밀랑이 '삼왕성'이랑 '병아리 상자(묘성)'와 친구 별의 결혼식에 초대를 받았답니다. 병아리 상자가 제일 먼저 출발했지요. 저것 좀 보세요. 삼왕성은 그보다 낮은 곳을 가로질러 가서 그 별을 따라잡았습니다. 그러나 게

으름뱅이 장 드 밀랑은 늦잠을 자느라고 제일 늦게 왔지요. 화가 난 장 드 밀랑은 앞의 별들을 멈추게 하려고 지팡이를 던졌답니다. 그래서 삼왕성을 장 드 밀랑의 지팡이라고도 부르지요.

하지만 모든 별 가운데 가장 아름다운 별은 바로 우리의 별이랍니다. 새벽에 양 떼를 몰고 나갈 때도 떠 있고 저녁에 양 떼를 몰고 돌아올 때도 늘 우리를 비춰 주니까요. 우리는 그 별을 '마글론' 이라고 부르지요. 아름다운 '마글론' 은 '피에르 드 프로방스', 즉 토성을 따라가서 7년에 한 번씩 피에르와 결혼한답니다.”

“뭐라고, 별들도 결혼을 한다고?”

“물론이죠, 아가씨.”

내가 결혼이 어떤 것인지 설명하려는 순간 무엇인가 싱그럽고 보드라운 것이 살며시 내 어깨에 와 닿는 것이 느껴졌다. 그것은 리본과 레이스로 장식된 곱슬곱슬한 아가씨의 머리였다. 머리를 어깨에 기댄 채 잠이 든 아가씨……

아가씨는 하늘이 밝아 오고 별이 그 빛을 잃을 때까지 꼼짝도 않고 그대로 있었다. 그녀의 잠든 모습을 바라보는 나는 가슴이 설레지 않을 수 없었다. 하지만 이 맑고 거룩한 밤의 보호를 받으며 잠든 아가씨의 모습을 가만히 지켜보는 것 외에 다른 생각을 할 수 없었다. 우리 주위에는 양 떼같이 많은 별들이 제 길을 계속 가고 있었다. 나는 이 별들 가운데 가장 가냘프고, 빛나는 별 하나가 길을 잃고 내 어깨에 잠들어 있는 것이라고 생각했다.

A. 포우 <검은 고양이>

에드거 앨런 포우(Edgar Allen Poe) (1809-1849) 미국의 시인, 소설가, 비평가

포우는 1809년 1월 19일 미국 매사추세츠 주 보스턴에서 태어났다. 포우의 아버지는 법률을 공부하였지만 연극에 매료되어 배우로 노스캐롤라이나 찰스턴에서 첫 무대에 서고 엘리자베스 홉킨스와 결혼한다. 1810년 행방을 감춘 남편 대신 생계를 위해 과로하던 포우의 어머니는 24세의 젊은 나이에 죽는다. 포우는 존 앨런 (포우의 대부로 추정)부부에게 맡겨져 1815년 영국으로 건너갔다가 1820년 7월에 미국 뉴욕으로 돌아온 뒤 버지니아 대학 등에서 공부했다. 1830년 육군사관학교에 입대했으나 양부와의 불화로 1년 만에 퇴교당한다.

1827년 처녀시집 'Tamerlane and Other Poems'를 출판했다. 1833년 10월 '병 속의 편지'가 콘테스트에서 최우수상을 받았다. 26세의 나이로 당시 13세의 어린 버지니아와 결혼한다. 그는 'Grahams Ladys and Gentlemans Magazine' 편집장이 되고 최초의 추리소설인 '모르그가의 살인 사건'을 그 잡지에 발표한다. 1845년 '뉴욕 미러'지에 시집 '갈가마귀'와 '이야기' 선집을 내면서 작가로서의 명성을 얻기 시작한다. 아내 버지니아가 24세의 젊은 나이로 죽자 1848년 7세 연상의 사라 헬렌 휘트먼 부인에게 청혼하지만 부인 가족의 반대로 무산된다. 그 후 알콜 중독과 가난에 시달리다 1849년 40세의 나이로 삶을 마감하였다.

대표작으로는 《윌리엄 윌슨》《어셔 가의 몰락》《붉은 죽음의 가면》《마리 로제의 수수께끼》《황금벌레》《검은 고양이》《고자질하는 심장》《함정과 추》와 《애너벨리》라는 유명한 시가 있다.

검은 고양이

A. 포우

검은 고양이

검은 고양이

작품 정리

이 작품은 플루토(지옥의 왕)라는 이름의 검은 고양이를 통해 거칠어져 가는 인간의 병적 심리를 가진 주인공이 양심의 괴로움과 공포와 함께 죽음에 이르는 과정을 묘사한 글이다. 암시에 의해 전락해 가는 병적 심리와 양심의 가책을 섞어 공포와 충격을 느끼게 하는 작품으로서 공포와 광기로 물든 이 글에는 독창적이고 환상적, 상징성, 초월성 등 현대소설의 갖추어야 할 모든 미덕을 갖고 있는 작품으로 포우의 대표적인 공포소설이다.

　　나와 아내는 많은 애완동물들을 길렀는데 그 중에서 나는 플루토라고 이름 붙인 고양이를 가장 귀여워했다. 몇 년이 지나 나는 알코올 중독이 되어가면서 동물들을 학대하고 아내에게도 폭언을 퍼부었다. 어느 날 술을 마시고 집에 들어가자 고양이가 나를 피하는 느낌을 받고는 칼로 고양이의 한쪽 눈을 도려낸다. 이후에도 여전히 나는 술에 빠져 살았으며 결국 고양이를 나무에 목매달았다. 그날 밤 집에 화재가 났는데 목을 매단 고양이가 내 방을 향해 던져졌다.

　　여러 달 동안 나는 그 고양이를 대신할 만한 놈을 찾았는데 술집에서 가슴에 흰 털이 있는 검은 고양이를 발견하여 데려온다. 그 녀석도 플루토처럼 눈 하나가 없다는 것을 알게 되면서 나는 고양이에 대해 곧 싫증을 느끼기 시작했다. 나는 갈수록 광란의 발작을 일으켰으며 아내는 불평 한마디 없이 받아 주었다. 지하실로 아내와 같이 들어가는데 고양이가 발에 걸려 가파른 층계에서 거꾸로 떨어질 뻔해 화가 난 나는 고양이를 도끼로 내려치려 했지만 아내의 머리가 막는 바람에 고양이를 죽이지는 못했다. 대신 아내가 그 도끼에 맞아 죽은 것이다. 나는 시체를 지하실 벽 속에 집어넣고 흙을 다시 발랐다. 나흘 뒤 집을 수색하러 온 경관들에게 나는 태연했지만 벽 속에서 나는 고양이의 울음소리를 듣고 벽을 헐게 되었다. 죽은 아내의 머리 위에 고양이가 앉아 있었던 것이다.

핵심정리

갈래: 환상 소설

구성: 괴기적

시점: 1인칭 주인공 시점

배경: 1800년대 미국 도시의 집과 지하실

주제: 인간의 병적인 범죄 심리탐구

 검은 고양이

이제부터 펜을 들어 기록하려는 매우 끔찍하지만 있는 그대로의 이야기에 대하여 나는 다른 사람들이 믿어주기를 기대하지도 않을 뿐더러 믿어달라고 간청하지도 않는다. 직접 겪은 나의 감각기관마저도 그것을 부인하고 싶은데, 다른 사람들에게 믿어달라는 것은 참으로 미친 짓일 것이다. 나는 아직 미친 것도 아니고 꿈을 꾸고 있는 것도 분명 아니다. 그러나 나는 내일이면 이 세상을 떠날 처지다. 그래서 오늘은 내 마음의 무거운 짐을 모두 내려놓고자 한다. 이 글을 쓰는 목적은 평범한 가정에서 일어난 놀라운 사건을 솔직하고 간결하게 지루한 설명은 생략하고 세상 사람들 앞에 털어놓고 싶어서다.

결국 이 사건은 나에게 공포와 번민을 주고, 나를 파멸시켜 버렸다. 아직 나는 그 이유를 설명하고 싶지는 않다. 그 사건은 나에겐 다만 공포감을 주었을 뿐이지만, 다른 사람들에게는 공포감보다는 오히려 기이한 느낌을 줄지도 모른다.

이성적으로만 본다면 내가 이제부터 두려운 마음으로 자세히 털어놓고자 하는 이야기의 전말은 극히 당연하고 평범한 인과관

계의 연속으로밖에 생각되지 않아, 나의 환상이 평범하게 여겨질
지도 모르겠다.

어렸을 때부터 나는 온순하고 인정이 많은 성격이었다. 이런 성
격의 유약한 특성은 친구들의 놀림거리가 될 만큼 심했다. 유별나
게 동물들을 좋아하는 나를 위해 부모님은 여러 가지 동물들을
사다주시곤 했다. 나는 대부분의 시간을 이 동물들과 더불어 보냈
으며, 그들에게 먹을 것을 주거나 머리를 쓰다듬어 줄 때가 내게
는 가장 즐거운 시간이었다.

이러한 취미는 자라면서 더욱 깊어졌고 내가 성인이 되어서도
중요한 오락의 하나가 되었다. 주인에게 충실하고 영리한 개에게
애정을 느껴본 사람들에게는 동물들로부터 나오는 만족감이 어떤
것인지 또 얼마나 강렬한 것인지 구구하게 설명할 필요는 없을 것
이다.

사람의 변변치 못한 우정과 경박함에 신물이 난 사람들은 동물
의 비이기적이고 희생적인 사랑에 마음의 감동을 받곤 한다.

나는 일찍 결혼했는데 다행히 아내의 성격도 나와 비슷했다. 내
가 동물을 좋아하는 것을 보고 아내는 기회만 있으면 귀여운 동물
들을 사들였다. 그 수가 늘어 새, 금붕어, 개, 토끼, 작은 원숭이,
그리고 고양이에까지 이르렀다.

고양이는 굉장히 크고 아름다우며 전신이 까맣고 놀랄 만큼 영
리한 녀석이었다. 무슨 얘기 끝에 그녀석이 영리하다는 얘기가 나
오면 적잖이 미신을 믿고 있던 아내는,

"검은 고양이는 변신한 마녀래요!"

하며 옛 전설을 이야기하곤 하였다. 이 말은 아내가 늘 그런 데

에 관심을 가졌다고 하는 건 아니다. 다만 그런 생각이 언뜻 떠오르니까 말할 뿐이지 특별한 이유가 있어서 그런 것은 아니었다.

플루토(지옥의 왕)—이것이 고양이의 이름이었다.—는 마음에 드는 놀이 상대였다. 나만이 음식을 주었으며 집안 어디서든 늘 내 뒤를 졸졸 따라다녔다. 내가 외출할 때에는 거리로 따라오지 못하게 하기 위해 여간 힘들이지 않으면 안 되었다. 이처럼 나와 고양이는 수년 동안 친밀하게 지냈다.

그런데 고백하기 부끄러운 일이지만 그동안 내 기질과 성격은 폭음의 결과로 극도로 악화되었다. 내 성격은 날이 갈수록 침울해졌고 아무렇지도 않은 일에도 공연히 발끈하며 다른 사람의 감정 같은 것은 염두에도 두지 않게 되었다. 아내에게 욕설까지 퍼붓고 마침내는 손찌검까지 하게 되었다.

물론 귀여워하던 동물들에게도 나의 이런 변화가 영향을 미치지 않을 리 없었다. 나는 그들을 본 척도 하지 않았을 뿐더러 학대까지 했다.

그러나 플루토에 대해서는 다소나마 애정이 남아 있어서, 토끼나 원숭이, 개들이 우연하게 또는 반가워하며 내 곁에 왔을 때처럼 학대하지는 않았다. 하지만 알코올 중독에 빠진 내 병은 점점 악화되고 막바지에 이르러서는 괜히 조그만 일에도 발끈하며 마침내 플루토에게까지 손을 휘두르게 되었다.

어느 날 밤의 일이다. 늘 다니던 거리의 술집에서 곤드레만드레가 되어 집에 돌아오니 고양이가 내 눈치를 보고 피하는 것 같았다. 나는 고양이를 붙잡았다. 그랬더니 깜짝 놀란 고양이는 이빨로 내 손을 물어 가벼운 상처를 냈다.

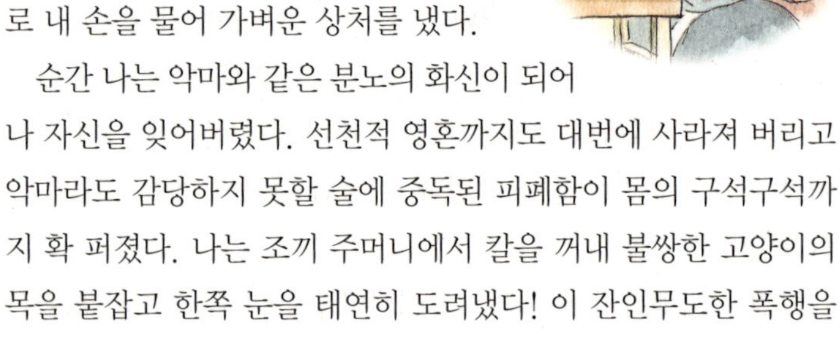

순간 나는 악마와 같은 분노의 화신이 되어 나 자신을 잊어버렸다. 선천적 영혼까지도 대번에 사라져 버리고 악마라도 감당하지 못할 술에 중독된 피폐함이 몸의 구석구석까지 확 퍼졌다. 나는 조끼 주머니에서 칼을 꺼내 불쌍한 고양이의 목을 붙잡고 한쪽 눈을 태연히 도려냈다! 이 잔인무도한 폭행을 기록하려니 얼굴이 붉어지고 화끈거리며 온몸이 떨린다.

아침에 잠에서 깨어 이성을 되찾았을 때 — 전날 밤 폭음의 여독이 잠과 함께 사라져버렸을 때 — 내가 저지른 범죄에 대하여 공포와 참회가 뒤섞인 복잡한 감정을 억누를 수 없었다.

그러나 그것도 미약하고 일시적인 감정에 지나지 않았고 내 마음의 근본을 흔들 만한 것은 아니었다. 나는 여전히 폭음으로 날을 보내고 곧 그 행동에 대한 기억도 술에 파묻어 버렸다. 이러는 동안에 점차 고양이는 회복되어 갔다. 도려낸 눈의 형상은 흉칙한 꼴이었지만 이제는 별로 고통을 받는 것 같지도 않았다.

고양이는 전과 다름없이 집 안을 이리저리 돌아다녔지만 내가 가까이 가면 당연히 극도로 무서워하며 도망질치는 것이었다. 전에 그렇게 나를 따르던 동물이 이렇게 변한 태도에 처음에는 비애도 느꼈다. 그래도 원래의 선한 마음이 남아 있었으나 이 감정마저 곧 분노로 바뀌어 마침내는 나를 건질 수 없는 파멸의 구렁텅이에까지 몰아넣으려는 듯한 짓궂은 감정이 치솟아 올랐다.

이러한 감정에 대해서 철학에서는 아직까지 아무런 해석도 없었다. 그러나 이것은 인간 본성의 원시적 충동 — 인간성을 지배하는 불가분적 힘 혹은 감정의 일종 — 이라고 나는 확신한다. 해서는 안 된다는 이유를 알고 있기 때문에 오히려 몇 번이고 죄악과 어리석음을 범하고 있는 것이 아닐까? 우리들은 최선의 판단에 거스르면서까지 법률을 알고 있는 까닭으로 오히려 그것을 범하고 싶은 경향이 있는 것이 아닐까?

거듭 말하지만, 이 짓궂은 감정이 기어이 최후의 파멸을 초래하고야 만 것이다. 아무 죄도 없는 고양이에게 계속 위해를 가하여 결국은 고양이를 죽이게까지 나를 충동질함으로써 마음속에 번민을 주고, 내 본성을 유린하면서도 악을 위해 악을 범하려는 수많은 영혼의 욕망을 낳았다.

어느 날 아침, 태연자약하게 나는 고양이의 목을 매 나뭇가지에다 걸었다. 눈물을 흘리면서 마음 한구석에 이루 헤아릴 수 없는 후회를 하면서 목을 매단 것이었다. 고양이가 나를 사랑하고 있었던 것을 알고 또 이렇게 하는 것이 죄악을 범하는 것임을 알기 때문에, 나의 불멸의 영혼을 — 만약 그런 것이 있을 수 있다면 — 자비로우신 신의 무한한 은총을 가지고도 구해낼 수 없는 심연 속에 빠뜨릴 최악의 죄악이라는 것을 알았기 때문에, 나는 고양이의 목을 나뭇가지에 매단 것이었다.

참혹한 행위를 저지른 그날 밤, 불이야! 하는 소리에 나는 잠을 깼다. 내 침대 커튼에 불이 붙어 타올랐고 집은 온통 불길에 휩싸였다. 아내와 하녀, 그리고 나는 가까스로 이 화염 속을 빠져나왔다. 철저히 다 타버려 모든 재산이 단숨에 날아가 버렸으므로 나는 절망의 늪 속에서 헤매지 않으면 안 될 신세가 되어 버렸다.

나는 이 재난과 나의 광포했던 행위 사이에 연관성을 찾아보려 할 만큼 마음 약한 위인은 아니다. 그러나 일련의 사실들을 자세히 고백하는 이 마당에 비록 일부분일망정 소홀히 넘기고 싶은 마음은 없다.

화재 다음날, 나는 불에 탄 집에 가보았다. 담은 한쪽만 남은 채 모두 무너졌는데, 집 한복판의 내 침대 머리 쪽에 있던, 그리 두껍지 않은 칸막이 방의 벽쪽만 남아 있었다. 아마 최근에 새로 회를 발라서 불에 강했으려니 하고 생각했다. 그런데 많은 사람들이 모여들어 이 벽의 한 곳을 열심히 뚫어져라 바라보고 있었다.

"이상한 걸!", "신기한데!", 이런 말들이 들려와 가까이 가보았더니 흰 벽에 얇은 조각처럼 굉장히 큰 고양이 형상이 나타나 있었다. 그 윤곽이 놀라울 만큼 똑같았는데 고양이 목의 밧줄까지 흡사하였다.

맨 처음에 이 유령 — 그렇게밖에 볼 수 없었다. — 을 보았을 때의 나의 놀라움과 공포는 극에 달했다. 그러나 이내 생각을 다시 하여 공포에서 벗어날 수 있었다.

'불이야!' 하는 소리에 사람들이 마당에 잔뜩 모여들었을 때 나를 깨울 작정으로 누군가 그 고양이의 시체를 열린 창을 통하여 내 방 안으로 던진 것임에 틀림없었다. '다른 쪽 벽돌이 무너지는 바람에 고양이는 새로 바른 벽에 박혀 벽의 석회분과 화염과 시체에서 발산되는 암모니아가 혼합되어 이와 같은 화상이 되었을 거야' 하고 나는 생각했다.

내가 지금 자세히 설명한 이 놀라운 일에 대하여 나의 이성에 대해서는 이렇게 쉽게 설득하긴 했지만 나의 양심은 그것을 용납하지 않았고, 역시 그 사건은 나에게 심각한 영향을 주지 않을 수 없었다.

그 후 여러 달 동안 고양이의 환영이 나를 떠나지 않았으며 후회 아닌 후회를 하는 모호한 감정이 내 마음 한구석에 싹트기 시작했다. 고양이가 없어진 것을 섭섭히 여기고 그때 뻔질나게 드나들던 삼류 주점 같은 데서도 혹시 같은 종류나 다소 닮은 고양이가 있지 않을까 해서 주위를 둘러보기도 하였다.

어느 날 밤, 그 술집에서 멍하게 앉아 있는데 방 안의 가구처럼 자리를 차지한 진과 럼주 술통 위에 쭈그리고 앉아 있는 시커먼 것이 눈에 띄었다. 아까부터 그 술통 위를 바라보고 있었는데, 더 빨리 눈에 띄지 않았다는 것은 매우 이상한 일이었다.

뭔가 싶어 나는 가까이 가서 만져보았다. 그것은 검은 고양이였다. 아주 큰 녀석으로 바로 플루토만한 크기의 몸집에 한 군데만 빼고는 플루토와 똑같았다. 플루토는 전신이 검은색이었으나 이놈은 가슴 전체가 희미하나마 큰 백색 반점으로 덮여 있었다. 손을 대니까 곧 일어나 골골거리며 내 손에 몸을 비비며 아는 척해주니 기뻐하는 듯했다. 이거야말로 내가 찾던 고양이였다.

주인에게 그 고양이를 사겠노라고 말했더니 주인은 자기 것이 아니라 어디서 왔는지도 모르며 전에 본 일조차 없다는 것이었다. 나는 고양이를 쓰다듬어 주다가 집에 돌아오려고 자리에서 일어섰다. 그런데 내가 일어서니까 고양이도 나를 쫓아올 기미를 보여 그냥 쫓아오게 내버려 두었다. 집에 오는 도중에도 여러 번 허리를 굽혀 머리를 쓰다듬어 주었다.

집으로 돌아오자 고양이는 금방 길이 들고 아내도 역시 귀여워했다. 그러나 나는 금방 싫증을 느끼게 되었다. 이것은 참으로 뜻밖의 일이었으나 어쩐 일인지 고양이가 나를 잘 따르는 것이 오히려 불쾌하고 성가시게 했다.

이 불쾌감과 혐오감은 점차 극도의 증오로 변해버렸다. 나는 고양이를 피했다. 일종의 수치스러움과 전에 저지른 참혹한 행위의 기억 때문이었다. 그 후 여러 주일 동안은 고양이를 때리지도 않고 별로 학대하지도 않았다. 그러나 나는 점점 고양이에 대해 이루 말할 수 없는 증오감을 느끼게 되어 마치 전염병 환자를 피하듯이 고양이를 슬슬 피하게 되었다.

고양이를 집에 데리고 온 다음날 아침에 알게 된 사실이지만 이 고양이도 플루토처럼 한쪽 눈이 멀어 있었다는 것도 틀림없이 고

 양이에 대한 증오감이 커진 한 이유였다. 그러나 앞에서도 얘기했지만, 매우 인정이 많은 내 아내는 이 때문에 한층 더 고양이를 측은히 여기는 것이었다. 그리고 이런 성격이야말로 전에 나의 특성이었던 동시에 가장 단순하고 순수한 즐거움의 원천이었던 것이다.

그런데 내가 고양이를 미워하면 미워할수록 그와 반대로 고양이는 나를 더욱더 따르는 것이었다. 독자들은 이해할 수 없을 정도로 이 고양이는 성가시게 내 뒤를 쫓아다녔다. 내가 어디에 있든지 간에 으레 쫓아와서 내 의자 밑에 앉거나, 무릎 위에 뛰어올라 지긋지긋하게 핥거나 또는 내 몸에다 비벼대는 것이었다. 내가 일어나서 걸어가려고 하면 어느새 다리 사이로 기어들어와 하마터면 넘어질 뻔하게 하거나, 그렇지 않으면 길고 뾰족한 손톱으로 옷에 매달려 가슴까지 기어올라왔다.

이럴 때에는 당장 때려죽이고 싶었는데, 전에 범한 죄악이 머릿속에 떠오르기도 했지만 솔직히 고백하면 고양이가 까닭 없이 무서워져 감히 손을 대지 못했던 것이다. 이 공포감은 확실히 육체적 위해의 공포는 아니었지만 이렇다 하게 설명하기도 힘든 것이었다. 실은 중죄수의 감방에서 고백하기가 좀 부끄러운 일이지만 고양이가 나에게 가져다 준 그 공포감이라는 것은 아주 보잘것없는 망상으로 말미암아 생겨난 것이다.

이 고양이와 전에 내가 죽인 고양이의 단 하나 다른 점은 가슴에 있는 흰 반점이라는 것은 앞에서도 얘기했었다.

"이 흰 점이 좀 이상해요!"

하고 내 아내는 여러 번 내 주의를 환기시켰다. 이 반점은 크기는 했지만 처음에는 아주 희미했었다. 그러던 것이 거의 눈에 띄지 않게 서서히 진해져 — 나의 이성은 오랫동안 그것을 망상이라고 부정하려 애썼지만 — 마침내 분명한 윤곽이 나타났다. 그것은 무어라고 부르기에도 몸서리가 쳐지는 형상이었고, 그것 때문에 무엇보다도 그 괴물이 미웠고, 무서웠고, 할 수만 있다면 없애버리고 싶었던 것이다. 그것은 등골이 오싹해지도록 무서운 교수대의 형상, 아! 그것은 공포와 죄악, 고통과 죽음의 슬프고도 무서운 형구인 밧줄의 형상이었다.

나는 이제 인간의 처참함 이상의 처참한 상태로 추락해 버렸다. 일개 짐승이 — 내가 죽여 버린 보잘것없는 짐승이 — 전능하신 하느님의 모습을 따라 만들어진 인간인 내게 이와 같은 참으려야 참을 수 없는 고통을 주리라고는! 아, 괴롭다! 낮이고 밤이고 간에 나에겐 휴식의 기쁨이라고는 전혀 없었다.

낮이면 고양이는 한시도 내 곁을 떠나지 않았고, 밤이면 또 밤대로 시시각각 말할 수 없는 공포의 꿈에 시달리다 벌떡 일어나면, 내 얼굴에는 고양이의 뜨거운 입김이 훅훅 끼쳐왔으며 내 힘으로는 꼼짝도 할 수 없는 악몽의 화신이 천근 같은 무게로 가슴을 짓누르고 있는 것이었다!

이러한 고통의 압박으로 손톱만큼이나마 나에게 남아 있던 '선(善)'의 자취는 아예 꼬리를 감춰버렸다. 흉악한 생각 — 가장 어둡고 사악한 생각 — 이 나의 유일한 친구가 되었다. 나의 무뚝뚝한 성질은 점점 변해서 모든 사물과 사람들을 미워하게까지 되었다. 시시각각 억제하기 힘든 폭발적인 분노에 나는 맹목적으로 내

몸을 내맡기게 되었는데, 아무 불평도 없이 그 고통을 달게 참는 희생자는 불쌍하게도 언제나 내 아내였다.

우리들은 가난해져서 어쩔 수 없이 낡은 고옥에서 살고 있었는데, 어느 날 집안 일로 아내는 나를 따라 지하실에 들어왔다. 고양이도 가파른 계단을 쫓아 내려와 하마터면 내가 굴러 떨어질 뻔하자 나의 노여움은 극도에 달했다.

나는 격분에 휩싸여 여태까지 참고 있던 어린애 같은 두려움도 잊어버리고 도끼를 들어 고양이를 향해 내리치려 했다. 물론 내 마음대로 되었다면 고양이는 그 자리에서 죽어버렸을 것이나 아내의 제지로 뜻대로 되지 않았다. 아내의 방해로 나는 악마도 못 당할 만큼 분노에 휩싸여 아내의 손을 뿌리치며 대신 그 도끼를 아내의 머리에다 내리박았던 것이다. 아내는 비명도 못 지르고 그 자리에 푹 고꾸라졌다.

이 무서운 살해 후 나는 시체를 감출 방법을 곰곰이 생각했다. 낮이든 밤이든 간에 이웃 사람의 눈에 띄지 않게 시체를 밖으로 끌어낼 수 없다는 것은 뻔한 일이었기에, 여러 가지 계획을 머리에 떠올렸다.

한번은 시체를 잘게 토막 내 불에 태워버리려고도 생각했다. 다음에는 지하실 마루 밑에 구멍을 파고 그 밑에 파묻어 버릴까도 생각해 보았다. 또는 마당 우물에 던져버릴까, 상자에 집어넣어 상품처럼 포장해서 인부를 시켜 밖으로 지고 나가게 할까 하는 생각도 했지만, 결국 그 어느 것보다도 그럴듯한 계획이 떠올랐다. 중세의 사제들이 그들이 죽인 희생자를 벽에 틀어박고 발라버렸다는 방법을 쓰리라 결심했다.

이런 목적으로는 지하실이야말로 안성맞춤이었다. 사면의 벽은 아무렇게나 쌓아올린 채 마무리도 제대로 하지 않은 채 최근에 석회로 슬쩍 한 번 발라두었는데 지하실 안의 습기로 인해 아직 마르지 않았다. 더욱이 벽 한쪽은 장식용 연통과 난로를 꾸며 놓기 위해 툭 튀어나와 있었다.

나는 이 벽이라면 틀림없이 벽돌을 떼어낸 다음 시체를 그 속에 틀어박고 담을 먼저대로 감쪽같이 해놓을 수 있으리라고 생각했다.

이 계획은 빈틈이 없었다. 쇠꼬챙이로 쉽게 벽돌을 떼어 시체를 안쪽 벽에 기대 세우고 그대로 버텨놓은 다음 별로 힘들이지 않고 벽돌을 전과 같이 쌓아올릴 수 있었다. 그 다음에는 모르타르와

모래를 사다가 조심스레 전과 다름없이 벽돌과 벽돌 사이를 골고루 발랐다. 일이 끝났을 때 나는 자! 이젠 되었다 하고 안도의 한숨을 내쉬었다. 벽은 조금도 손을 댄 것처럼 보이지 않았다. 마루에 떨어진 부스러기들을 하나도 남김없이 주웠다.

나는 득의양양하여 주위를 휘휘 둘러보며 혼자 중얼거렸다.

"흥, 이 정도면 헛수고는 아니군."

다음으로 할 일은 이와 같은 불행의 원인을 만들어 낸 그놈의 고양이를 찾는 것이었다. 고양이가 눈에 띄기만 했다면 그놈의 운명은 두말 할 것도 없었겠지만, 이번의 참혹한 사건에 질겁하여 슬며시 사라져 내가 이런 기분으로 있는 동안 내 앞에서 자취를 감추었다. 미운 고양이가 없어져서 마음이 홀가분해진 그 통쾌함이란 말로 표현하는 것은 고사하고 상상조차 하기 힘든 것이었다.

고양이가 그날 밤새도록 모습을 나타내지 않아서 고양이를 집에 데리고 온 이후 적어도 이날 밤만은 살인죄라는 무거운 짐이 내 영혼을 짓누르고 있었음에도 불구하고 나는 푹 잘 수가 있었다.

이틀이 지나고 사흘이 지나도 고양이는 나타나지 않았다. 나는 더욱 홀가분한 몸이 되어 안도감을 느꼈다. 괴물은 내가 무서워 영원히 이 집으로부터 도망친 것이다! 고양이는 더 이상 나타날 리 없다! 나의 행복은 더할 나위 없었다.

내가 범한 그 무서운 죄도 나를 별로 괴롭히지 않았다. 몇 차례 취조가 있었지만 문제없이 대답할 수 있었고, 한 번의 가택 수색까지 있었지만 물론 아무것도 발견되지 않았다. 이제부터 나의 행복은 확정적이라고 낙관했다.

이 사건이 있은 후 나흘째 되는 날 뜻밖에도 한 무리의 경찰들이 들이닥쳐 또 한번 세밀히 가택 조사를 시작했다. 시체를 감춘 곳이야 제 아무리 날뛰어도 찾아낼 리 만무하다고 확신했기 때문에 나는 조금도 당황하지 않았다. 경찰들은 수색 중에 나에게 동참할 것을 명령하고 집 안 구석구석까지 샅샅이 조사했다. 서너 번이나 지하실로 내려갔지만 나는 조금도 당황하지 않았을 뿐더러 심장의 고동은 역시 평온하게 잠을 자는 사람처럼 태연자약하게 뛰고 있었다. 나는 팔짱을 끼고 이리저리 유유히 활보했다.

경찰들이 완전히 의심을 풀고 떠나려 하자 나는 기쁨을 억제할 수 없었다. 나는 승리의 표시로 다만 한 마디라도 내뱉어 나의 무죄를 그들에게 한층 더 확실하게 인식시키고 싶은 욕망이 끓어올랐다.

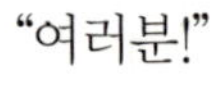

"여러분!"

경찰들이 계단을 올라갈 때 나는 참지 못하고 입을 열었다.

"당신들의 의심이 풀려 무엇보다 기쁩니다. 여러분들의 건강을 빌며 경의를 표합니다. 그런데 여러분, 이 집은요, 이 집은 말이죠, 그 구조가 아주 잘 되어 있답니다. (아무거나 마구 얘기하고 싶은 격렬한 욕망에 휩싸여 무엇을 얘기하고 있는지조차 나도 몰랐다.) 특별히 잘 지어진 집이라 할 수 있겠죠. 이 벽돌은 말이죠, 아주 견고하게 쌓여